काका,

और चिकित्सा क्षेत्र में कार्यरत सभी लोगों के लिए,

जो हमें सुरक्षित रखने के लिए रोज एक जंग लड़ रहे हैं।

भूमिका

जब कोरोना वायरस के इस दौर में मैंने पहले-पहल घर से काम करना शुरू किया तो मैं अपने काम के बाद मिलनेवाले खाली समय में कुछ मजेदार करने के तरीके खोजने लगी। इस वायरस के बारे में मिल रही खबरों और इसके बारे में लगातार हो रही गंभीर चर्चाओं से अपना ध्यान हटाने के लिए मैंने वह करना शुरू किया, जो करने में मैं सबसे बेहतर हूँ—कहानियों की रचना करना।

मेरी कल्पना के घोड़ों ने तेजी से बिना किसी लगाम के दौड़ना शुरू किया और कहानियाँ इस तरह बुनकर तैयार होने लगीं, जैसे इस पुस्तक का तैयार होना पहले से तय था। मैं अज्जी और अज्जा, जो इस पुस्तक के प्रमुख पात्र हैं, दोनों ही बन जाती हूँ और फिर किसी दिन मैं इस पुस्तक के बच्चों की तरह भी महसूस करने लगती हूँ! दिन बहुत जल्दी-जल्दी बीत रहे हैं और यह पुस्तक भी यही बताती है कि मैंने अपनी एक दिनचर्या का अनुसरण करने, सकारात्मक सोचने, अपने आसपास होनेवाले नए बदलावों को स्वीकार करने और अपने उन लोगों की मदद करने के लक्ष्य पर काम करने, जो अभावग्रस्त जीवन व्यतीत कर रहे हैं, के महत्त्व को और भी बारीकी से समझा है।

मेरी बहन सुनंदा, जो मेरे पिताजी डॉ. आर.एच. कुलकर्णी—जिन्हें लोग अकसर 'काका' के नाम से जानते थे—की तरह ही एक डॉक्टर हैं। मैंने उनके

काम को, उनके अपने मरीजों के प्रति समर्पण भाव को बहुत करीब से देखा और अपने लड़कपन के दौर में बिना इसका अहसास हुए मेरे मन में उन लोगों के प्रति सहानुभूति का भाव विकसित हो गया, जो किसी-न-किसी तरह की बीमारी से जूझ रहे हैं। आज के समय में डॉक्टर्स, नर्सेस और हाउसकीपिंग वर्कर्स पहले से कहीं ज्यादा अपने जीवन को खतरे में डालकर इस वायरस से लड़ रहे हैं और हमारे देशवासियों को सुरक्षित रखने की दिन-रात कोशिश कर रहे हैं। यही कारण है कि मेरी यह पुस्तक उन लोगों को समर्पित है।

मैं अपनी दोस्त और एक भरोसेमंद संपादक श्रुतकीर्ति खुराना का भी हृदय से धन्यवाद करना चाहती हूँ, जिनके उत्साह ने इस पुस्तक को लिखने की यात्रा को लॉकडाउन के समय के बावजूद आनंददायी बना दिया।

अंत में, कहना चाहूँगी कि यह पुस्तक मेरे नन्हे-मुन्ने पाठकों के सहयोग के बिना संभव ही नहीं हो पाती। आप लोग ही मेरे वे प्रेरणास्रोत हैं, जो मुझे निरंतर आगे बढ़ने के लिए प्रेरित करते हैं।

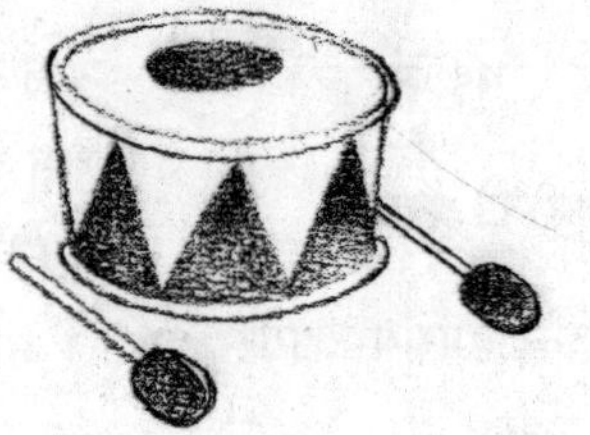

अनुक्रम

चावल और बच्चों का आना

वह मार्च महीने की खुशनुमा दोपहर थी। अज्जी और अज्जा टेलीविजन पर आँखें गड़ाए बैठे थे। उनके चेहरे पर चिंता की लकीरें टेलीविजन पर कोरोना वायरस की बिगड़ती स्थिति के बारे में दिखाई जा रही खबरों के साथ-साथ गहरी होती जा रही थीं। अज्जा ने अज्जी की ओर देखा, "यह वायरस चीन से शुरू हुआ है और देखा, अब क्या हो गया है! यह पूरी दुनिया में फैल गया है। अब तो इसने महामारी की शक्ल ले ली है।"

टेलीविजन पर दिख रही एंकर ने घोषणा की, "सरकार लोगों को खुद को सबसे अलग-थलग रखने के लिए और सोशल डिस्टेंसिंग (शारीरिक दूरी) प्रोटोकॉल का पालन करने के लिए कह रही है। अगली सूचना प्राप्त होने तक सभी स्कूल बंद रहेंगे।"

अज्जी अचानक ही बेंगलुरु और मुंबई में रहनेवाले अपने नाती-पोतों के बारे में सोचने लगीं।

उनकी सोच में खलल तब पड़ी, जब उनके कानों में एक ऑटोरिक्शा रुकने और दरवाजे की डोर बेल बजने की आवाज पड़ी—

डिंग डॉन्ग···!

अज्जी ने दरवाजा खोला और देखा कि सामने कमलू—अज्जा की बहन और उनकी पोती अदिति खड़े थे। अज्जी उन्हें देखकर बहुत खुश और हैरान भी थीं।

"अंदर आओ।" उन्होंने कहा।

कमलू अज्जी ऑटोरिक्शा से अपना बैग उतारते हुए अज्जी को देखकर मुसकराईं।

"तुमने हमें पहले से क्यों नहीं बताया कि तुम लोग आ रहे हो?" अज्जी ने पूछा, "हम लोग तुम्हें रेलवे स्टेशन पर लेने आ जाते।"

कमलू अज्जी और अदिति घर के अंदर आ गईं।

"कमलू, तुमने इस खतरनाक वायरस के माहौल में सफर करने की क्यों सोची?" अज्जा ने चिंतित होते हुए पूछा।

"ओह, मुझे मालूम नहीं था कि कोरोना वायरस यहाँ भी पहुँच गया है। क्या यह रथ महोत्सव का समय नहीं है? मैंने बहुत समय से महोत्सव नहीं देखा था। अदिति की भी छुट्टियाँ हो गई हैं और उसकी मम्मी घर से ही अपने ऑफिस का काम करने में व्यस्त रहती है, इसलिए यह वहाँ पर बोर हो रही थी। मैंने सोचा, यहाँ पर महोत्सव का आनंद ले पाएगी और मैं इसे यहाँ अपने साथ ले आई। इसके साथ मैं आप लोगों को सरप्राइज देना चाहती थी।"

नौ साल की अदिति कमलू अज्जी के पीछे खड़ी शरमा रही थी।

"आओ बेटा, बैठो।" अज्जी ने उसे प्यार से अपने पास बुलाते हुए कहा।

वे सभी लिविंग रूम में बैठने के लिए चले गए और ठीक उसी समय फोन की घंटी बजी।

अज्जी ने फोन उठाया। उनकी बेटी सुमति का मुंबई से फोन था। उन्होंने कहा, "अम्मा, मैं दोनों बच्चों को आपके पास शिगगाँव भेज रही हूँ।"

"रघु और मीनू को यहाँ देखकर मुझे बहुत खुशी होगी। लेकिन क्या हुआ?"

"कोविड-19 जिस तेजी से फैल रहा है, उसकी वजह से स्कूल कुछ समय के लिए बंद हैं और किसी को नहीं पता, कब खुलेंगे। मुंबई में अधिकतर लोग छोटे-छोटे अपार्टमेंट्स में रहते हैं और यहाँ बच्चों को बाहर जाने से रोकना लगभग असंभव है और आजकल हम लोग घर से ही काम कर रहे हैं और हर समय उनकी सारी जरूरतों को पूरा नहीं कर पा रहे हैं। इसलिए, हमने इस बारे में सोचा और सुभद्रा से भी बात की और पूछा कि क्या हम रघु और मीनू को उसके

LOCKDOWN

पास भेज सकते हैं? और उसने 'हाँ' कह दिया।"

"सुमति, सभी बच्चे यहाँ आ सकते हैं!" अज्जी ने बीच में बात काटते हुए कहा।

"मुझे पता था, आप यही कहोगे, इसीलिए मैंने आपको कॉल किया। सुभद्रा भी अपने बच्चों को आपके पास रहने के लिए भेजने को तैयार हो गई है। आपके यहाँ घर के आसपास बहुत बड़ा आँगन है और वहाँ बहुत ताजा हवा भी मिलती है तथा आसपास खेलने के लिए बहुत सारी जगह है। इस तरह से, बच्चे आपके साथ रह सकते हैं और वहाँ पर वे बोर भी नहीं होंगे, क्योंकि वहाँ पर एक-दूसरे के साथ खेल सकते हैं। अब आप मुझे बिना संकोच के बताओ। आपके लिए चार बच्चों को बिना घर से बाहर भेजे एक साथ सँभालना परेशानी भरा काम तो नहीं होगा?"

"नहीं सुमति, मुझे उसमें कोई परेशानी नहीं होगी। मुझे चिंता इस बात की है कि बच्चे यहाँ कैसे आएँगे?"

"अम्मा, हमने उसका इंतजाम कर लिया है! रघु और मीनू दोनों ही आज मुंबई से बेंगलुरु के लिए फ्लाइट ले चुके हैं और वे सुभद्रा के घर पहुँचने वाले होंगे।" सुमति ने कहा, "वे कल शिगगाँव आ सकते हैं और वहाँ पर कुछ हफ्तों के लिए रहेंगे।"

अज्जा, जो फोन पर अज्जी की बातों को सुन रहे थे, ने अज्जी से फोन ले लिया और सुमति से बात की, "बेटा, तुम चिंता मत करो। कमलू और उसकी पोती अदिति भी यहाँ पर हैं! बच्चों को यहाँ भेज दो।"

ठीक उसी समय बेंगलुरु से एक और कॉल आई। सुभद्रा दूसरी तरफ लाइन पर थी। उसने भी वही बात कही, "मेरे माता-पिता अपने साथ आनंद को लेकर जा चुके हैं, लेकिन कृष्णा एवं अनुष्का आपसे मिलना और शिगगाँव में रहना चाहते हैं! मेरी सुमति से बात हो चुकी है और चारों बच्चे कल घर पहुँच जाएँगे। हमारे ऑफिस मैनेजर उन्हें बेंगलुरु से शिगगाँव तक गाड़ी में ले जाएँगे। लेकिन वे बस, उन्हें छोड़कर जल्दी ही वापस आने के लिए चल पड़ेंगे, क्योंकि इससे पहले कि हालात और भी खराब हो जाएँ, जैसी उम्मीद की जा रही है, बहुत से काम करने हैं।" सुभद्रा ने कहा।

अज्जी ने फोन नीचे रखा और अज्जा की तरफ देखा। "मुझे यह सुनकर बहुत खुशी हो रही है कि हमारे नाती-पोते हमारे पास आ रहे हैं। लेकिन मैं कोरोना वायरस की वजह से बने इन हालात को लेकर चिंतित हूँ। क्या आप मंदिर में फोन कर पता करेंगे कि रथ महोत्सव जैसे तय किया गया था, क्या अब भी उसी के अनुसार होगा या नहीं?"

अज्जा ने सिर हिलाया और मंदिर का फोन नंबर डायल किया। कॉल करते-करते वे बोले, "ऐसा संभव नहीं है कि वे इस बार महोत्सव का आयोजन करें। कल हमारी कमेटी मीटिंग थी और मैंने उसमें सुझाव दिया था कि हमें इस बार महोत्सव नहीं आयोजित करना चाहिए। लेकिन वहाँ मौजूद अन्य लोगों ने मेरे सुझाव को अस्वीकार कर दिया था। उनका मानना था कि हमें चिंता नहीं करनी चाहिए, क्योंकि कोरोना वायरस हम तक अभी नहीं पहुँचा है। मैं उनकी इस बात से सहमत नहीं था। महोत्सव का आयोजन करना कोरोना वायरस को यहाँ आने के लिए आमंत्रण देने के समान होगा।"

कमलू अज्जी का चेहरा उतर गया। "यहाँ पर आप लोगों को सरप्राइज देने के बजाय उलटा मुझे ही सरप्राइज मिल गया और मुझे निराशा भी हुई! मेरे खयाल से, मैं कुछ दिनों में ही वापस चली जाऊँगी।"

कमलू अज्जी और अज्जी बहुत ही अच्छे दोस्त थे। अज्जी इस बात से बहुत खुश थीं कि उनकी दोस्त उनके साथ है।

"तुम कहीं नहीं जा रही हो।" अज्जी ने जोर देते हुए कहा, "रथ महोत्सव हो या न हो, तुम यहाँ पर हमारे साथ ही रहोगी।"

अज्जा की बात सच निकली। महोत्सव कैंसल कर दिया गया।

कमलू अज्जी, अज्जी की ओर मुड़ीं और बोलीं, "मैं तुम्हारे रसोईघर पर कब्जा करने वाली हूँ! मुझे खाना बनाना बहुत पसंद है। तुम कुछ दिनों के लिए आराम कर सकती हो।"

अज्जा बात आगे बढ़ाते हुए बोले, "अगर कोरोना वायरस के चलते स्थिति और भी खराब हो जाती है और लॉकडाउन की घोषणा हो जाती है तो फिर हमें घर के कामों के लिए बाहर से किसी तरह की मदद नहीं बुलानी चाहिए। चलो, हम अपना-अपना काम बाँट लेते हैं।"

"हाँ, मुझे भी यह सही लगता है। हम बाहर से किसी को नहीं बुला सकते।" अज्जी ने कहा, "एक बार कल बच्चे आ जाएँ, मैं घर के सारे काम उन सबके बीच में बाँट दूँगी। वे भी हमारी मदद करेंगे।"

अज्जी यह देखने के लिए स्टोर रूम में चली गईं कि कहीं उन्हें और राशन की जरूरत तो नहीं है। अज्जा भी उनके पीछे गए और उनसे कहा, "कुछ जगहों पर लॉकडाउन की घोषणा हो चुकी है! अगर यहाँ पर भी लॉकडाउन हो गया तो हमारे यहाँ बहुत से लोग होंगे, जिन्हें खाने के लिए पर्याप्त खाना नहीं मिल पाएगा। हमें उनकी मदद करनी होगी और जब जरूरत पड़े तो उनकी ओर मदद का हाथ बढ़ाना होगा। बहुत सारा राशन मँगवा लो और स्टोर रूम में रख लो। हमें उसकी जरूरत दूसरे लोगों को खाना खिलाने के लिए होगी।"

अज्जी ग्रोसरी की लिस्ट बनाने लगीं और अज्जा ने पास की ग्रोसरी शॉप का नंबर होम डिलीवरी के लिए डायल किया।

इस बीच अदिति उनके पास ही बैठकर पुस्तक पढ़ रही थी। वह यह सुनकर बहुत खुश थी कि उसके चार कजिंस भी वहाँ पर आ रहे हैं।

अगली शाम को रघु, मीनू, कृष्णा और अनुष्का पूरे जोश के साथ शोर-शराबा करते हुए आ पहुँचे। उन्हें अपने दादा-दादी के पास बहुत बड़े से घर और खेलने के लिए बहुत सारी जगह पर आना बहुत अच्छा लगता था। यहाँ पर उन्हें बहुत प्यार और खेलने-कूदने की पूरी आजादी मिलती थी।

ऑफिस मैनेजर ने बच्चों को वहाँ छोड़ा और जल्दी ही वहाँ से वापसी के लिए निकल पड़ा।

जैसे ही वे लोग घर में दाखिल हुए, अदिति भी चहकते हुए उनके साथ बहुत जल्दी घुल-मिल गई। अनुष्का की लंबाई पहले से बढ़ चुकी थी। अज्जी ने कहा, "अनुष्का, तुम अब सबसे लंबी लड़की बन गई हो।"

सभी बच्चे अपने साथ अपनी स्कूल की पुस्तकें और सैनिटाइजर्स की बोतलें एवं हैंडवॉश के बहुत से रिफिल पैकेट लेकर आए थे। बच्चे अपने माता-पिता से दूर क्लासेज या अपने टीचर्स की चिंता से दूर यहाँ आकर बहुत खुश थे। वे अपने दादा-दादी को बता रहे थे कि उनके स्कूल बंद होने से पहले किस तरह से उनके स्कूल में हर जगह और जहाँ वे लोग रहते हैं, बेंगलुरु और मुंबई

के अपार्टमेंट्स, यहाँ तक कि बिल्डिंग की लिफ्ट में भी सैनिटाइजर का इस्तेमाल होता है।

"क्या वहाँ पर हालात बहुत ज्यादा खराब हो गए हैं?" अज्जी ने चिंतित स्वर में पूछा।

"हाँ!" रघु ने कहा, "सरकार सावधान रहने के लिए बहुत से कदम उठा रही है और अब सरकार की तरफ से सख्ती भी की जाने लगी है।"

"बच्चो, रात के खाने में क्या खाना चाहोगे?"

"अज्जी, कुछ हलका-फुलका बना दो, क्योंकि हमने कुछ समय पहले ही भारी नाश्ता किया है।" कृष्णा ने कहा।

"फिर मैं आज रात के लिए खास तरह के चावल बनाती हूँ, शायद मेथीवाले चावल।" कमलू अज्जी ने कहा, "ये आसानी से पच जाते हैं, बहुत स्वादिष्ट और रात के खाने के लिए अच्छे होते हैं।"

सभी बच्चों ने हामी भर दी और कमलू अज्जी रसोईघर की ओर बढ़ चलीं।

अज्जा ने टेलीविजन ऑन कर दिया। सभी न्यूज चैनलों पर क्वारंटीन और सोशल आइसोलेशन (एक-दूसरे से दूरी बनाए रखने) के बारे में चर्चाओं का दौर जारी था। थोड़ी ही देर में प्रधानमंत्री देश के नाम संदेश देने वाले थे। अज्जा ने खिड़की से बाहर झाँककर देखा। शाम रात में बदल चुकी थी। उन्होंने आह भरते हुए कहा, "बच्चो, अब स्थिति बहुत गंभीर होती जा रही है और अब से हम सभी को घर की चारदीवारी के भीतर ही रहना होगा। तुम लोग ज्यादा-से-ज्यादा बाहर वाले आँगन तक जा सकते हो। हमें बाहर किसी भी वजह से नहीं जाना है।"

एक घंटे से कम समय में ही कमलू अज्जी ने बहुत स्वादिष्ट मेथीवाले चावल और खीरे का रायता तैयार कर लिया था।

अज्जा गर्व से बोले, "ये सारी सब्जियाँ हमारे अपने सब्जियों के बगीचे की हैं। हम अपने बगीचे में प्राकृतिक खाद डालते हैं और ऑर्गेनिक सब्जियाँ उगाते हैं। इनका स्वाद बाहर मिलनेवाली सब्जियों से बहुत बेहतर होता है।"

खाना खाने के बाद बच्चों ने गद्दों को एक-दूसरे के पास बिछाने में अज्जी की मदद की। सभी ने अपनी पसंद की सोने की जगह ले ली। अपने-अपने

बिस्तर पर लेटने के बाद रघु अज्जी के पास वापस आया, "आपने अभी अपना आज का सारा काम खत्म नहीं किया है।"

अज्जी मुसकराईं। वे जानती थीं कि रघु किस बारे में बात कर रहा है।

"एक कहानी, अज्जी।" अनुष्का ने अपनी मासूमियत भरी आवाज में अज्जी से गुहार लगाई। "रोज एक कहानी, रखे सभी परेशानियों से परे···"

सभी के चेहरे पर एक साथ मुसकराहट कौंध गई।

"ठीक है, मैं तुम सबको एक कहानी सुनाऊँगी। यह कहानी उसी की है, जिसे तुमने अभी रात के खाने में खाया है—चावल के बारे में। चावल हमारे रोज के खाने का बहुत जरूरी हिस्सा है और हम चावल व गेहूँ के बिना आज हमारे खाने की कल्पना भी नहीं कर सकते।"

सारे बच्चे दोनों अज्जियों के आसपास जमा हो गए।

अज्जा पास ही एक कुरसी पर बैठकर टेलीविजन देखने लगे।

प्रधानमंत्री ने घोषणा की, "आज मध्य रात्रि से लॉकडाउन किया जा रहा है। हर किसी को अगले कुछ हफ्तों के लिए घर में ही रहना होगा।"

उस समय रात का समय था और बाहर पूरी तरह से अँधेरा छा चुका था। बच्चे मन लगाकर कहानी सुनने लगे, ठीक उसी तरह जैसे क्वारंटाइन की अवधि की शुरुआत औपचारिक तौर पर कर दी गई। अज्जा ने टेलीविजन की आवाज बंद कर दी, लेकिन वे टेलीविजन देखते रहे।

"चलो, हम यह कहानी सुनते हैं कि किस तरह से चावल इस धरती पर आया!" अज्जी ने कहा।

बहुत समय पहले, इनसान बादलों पर चल सकता था और बिना किसी रोक-टोक के स्वर्ग में घूम-फिर सकता था।

एक दिन माधव, जो कि एक मनुष्य था, उसके मन में यह जानने की उत्सुकता थी कि भगवान् स्वर्ग में कैसे रहते हैं? वे कहाँ पर काम करते हैं? वे सारा दिन क्या करते हैं? वे क्या खाते हैं? वह यह सब सोचकर अचंभित था।

इसलिए वह स्वर्ग की ओर चल पड़ा और वहाँ पर वह बहुत से भगवान् से मिला। वहाँ पर उसने देखा कि बहुत से देवी-देवता उस प्रभुत्व-क्षेत्र में अलग-अलग विभागों की जिम्मेदारी सँभालते हैं। वहाँ पर दूसरे देवी-देवताओं के साथ-साथ जल के देवता थे, विद्या की देवी थीं, साहस के देवता थे और अच्छी सेहत के देवता भी थे; लेकिन अनाजों की देवी अन्नपूर्णा को देखकर माधव पूरी तरह से मंत्रमुग्ध हो गया।

उसने उनसे पूछा, "देवी, मैं देखना चाहता हूँ कि यहाँ पर खेती की व्यवस्था किस तरह से काम करती है? आप लोग क्या खाते हैं और आप उसकी उपज किस तरह से करते हैं?"

देवी अन्नपूर्णा ने उसे अपने घर बुलाया और बहुत ही शानदार भोजन करवाया। वहाँ पर उसने जो कुछ खाया, उसमें एक बहुत ही स्वादिष्ट, मुलायम-सा सफेद रंग का खाना था, जो उसे अनाज जैसा लग रहा था।

"मैंने इसे पहले न कभी खाया और न ही देखा है! मुझे नहीं लगता कि धरती पर किसी और ने इसे खाया या देखा होगा। यह बहुत ही स्वादिष्ट है! यह क्या है?" उसने पूछा।

"यह चावल है। सभी देवता चावल खाते हैं। यह हमें ऊर्जा देता है और सभी सब्जियों के साथ अच्छी तरह मिल जाता है।"

माधव ने देवी की बात सुनकर 'हाँ' में सिर हिलाया।

"जब तक मैं यहाँ पर हूँ, मैं इसे रोज खाना पसंद करूँगा।" उसने आग्रह करते हुए कहा।

देवी मुसकराई। "क्यों नहीं, माधव। तुम्हारा जितना मन करे, उतना चावल खाओ।"

अगले दिन माधव ने उनसे पूछा, "यहाँ पर चावल कैसे उगाया जाता है? क्या आप कृपा करके मुझे दिखाएँगी?"

चूँकि वह चावल के बारे में जानने के लिए बहुत उत्सुक था, अन्नपूर्णा देवी उसे चावल की खेती के लिए जमीन कैसे तैयार होती है, किस तरह बीज बोए जाते हैं, किस तरह खेतों में पानी को रोका जाता है और इसके विकास के विभिन्न चरणों पर इसे किस तरह से दोबारा रोपा जाता है—सब दिखाने के लिए

अपने साथ ले गईं। जब चावल के दाने कटाई के लिए तैयार हो जाते हैं तो वे सुनहरे रंग के हो जाते हैं और एक झाड़ की तरह एकत्र हो जाते हैं। दिखने में कितना सुंदर दृश्य है, उसने अपने मन में सोचा।

उसके बाद देवी ने उसे दिखाया कि काटी गई फसल से किस तरह अनाज को कूट-कूटकर उससे चावल तैयार किया जाता है। अनाज को कूटने के वहाँ पर बहुत से तरीके थे और हर तरीके का एक खास नाम भी था। कूटे गए अनाज से चावल बाहर निकलकर आता है, जो उसके बाद कोई भी व्यंजन बनाने के लिए तैयार होता है।

माधव ने स्वर्ग में कुछ और दिन बिताए और फिर उसने वापस धरती पर आने के लिए देवी से अनुमति माँगी। वहाँ पर अपने अंतिम भोजन को करने

के दौरान उसे अपनी पत्नी, माता-पिता, बच्चों, भाई-बहन और अपने गाँव का खयाल बार-बार आ रहा था।

"मैं चाहता हूँ कि हर कोई जीवन में कम-से-कम एक बार तो चावल का स्वाद जरूर चखे, फिर चाहे उन्हें केवल एक चम्मच ही चावल खाने के लिए क्यों न मिले।"

"मुझे देवी से इस बारे में बात करने में डर लग रहा है। वे अवश्य ही मेरी प्रार्थना को नहीं मानेंगी। आखिर यह देवी-देवताओं का भोजन है!"

इसलिए माधव ने चावल के चार दाने वहाँ से उठा लिये और उन्हें अपनी पगड़ी में छुपा लिया। वह जानता था कि यहाँ पर किसी को भी इन दानों की परवाह नहीं होगी।

माधव धरती पर वापस आ गया। उसने जल्दी से उन दानों को धरती में बोया और देवी अन्नपूर्णा ने उसे जिस तरह से सब दिखाया था, ठीक उसी तरह से उसकी देख-रेख की। जब फसल काटने का समय आया तो उसने उसी प्रक्रिया से सब किया, जैसा उसने स्वर्ग में देखा था। उसने अनाज की कुटाई की और उसमें से चावल तैयार किया। उसने सफेद चावलों से मीठा-सा व्यंजन तैयार किया और फिर अपनी आँखें बंद करके सबसे पहले उसे अन्नपूर्णा देवी को समर्पित किया।

देवी अन्नपूर्णा ने स्वर्ग में उसकी प्रार्थना सुनी और वे धरती पर उसके समक्ष प्रकट हुईं।

जब उन्होंने वहाँ पर चावलों को देखा तो वे क्रोधित हो गईं। उन्होंने कहा, "माधव, तुमने मेरा विश्वास तोड़ा है। मैंने तुम्हारे ज्ञान प्राप्त करने के प्रेम और जानकारी पाने की उत्सुकता का सम्मान किया; लेकिन तुमने मेरे घर से चोरी की। क्या तुम मुझसे सच नहीं कह सकते थे? मैं अपने आप तुम्हें कुछ चावल दे देती। तुम्हें चोरी करने के लिए सजा जरूर मिलेगी।"

माधव देवी के चरणों में गिर पड़ा और अपनी भूल के लिए क्षमा माँगने लगा, "माता, मैंने ऐसा अपनी असुरक्षा की भावना के कारण किया। मुझे क्षमा कर दें। हम सभी आपके बच्चे हैं और मैं दूसरों के साथ भी चावल के स्वाद को बाँटना चाहता था। मैंने अपने निजी स्वार्थ के लिए ऐसा नहीं किया और मैंने

चावल उगाने के ज्ञान को और लोगों के साथ भी साझा किया है। यह उस अनाज से बहुत बेहतर है, जो हम खाते हैं और इससे हमें बहुत शक्ति भी मिल रही है। क्या आप इसे अपने बच्चों को खाने के लिए नहीं दे सकतीं? कृपया मेरी इस भूल के लिए मुझे क्षमा कर दें।"

देवी अन्नपूर्णा गहरी साँस लेकर बोलीं, "तुम जो कह रहे हो, वह सही है। मैं इस पर कोई बहस नहीं कर सकती। मैं जानती हूँ कि तुम्हारी मंशा सही थी। अब चूँकि चावल धरती पर भी है, मैं हमेशा स्वर्ग से संकेत भेजूँगी कि चावल को बोने का सही समय कौन-सा है। मैं स्वर्ग में अपने बालों को धोऊँगी और जब मैं अपने बालों को पीछे करूँगी तो मेरे गीले बाल पीठ पर लहराएँगे और उसमें से पानी बारिश के रूप में धरती पर गिरेगा। मनुष्य के लिए चावल को बोने का सही समय वही होगा। मैं अब बस, तुम्हें यही सजा दे सकती हूँ कि आगे से किसी भी मनुष्य को बिना किसी रोक-टोक के स्वर्ग में आने की अनुमति नहीं होगी। उन्हें ऐसा करने की अनुमति तभी होगी, जब वे धरती पर अपने शरीर का त्याग कर देंगे।"

"इस तरह से, धरती पर चावल का आना हुआ।"

- यहाँ तक कि आज भी जो लोग चावल की खेती करते हैं, वे मौसम में इसकी पहली उपज (या अक्षर) को देवी-देवताओं को समर्पित करते हैं! इन कच्चे चावलों का उपयोग बहुत से शुभ अवसरों, जैसे विवाह-ब्याह आदि पर किया जाता है और इसे 'अक्षत' कहा जाता है। यह ईश्वर को समर्पित की जानेवाली सबसे अच्छी वस्तु होती है। सभी लोग देवी अन्नपूर्णा को दूध और इन चावलों से बना पायस समर्पित करते हैं।

□

गेहूँ का संसार

रघु खुशी से चिल्लाया, "अज्जी, कितनी अच्छी कहानी है! हम सभी चावल खाते हैं; पर मैंने कभी यह कहानी नहीं सुनी थी कि किस तरह से चावल इस धरती पर आया।"

अनुष्का बोली, "मुझे चावल बिल्कुल पसंद नहीं हैं। मुझे तो रोटी अच्छी लगती है। जब हम दिल्ली में रहते थे, हमारी स्कूल की कैंटीन में तरह-तरह की रोटियाँ मिलती थीं। अज्जी, गेहूँ धरती पर कैसे आया?"

अज्जी ने बच्चों की तरफ देखा; लेकिन उनका दिमाग कहीं और ही घूम रहा था।

"अज्जी के पास कहानियों का खजाना है। मुझे पूरा भरोसा है कि उनको यह कहानी भी पता होगी।" अज्जा ने कहा। उनके चेहरे पर मंद-मंद मुसकान तैर रही थी।

"हाँ, मुझे बिल्कुल पता है। कमलू अज्जी को भी वह कहानी पता है। कमलू, तुम इन्हें वह कहानी क्यों नहीं सुनातीं?"

"शायद, मैं तुम सबको वह कहानी कल सुनाऊँ। अभी तुम सब थक गए होगे।" कमलू अज्जी ने कहा।

"नहीं, कमलू अज्जी, हम कहानियाँ सुनने के लिए कभी नहीं थकते। आप हमें कहानी सुनाइए न।" मीनू ने जोर देते हुए कहा।

और इस तरह, कमलू अज्जी ने कहानी शुरू की।

अरुण एक युवा, साहसी और निडर लड़का था। उसे रोमांच बहुत पसंद था, इसलिए उसने अपने गाँव से बाहर जाने के बारे में सोचा। उसने अपना तीर-कमान उठाया और इधर-उधर भटकने लगा। वह दुनिया देखना चाहता था।

कुछ सौ कि.मी. भटकने के बाद वह एक बहुत ही सुंदर झील, जिसके पास एक पुल भी था, के पास पहुँच गया। जैसे ही वह उस पुल के और पास पहुँचा, उसने देखा कि एक बहुत बड़े से साँप ने उस पूरे पुल पर अपना कब्जा जमा रखा है। उस समय उसके पास दो विकल्प थे—या तो वह वापस लौट सकता था या फिर साँप की परवाह किए बिना पुल को पार कर ले। अगर वह दूसरे विकल्प का चुनाव करता तो उसे साँप के ऊपर से पूरी सावधानी रखते हुए तब तक आगे बढ़ना होगा, जब तक वह दूसरे छोर तक नहीं पहुँच जाता।

क्योंकि अरुण वापस नहीं जाना चाहता था, वह साँप के शरीर पर चलकर आगे बढ़ने लगा। कुछ कदम आगे बढ़ने के बाद उसे एक आवाज सुनाई दी, जो कह रही थी—सुनो, सुनो, अभी यहीं रुक जाओ।

अरुण ने पलटकर देखा और उसे यह देखकर बहुत आश्चर्य हुआ कि साँप वहाँ से गायब हो चुका था और उस जगह पर एक बूढ़ा व्यक्ति खड़ा था। अरुण कुछ डर गया। उसने उस बूढ़े इनसान से पूछा, "क्या आप मुझे बुला रहे हैं?"

"हाँ।"

"वह साँप कहाँ है? एक पल पहले तक वह यहीं पर था।" अरुण ने पूछा।

"मैं ही वह साँप हूँ। वास्तव में, मैं साँपों का राजा हूँ और मेरा इस झील के नीचे बहुत ही सुंदर महल है।"

"फिर आप यहाँ क्यों सो रहे हैं?"

अपनी एक समस्या का समाधान तलाशने के लिए। तुम्हें पता है, पर्वत के दूसरी ओर एक बहुत ही क्रूर और शक्तिशाली चील रहती है। वह हर रोज आती है और मेरे अधीन साँपों में से किसी एक को खा जाती है। मेरे अधीन

रहनेवाले साँपों के अलावा मेरे बहुत से बच्चे, पोते-पोतियाँ, पड़पोते और पड़पोतियाँ भी हैं; लेकिन मैं कितनी भी कोशिश क्यों न कर लूँ, उस चील को नहीं हरा सकता। इसलिए मैं किसी की परीक्षा लेकर यह देखना चाहता था कि वह कितना बहादुर व निडर है और हमारी सहायता करने के लिए तैयार है। इसलिए मैंने अपना आकार बदल लिया और इस पुल पर आकर लेट गया। यहाँ पर जो कोई भी आया, बस, तुम्हें छोड़कर सभी ने यहाँ से वापस लौट जाना बेहतर समझा। तुमने मेरी परीक्षा को पास कर लिया है। क्या तुम कोशिश करोगे और हमारी मदद करोगे?

उस बूढ़े व्यक्ति की आवाज में जो गंभीरता थी, उसका अहसास होने पर अरुण को पता चल चुका था कि वह सच बोल रहा है। एक पीड़ित देश की प्रजा को बचाने और एक दुष्ट चील से लड़ने में मदद करने की चाह अरुण के मन में इतनी ज्यादा तीव्र थी कि वह साँप को मना नहीं कर सका। उसने 'हाँ' में सिर हिला दिया।

बूढ़ा व्यक्ति मुसकराया। अपने लिए एक आशा की किरण मिलने से उसे कुछ शांति मिल गई थी। "इससे पहले कि वह चील कल फिर से वापस आए हमारे पास कुछ समय है। क्या तुम इस दौरान मेरे महल को देखना चाहोगे?" उसने पूछा।

अरुण तैयार हो गया और उन दोनों ने पानी के अंदर छलाँग लगा दी। अरुण सोच रहा था कि वे जल्दी ही पानी के अंदर निचली सतह से टकरा जाएँगे; लेकिन ऐसा नहीं हुआ। वे दोनों एक गुफा से होते हुए एक बहुत ही सुंदर से नगर में प्रवेश कर गए। वह नगर बहुत ही भव्य था और उसमें बहुत से पौधे, फल व फूल मौजूद थे। वहाँ पर बहुत सारे साँप मनुष्य के वेश में घूम रहे थे। पर वहाँ पर पानी में एक तरह का ठहराव भी था। उस राज्य के इतना समृद्धिशाली होने के बाद भी वहाँ पर कोई खुश नहीं दिख रहा था।

साँपों का राजा अरुण को अपने महल में ले गया। जल्दी ही वहाँ पर अरुण के सम्मान में बहुत बड़ी दावत का आयोजन किया गया। वहाँ पर जितना भोजन खाने के लिए रखा गया था, उतना भोजन एक साथ अरुण ने पहले कभी नहीं देखा था। पेट भर भोजन करने के बाद राजा ने अरुण का अपने राज्य में सभी से परिचय करवाया।

राजा ने सोचा, 'बेचारा अरुण, हो सकता है कि यह उसका अंतिम भोजन हो।'

अगली सुबह साँपों के राजा और अरुण झील की सतह पर वापस आ गए।

अभी उनको वहाँ पर आए ज्यादा समय नहीं हुआ था कि उसने एक भयंकर चीख सुनी। एक बहुत ही बड़ी-सी और डरावनी चील उनकी ओर तेजी से बढ़ रही थी, ताकि वह पानी को चीरते हुए नीचे जाए और उसके अंदर जो नगर बसता है, उसमें से अपने अगले शिकार को खींचकर ले जाए।

अरुण ने अपना तीर-कमान निकाला और उस चील को मारने के लिए निशाना साधा। उसके तरकश में बस, तीन तीर बचे थे।

उसने पहला तीर चलाया। वह चील के बाएँ पंख को चीरता हुआ निकल गया, जिससे उसका पंख टूट गया और वह नीचे गिर गया। लेकिन चील ने बिना रुके अपनी उड़ान जारी रखी! यह देखकर साँपों के राजा की चिंता और

भी बढ़ गई। शायद यह लड़का भी चील को मारने में सफल नहीं हो पाएगा। उसने मन-ही-मन सोचा।

इसके बाद, उसने अपना दूसरा तीर छोड़ा, जो चील के दाएँ पंख को चीरता हुआ गया और उसका पंख कटकर नीचे गिर गया। चील ने फिर भी तेजी से उड़ना जारी रखा। साँपों के राजा की चिंता पहले से और भी बढ़ती जा रही थी।

अब बस, उसके पास एक ही तीर बचा था और चील उनके पास जल्दी ही पहुँचने वाली थी।

इस बार अरुण ने नीचे झील के पानी में चील के प्रतिबिंब को देखा। उसने देखा कि चील की गरदन पर एक घाव था। अरुण ने निशाना लगाया, ईश्वर की प्रार्थना की और तीर को सीधा चील के घाव पर निशाना साधते हुए छोड़ दिया। तीर अपने निशाने पर लगा और चील नीचे पानी में जा गिरी।

अंततः क्रूर चील की इहलीला समाप्त हो चुकी थी।

साँपों का राजा खुशी से झूम उठा। उसने अरुण को गले लगाते हुए कहा, "बेटा, तुम्हारी दया और बहादुरी के लिए बहुत-बहुत धन्यवाद! मैं तुम्हारे इस अहसान का बदला कभी नहीं चुका पाऊँगा। न तो मेरा राज्य और न ही मेरे लोग तुम्हें कभी भूल पाएँगे।"

साँपों के राजा के नगर में सभी ने अपनी इस जीत का जश्न पूरे उत्साह के साथ मनाया। राजा ने अरुण को अपने साथ ले जाकर अपने सारे राज्य की सैर करवाई। वहाँ पर अरुण ने ध्यान दिया कि हर घर में लोग कुछ पका रहे थे—कुछ ऐसा, जिसे अरुण ने पहले कभी नहीं देखा था। उसका रंग क्रीम और मटमैला था।

साँपों ने अरुण से कहा कि वे कुछ दिनों के लिए उनके नगर में ही रुक जाए। लेकिन अरुण जाना चाहता था और संसार की और भी जगहों को देखना चाहता था! वहाँ रुकने के अपने आखिरी दिन, जब वह भोजन कर रहा था तो उसने ध्यान दिया कि जिस चीज को वह वहाँ पर घरों में पकता हुआ देख रहा था, उसी से अलग-अलग व्यंजन तैयार कर उसके खाने के लिए परोसे गए हैं।

"यह क्या है?" उसने पूछा।

"यह गेहूँ है और यह घास से पैदा होता है! हमें इस तरह जो अनाज प्राप्त होता है, उसे हम बस, त्योहारों के दौरान या किसी खास अवसर, जैसे कि आज, पर खाते हैं! हम तुम्हारे खाने के लिए यह अनाज परोसकर तुम्हें सम्मान दे रहे हैं।" राजा ने अरुण को समझाते हुए कहा।

उसी समय रानी भी वहाँ पर आ गई और उनके साथ बैठ गई। रानी बोली, "हम गेहूँ से बहुत से व्यंजन बनाते हैं। यह एक जीवनदायी भोजन है

और इसे खाना व पचाना बहुत आसान है। साथ ही इससे हमें ढेर सारी ऊर्जा भी मिलती है।"

अरुण ने जब उसे खाया तो वह उसे वहाँ पर परोसी गई सभी चीजों से बहुत स्वादिष्ट लगा।

वह जब वहाँ से निकलने लगा तो रानी उसके पास आई और उसे थैला भर कर सोना, हीरा, माणिक और मोती दिए। राजा ने कहा, "यह हमारी तरफ से तुम्हारे लिए उपहार है।"

हालाँकि, अरुण ने नम्रता के साथ इस उपहार को लेने से मना कर दिया। वह बोला, "मुझे इन बेशकीमती चीजों की जरूरत नहीं है। यदि आप सचमुच मुझे कुछ देना चाहते हैं तो मुझे मुट्ठी भर गेहूँ का अनाज दे दें, जिससे मैं उसे बोकर उसकी खेती कर सकूँ और अपने साथियों को भी उसका स्वाद चखा सकूँ।"

राजा और रानी ने एक-दूसरे की ओर देखा। उन्होंने आज तक कभी किसी मनुष्य के साथ इस अनाज के बारे में किसी तरह की जानकारी को साझा नहीं किया था। साँपों के राजा ने कहा, "हमारी सभ्यता की सबसे बड़ी अभिव्यक्ति किसी का आभार व्यक्त करना है। हम तुम्हें कुछ गेहूँ के दाने जरूर देंगे और तुम्हें यह भी बताएँगे कि इसे कैसे उगाना है। अब समय आ गया है कि तुम लोग भी इसका आनंद उठाओ। जब कभी भी तुम गेहूँ खाओगे तो याद रखना कि हम लोगों ने इसे उगाने के रहस्य को तुम्हारे साथ साझा किया है और यह भी कि तुमने हमारे मुश्किल समय में हमारी मदद की थी।"

राजा ने एक थैला भर गेहूँ अरुण को दे दिया। अरुण ने जल्दी ही उस नगर को छोड़ दिया और गेहूँ के रहस्य को अपने साथ लेकर धरती पर वापस आ गया।

□

जग्गू और बीन्सटॉक

अगली सुबह अज्जी ने सभी बच्चों को अपने पास बुलाया और बोलीं, "लॉकडाउन शुरू हो चुका है। हमें अपने प्रधानमंत्री की बातों को मानना चाहिए और जो हमारे देश के लिए जरूरी है, वही करना चाहिए। तुम में से हर एक को दिन भर में कई बार अपने हाथों को साबुन से अच्छी तरह कम-से-कम बीस सेकंड तक धोना होगा और अपने चेहरे, मुँह व नाक को हाथ से छूने से बचना होगा। अगर तुम्हें थोड़ा भी महसूस होता है कि तुम्हारी तबीयत ठीक नहीं लग रही है तो तुरंत मुझे बताना।"

"आज से हमारे घर में कोई भी नौकर काम करने के लिए नहीं आएगा।" अज्जा ने सभी को बताया, "इसका मतलब है, हमें अज्जी की मदद करनी होगी।"

"हाँ!" अज्जी ने कहा, "अब मैं घर के सभी कामों में मदद के लिए तुम लोगों पर ही निर्भर हूँ और सभी को एक-एक करके काम में मदद करने की जिम्मेदारियाँ सौंपूंगी! कमलू रसोई का सारा काम देखेगी और मैं घर के सभी कामों पर निगरानी रखूँगी।"

सभी बच्चों ने 'हाँ' में सिर हिलाया। वे लोग इस बात से थोड़ा चिंतित भी दिख रहे थे। लेकिन लॉकडाउन की गंभीरता को पूरी तरह से समझने में वे लोग अब भी असमर्थ थे।

अज्जी ने साफ तौर पर निर्देश दिए, "रघु, तुम अज्जा की मदद घर की साफ-सफाई करने में करोगे। कृष्णा बरतन साफ करने में मदद करेगा। अनुष्का और अदिति मेरी मदद कपड़े धोने में करेंगी। मीनू, तुम कमलू अज्जी की मदद रसोई में करोगी और सब्जियाँ जमा करने तथा धोने का भी काम करोगी।"

"हो सकता है, बच्चो, तुम सबको इस तरह साथ मिलकर काम करना बहुत मजेदार लगने लगे।" अज्जा ने यह कहकर बच्चों के चेहरे पर जो चिंता देखी थी, उसे दूर कर उन्हें खुश करने की कोशिश की।

सभी बच्चों ने 'हाँ' में सिर हिलाया और अपनी-अपनी सौंपी गई जिम्मेदारी को पूरा करने के लिए तितर-बितर हो गए।

मीनू कमलू अज्जी के साथ बगीचे से सब्जियाँ जमा करने के लिए चली गई। वह वहाँ पर लाल-लाल टमाटर, बड़े-बड़े कद्दुओं और अलग-अलग तरह की लौकियों को देखकर बहुत खुश थी; लेकिन वहाँ पर फूलगोभी, बंदगोभी या आलू नहीं थे।

"बीन्स की ओर देखो।" कमलू अज्जी ने हैरान होते हुए कहा, "वे बिल्कुल ताजा लग रही हैं! मीनू, जाओ, झाड़ियों में से बीन्स तोड़ लाओ! उन्हें तोड़ना बहुत ही आसान है! आज हम टमाटर वाले चावल और बीन्स की सब्जी रोटी के साथ खाएँगे।"

मीनू ने बीन्स जमा करना शुरू कर दिया और जल्दी ही उसकी टोकरी पूरी भर गई। वे लोग घर के अंदर आ गए और मीनू ने रसोई में सिंक के नीचे सब्जियों को धोना शुरू कर दिया। हर कोई घर के कामों—साफ-सफाई करने, खाना बनाने, बरतन या कपड़े धोने के काम में व्यस्त था।

एक बार जब घर के सभी काम पूरे हो गए, सारे बच्चे एक साथ खेलने के लिए एकत्र हो गए। उन्होंने देखा कि अज्जी अज्जा के साथ काफी देर से किसी महत्त्वपूर्ण विषय पर चर्चा कर रही थीं। कुछ समय के बाद उन्होंने सबसे कहा, "बच्चो, इस समय दूसरों की मदद करना भी बहुत जरूरी है। तुम्हारे अज्जा और मैं सोच रहे थे कि हम कच्चे अनाज के पैकेट तैयार करें, जिससे कि हम उन्हें उन लोगों को दे सकें, जिन्हें लॉकडाउन के दौरान इसकी बहुत जरूरत है; पर उन्हें यह नहीं मिल पा रहा है! हमारे तैयार किए गए

हर एक पैकेट में 21 दिनों के लिए राशन होगा। रहमत चाचा अपनी जीप में हमारे घर से इन पैकेटों को ले जाने के लिए आएँगे। लेकिन हम उन्हें अपने घर में नहीं बुला सकते, क्योंकि हमें सोशल डिस्टेंसिंग (शारीरिक दूरी) का भी खयाल रखना होगा। हम सारे पैकेट अपने दरवाजे पर रख देंगे और वे वहाँ से उन्हें उठाकर ले जाएँगे।"

"इस काम से हमारे लिए पहले से काम और भी अधिक बढ़ जाएगा।" अज्जा ने कहा, "लेकिन हमारे पास इसका भी समाधान है। विष्णु काका शहर से बाहर गए हुए हैं और उनके यहाँ काम करनेवाले भरोसेमंद दामू घर में अकेले हैं। मैंने उन दोनों से बात की। दामू सुबह यहाँ पर आ जाएगा और पैकेट बनाने तथा घर के कामों में हमारी मदद करेगा और शाम को काका के घर वापस सोने के लिए चला जाएगा। वह और कहीं नहीं जाएगा, क्योंकि दामू अकेला है। उसे भी हमारे साथ रहने की बात बहुत पसंद आई।"

अज्जी अज्जा की ओर देखकर मुसकराईं और बोलीं, "आओ, खाना खा लेते हैं और पैकिंग करना शुरू करते हैं।"

दोपहर का खाना खाने के बाद रघु ने कहा, "मैं कुछ समय सिर्फ बैठकर आराम करना चाहता हूँ। हम सभी थोड़ी देर का ब्रेक क्यों नहीं ले लेते? इस बीच अज्जी, आप हमें एक कहानी सुना सकती हो।"

"रघु, कहानी इंतजार कर सकती है, लेकिन भूख इंतजार नहीं कर सकती। आओ, बैठो और पैकेट्स बनाओ! तुम मेरी मदद करोगे।" अज्जी ने कहा।

"हम सभी मदद करेंगे!" बच्चे एक साथ चिल्लाए।

"मेरी अज्जी बहुत ही दयालु और अच्छी हैं। मुझे यह देखकर बहुत अच्छा लग रहा है कि उनके लिए दूसरों की मदद करना हर चीज से ज्यादा जरूरी है।" कृष्णा ने सोचा। उसे अपनी दादी पर बहुत गर्व महसूस हो रहा था।

ठीक उसी समय दामू घर में दाखिल हुआ। उसने बच्चों की ओर देखा और उन्हें एक साथ हाथ जोड़कर नमस्ते किया। फिर जल्दी से स्टोर रूम से चावल, दाल के बड़े-बड़े बोरों, तेल की बोतलें, नमक-चीनी के साथ-साथ मसालों के पैकेट को बाहर निकालने में अज्जा की मदद करने लगा। अज्जी दो दिन पहले ही यह सारा सामान बाजार से लाई थीं। हर बच्चा एक-एक बोरे को अपने पास

खींचकर काम में जुट गया और बोरे में से सामान निकालकर एक-एक किलो के छोटे पैकेट्स में डालने लगा।

अज्जी और अज्जा बच्चों के पास मध्यम आकार के गत्ते से बने बॉक्स लेकर आए और सभी अपने तैयार किए गए पैकेट्स में से एक-एक पैकेट उसमें डालने लगे। एक बार सभी चीजें बॉक्स में रख दी गईं तो दामू ने उसे पैक कर दिया और उसे मुख्य द्वार के पास रख दिया। बच्चों को सचमुच उन छोटे-छोटे पैकेट्स को बनाने में बहुत मजा आया था। उनको ऐसा लगा ही नहीं कि वे किसी तरह का काम कर रहे हैं। समय जल्दी ही बीत गया और शाम का समय हो गया। अज्जा ने बॉक्स की गिनती की और सबको बताया, "हमने दो सौ बॉक्स तैयार किए हैं।"

कुछ देर बाद रहमत चाचा भी आ गए। उन्होंने जल्दी से सभी बॉक्स अपनी जीप में रख लिये और उन्हें बाँटने के लिए ले गए। बच्चे बहुत ही उत्साहित थे और इस काम में मदद करके बहुत खुश थे।

"हमें और दो। हम और काम करना चाहते हैं।" कृष्णा ने कहा।

"हाँ-हाँ, हम और करेंगे।" मीनू ने कहा।

"मुझे मम्मी को कॉल करना है। मैं उन्हें बताना चाहती हूँ, आज मैंने कितनी बड़ी मदद की है!" अनुष्का जोर से चिल्लाते हुए बोली।

"आज हम सबने बहुत सारा काम किया है। मैंने और राशन का ऑर्डर दे दिया है, जो यहाँ कल तक आ जाएगा। इसलिए हम आज का काम यहीं रोक देते हैं और कल फिर से शुरू करेंगे।" अज्जा ने कहा।

अपनी सफाई करने के बाद सभी बच्चे अज्जी के आसपास जमा हो गए, जो उस समय अपने हाथ साफ कर रही थीं।

"अब, हमें एक कहानी सुनाओ।"

"मैं तुम लोगों को डिनर करने के बाद सुनाऊँगी।" अज्जी ने कहा।

"नहीं, मेरा तो अभी लंच भी नहीं हजम हुआ है।" रघु ने कहा।

अनुष्का बोली, "मेरा भी। बीन्स की सब्जी बहुत ही अच्छी थी। मैंने तीन कटोरी सब्जी खाई थी।"

"उन्हें झाड़ियों में से तोड़ना भी बहुत ही आसान था।" मीनू ने कहा,

"शायद हम कल और तोड़ने जाएँ। पर अगर कमलू अज्जी मुझे नारियल लाने को कहेंगी तो मैं वे अपने आप तोड़कर नहीं ला सकती, क्योंकि वे पेड़ पर बहुत ऊँचाई पर होते हैं।"

"नारियल पेड़ पर इतनी ऊँचाई पर क्यों लगते हैं, जबकि बीन्स नीचे झाड़ियों में उगती हैं?" रघु ने हैरान होते हुए पूछा।

"उसका भी एक कारण होता है।" अज्जी ने अपने हाथों को पोंछते हुए कहा।

"क्या कारण होता है?" रघु ने पूछा।

"यह सबकुछ एक बीन्सटॉक के साथ शुरू हुआ।" अज्जी ने नीचे बैठते हुए अपनी कहानी शुरू करते हुए कहा—

अनीता और जग्गू एक खेत में रहते थे। अनीता बहुत ही मेहनती थी, लेकिन उसका पति एक आलसी इनसान था। वह अपने पति से रोज कहती थी, "अगर तुम मेरी मदद करो तो हम दोनों मिलकर बहुत कुछ कर सकते हैं। मैं अकेले सारे काम नहीं कर सकती। हम लोग गरीब किसान हैं। प्लीज, तुम मेरी मदद किया करो, जिससे कि हम एक बेहतर जीवन जी सकें।"

हालाँकि, जग्गू अपनी पत्नी की बात बिल्कुल नहीं सुनता था। बेचारी अनीता जो कुछ कर सकती थी, वह सब करती थी। वो सब्जियाँ उगाने के लिए बहुत मेहनत करती और उन्हें बाजार में ले जाकर बेचती। उससे उसे जो पैसे मिलते, वे बस उनके गुजारे लायक ही होते। अनीता जैसे-तैसे उन पैसों से अपने घर का खयाल रखती और अपनी जरूरतों को भी पूरा करती।

एक दिन, जब वह बाजार से वापस आ रही थी तो बहुत जोर से बिजली कड़क रही थी और थोड़ी ही देर में बहुत तेज बारिश भी होने लगी। उस समय अनीता एक छोटे से घर के पास से गुजर रही थी। उसने बारिश से बचने के लिए उस घर में शरण लेने की बात सोची। उसने देखा कि उस घर में एक बूढ़ा व्यक्ति खाना पका रहा है। उसने अनीता को घर के बरामदे में आकर

बैठने के लिए आमंत्रित किया और कहा कि वह वहाँ रुककर बारिश के थमने का इंतजार करे। जब उसने देखा कि बारिश के जल्दी रुकने की कोई उम्मीद नहीं है तो उसने अनीता से कहा, "बेटी, तुम अंदर आ जाओ! जाने से पहले तुम मेरे साथ खाना खा लो।"

अनीता ने उस बूढ़े व्यक्ति के दयालु स्वभाव को देखकर उसका आभार जताते हुए उसके पास वापस जाते समय जो भी सब्जियाँ बची हुई थीं, वे सब उस बूढ़े व्यक्ति को दे दीं। बारिश कम होने का नाम ही नहीं ले रही थी। जब वे दोनों एक-दूसरे से बातें कर रहे थे तो बातों-बातों में अनीता ने अपने खेत और अपनी परेशानियों के बारे में उस बूढ़े व्यक्ति को बताया। उसके पास ऐसा कोई भी नहीं था, जिसके साथ वह अपनी चिंताओं और परेशानियों को साझा कर पाती। लेकिन अब वह इस नए नरम स्वभाव के नेकदिल बूढ़े व्यक्ति के साथ बात करके हलका महसूस कर रही थी।

वह मुसकरा रहा था और उसकी बातों को बड़े ध्यान से सुन रहा था।

करीब एक घंटे के बाद बारिश रुक गई। उसके वहाँ से चलने से पहले उस बूढ़े व्यक्ति ने उसे बीन्स के कुछ बीज देते हुए कहा, "बेटी, ये बहुत ही अनोखे बीज हैं। इन्हें अपने खेतों में उगाओ और इससे तुम्हें बहुत ही स्वादिष्ट सब्जी मिलेगी! तुम उसे बाजार में बेच सकती हो। इस तरह तुम्हें पहले से ज्यादा पैसा मिलेगा, क्योंकि यह बहुत ही नई तरह की सब्जी है।"

अनीता ने उस बूढ़े इनसान को 'शुक्रिया' कहकर बीज ले लिये और अपने घर की ओर चल दी।

अगले दिन उसने अपने खेतों में उन बीजों को बो दिया। एक महीने के भीतर ही वे बीज बेल में बदल गए। उसमें हरी-हरी बीन्स भी निकलने लगीं। पर बीन्स उन पर ऊपर की ओर पनप रही थी। अनीता का हाथ उन तक तभी पहुँच पाता था, जब वह सीधे अपने पंजों पर खड़ी होती थी, हालाँकि बेल अब भी ऊपर की ओर और बढ़ती जा रही थी। वह इतने ऊपर तक बढ़ चुकी थी कि अनीता अब देख भी नहीं पाती थी कि वह कहाँ पर खत्म हो रही है।

चूँकि यह सब्जी बिल्कुल नई और बहुत स्वादिष्ट थी, इसलिए उसकी बीन्स लोग जल्दी खरीद लेते और उसकी सारी बीन्स बिक जाती। अब अनीता

अपनी आमदनी से बहुत खुश है। अब वह अच्छा खाना भी खा पा रही है और उसे अपने घर में मरम्मत का काम करवाना था, उसे भी करवा पा रही है।

अब आलसी जग्गू नई बीन्स की सब्जी के बारे में जानने के लिए बहुत ही उत्सुक था। अब वह सुबह जल्दी उठने लगा था। नहीं, अपनी पत्नी की मदद करने के लिए नहीं, बल्कि बीन्सटॉक को देखने और उस पर निगरानी रखने के लिए।

"तुम्हें क्या लगता है, बीन्स की बेल कितनी बड़ी होगी?" जग्गू ने पूछा।

"मुझे नहीं पता और न मैं जानना चाहती हूँ। मुझे बाजार में बेचने के लिए पर्याप्त बीन्स मिल चुकी हैं।" उसने जवाब दिया।

जग्गू हालाँकि इसके बाद भी नहीं माना। उसने उसे परेशान करना जारी रखा। वह बोला, "काश, उस बूढ़े इनसान ने तुम्हें बीन्स के थोड़े और बीज दिए होते! इन बीन्स में तो बीज ही नहीं हैं। अगर उसने तुम्हें थोड़े और बीज दिए होते तो हम और भी बेल लगा सकते थे तथा और भी पैसेवाले बन सकते थे।"

"नहीं, मेरे पास अभी जितना है, मैं उसमें ही संतुष्ट हूँ! जग्गू, लालची मत बनो! हमारे पास अभी जितना है, वह हमारे लिए काफी है।"

जग्गू ने उसे उसके हाल पर छोड़ दिया और खुद उस बूढ़े इनसान की तलाश में निकल पड़ा। जिस दिन अनीता

अपने घर पर वे बीज लेकर आई थी, उसने जग्गू को उस बूढ़े इनसान के घर का पता बताया था, जहाँ पर वह उससे मिली थी। जग्गू ने जल्दी ही उस घर को तलाश कर लिया; पर उसे यह देखकर निराशा हुई कि उस घर में कोई भी नहीं था।

'शायद मुझे बीन्स की बेल पर चढ़ना चाहिए और देखना चाहिए कि वह कहाँ तक जाती है।' उसने सोचा, 'पर मैं ऐसा उस समय नहीं कर सकता, जब अनीता घर पर हो। वह जरूर मुझे रोकने की कोशिश करेगी।'

इसलिए वह घर वापस आ गया और अनीता के घर से बाहर जाने का इंतजार करने लगा। कुछ दिनों के बाद अनीता अपनी बीन्स को बेचने के लिए बाजार गई। वह जिस क्षण घर से बाहर निकली, जग्गू ने बीन्सटॉक पर चढ़ना शुरू कर दिया। उसे लगा, जैसे वह घंटों तक ऊपर चढ़ने के बाद, वो सबसे ऊपर पहुँच गया और बादलों में बने एक घर तक एक पगडंडी के सहारे पहुँच गया।

उस घर का दरवाजा बंद था।

उसने दरवाजा खटखटाया—खट-खट-खट···

अंदर से किसी इनसान की आवाज ने पूछा, "कौन है? यहाँ पर क्यों आए हो?"

"श्रीमान, मैं अनीता का पति जग्गू हूँ।"

"तुम्हें क्या चाहिए?"

जग्गू दुविधा में पड़ गया। 'मैं और बीन्स क्यों माँगूँ?' उसने सोचा, 'और बीन्स माँगने का मतलब होगा, मुझे और कड़ी मेहनत करनी होगी और उसके बाद ही मुझे और पैसा मिल पाएगा। मुझे सीधे-सीधे पैसा ही माँग लेना चाहिए।'

इसलिए वह बोला, "पैसा···मुझे पैसा चाहिए।"

"बेशक!" अंदर से आवाज आई, "अब यहाँ से जाओ।"

जग्गू वापस बीन्सटॉक के पास आ गया और फिर उससे होता हुआ नीचे उतर आया। जब वह अपने घर के अंदर गया, उसने देखा कि वहाँ पर पैसों से भरा एक बॉक्स रखा हुआ है। अचानक उसे यह सोचकर निराशा हुई

कि उसे इन पैसों के बदले बहुत सारे सोने के सिक्के माँगने चाहिए थे। उसने सोचा, 'उनकी कीमत इससे बहुत अधिक होती।'

अनीता घर वापस आ गई; मगर उसने उसे उस दिन जो कुछ हुआ, उसके बारे में कुछ भी नहीं बताया। इसके बजाय, उसने उस पैसे से कुछ दिन बहुत मजे से बिताए और फिर से उसके बाजार जाने का इंतजार करने लगा, जिससे कि वह बीन्सटॉक पर फिर से चढ़ सके और इस बार सोने के सिक्कों की माँग कर सके।

लेकिन जल्दी ही उसने अपना फैसला बदल लिया। सोने के सिक्कों का क्या फायदा? उसने अपने आपसे सवाल किया, 'मेरे लिए वे जरूरी नहीं हैं। मुझे इस गाँव का सबसे अमीर आदमी बनना होगा! ऊपर रहनेवाले इनसान से सबसे बेहतर चीज यही माँगी जा सकती है।'

अगली बार जब अनीता बाजार गई, जग्गू दोबारा बीन्सटॉक पर चढ़ गया। वह सबसे ऊपर पहुँचा और बादलों में बने घर तक पहुँचने के लिए पगडंडी के सहारे आगे बढ़ने लगा।

उस घर का दरवाजा बंद था।

उसने दरवाजा खटखटाया—खट-खट-खट…

अंदर से एक व्यक्ति की आवाज आई, "कौन है? यहाँ पर क्यों आए हो?"

"श्रीमान, मैं अनीता का पति जग्गू हूँ!"

"तुम्हें क्या चाहिए?"

"मैं इस गाँव का सबसे अमीर आदमी बनना चाहता हूँ।"

"बेशक!" उस आवाज ने कहा, "अब जाओ और यहाँ वापस मत आना।"

जग्गू नीचे उतर आया। वह बहुत खुश और बेफिक्र महसूस कर रहा था।

उसे पता था कि वह इस गाँव का सबसे अमीर आदमी बनने वाला है और वह बन गया है।

इस बार उसने अनीता घर वापस आई तो उसे भी जो कुछ दिन में हुआ था, वह सब बताया। अनीता यह सब जानकर खुश नहीं थी।

"तुमने इस तरह से जो धन पाया है, मैं उसमें शामिल नहीं होने वाली या इस धन का इस्तेमाल नहीं करने वाली। तुम जो चाहते हो, वह करो; लेकिन मुझे इस सबसे अलग रखो।" अनीता ने अपनी मंशा साफ-साफ शब्दों में जग्गू को बता दी।

पर जग्गू ने उसकी बातों की बिल्कुल परवाह नहीं की। वह सोचने लगा कि अब जब वह इस गाँव का सबसे अमीर आदमी बन गया है तो उसे क्या करना चाहिए? उसने गाँव के अमीर लोगों को अपने घर पर दावत देनी शुरू कर दी।

अनीता ने उस दावत में शामिल होने से मना कर दिया और चुपचाप अपना काम करना जारी रखा।

एक दिन जग्गू ने अपने आलीशान महल जैसे घर में बहुत बड़ी दावत दी; पर उसके सभी अमीर दोस्तों ने उस दावत में आने से मना कर दिया, क्योंकि उन्हें उसी दिन किसी और समारोह में आमंत्रित किया गया था। उन सभी ने उससे कहा, "हमारे राजा गाँव में आ रहे हैं तो हमें सबसे पहले उनकी दावत को स्वीकार करना होगा।" इसका मतलब यह है कि राजा गाँव के सबसे अमीर इनसान से भी बड़ा होता है। उसने सोचा, शायद मुझे वापस उस बीन्सटॉक के ऊपर रहनेवाले इनसान के पास वापस जाना चाहिए और उससे कहना चाहिए कि वह मुझे सबसे शक्तिशाली बना दे।

अगली बार जब अनीता घर से बाहर गई तो जग्गू फिर से उस बीन्सटॉक पर चढ़ गया। वह सबसे ऊपर पहुँचा और फिर पगडंडी के सहारे बादल वाले घर के पास पहुँच गया।

घर का दरवाजा बंद था।

उसने दरवाजा खटखटाया—खट-खट-खट...

अंदर से एक व्यक्ति की आवाज आई, "कौन है? यहाँ पर क्यों आए हो?"

"श्रीमान, मैं अनीता का पति जग्गू हूँ!"

"तुम्हें क्या चाहिए?"

"मैं इस धरती का सबसे शक्तिशाली राजा बनना चाहता हूँ!"

अंदर से आवाज आई, "बेशक! अब जाओ और यहाँ दोबारा मत आना।"

जग्गू की इच्छा एक बार फिर पूरी हो गई थी और वह उस धरती का सबसे शक्तिशाली राजा बन चुका था। हालाँकि, अनीता ने उसकी रानी बनने से मना कर दिया था और वह अब भी अपने पुराने घर में ही रहती थी। वहाँ रहकर वह बीन्स उगाती और बेचती थी।

एक दिन जग्गू ने उससे पूछा, "हमारे पास इतनी दौलत है कि हमारी सात पीढ़ियाँ अपना गुजारा बहुत आसानी से कर सकती हैं। फिर तुम अब भी इतनी कड़ी मेहनत क्यों करती हो?"

अनीता जानती थी कि उसके पति को अपने लालची और आलसी स्वभाव की एक दिन बहुत बड़ी कीमत चुकानी पड़ेगी। उसने जोर से चिल्लाते हुए कहा, "तुमने जो कुछ भी पाया है, वह सब जादू से है और मैंने जो कुछ भी पाया है, अपनी मेहनत से पाया है। मेरा जो कुछ है, वह हमेशा मेरे साथ रहेगा।"

जग्गू ने अपना सिर हिलाया। उसकी पत्नी की बातों में जो सच्चाई थी, वह उसे नकार नहीं सकता था।

एक दिन जग्गू किसी दूसरी जगह के राजा से मिलने गया। राजा के मंत्री ने उसे दरवाजे पर ही रोकते हुए कहा, "आप इंतजार करें, राजा अभी आपसे नहीं मिल सकते।"

"क्यों? वे ऐसा कौन सा काम कर रहे हैं कि मुझसे नहीं मिल सकते?" जग्गू ने अकड़ते हुए पूछा।

"वे प्रार्थना और पूजा कर रहे हैं।"

"क्या वे रोज ऐसा करते हैं?" जग्गू ने पूछा।

"हाँ, श्रीमान, वे हर सुबह पूजा करते हैं। ईश्वर हम सबसे शक्तिशाली है और हम सभी को उसकी दैवीय उपस्थिति के सम्मान में अपना सिर अवश्य झुकाना चाहिए।" मंत्री ने कहा।

'ईश्वर के समक्ष राजा को भी सिर झुकाना पड़ता है! तो क्यों न मैं ईश्वर बन जाऊँ?' उसने सोचा।

अगली बार जब अनीता बाहर गई तो जग्गू अपने पुराने घर में वापस आया और फिर से बीन्सटॉक पर चढ़ गया। वह उसके शीर्ष तक पहुँचा और फिर पगडंडी के सहारे बादलों में जो घर था, उसके पास पहुँचा।

घर का दरवाजा बंद था।

उसने दरवाजा खटखटाया—खट-खट-खट…

अंदर से एक व्यक्ति की आवाज आई, "कौन है? यहाँ पर क्यों आए हो?"

"श्रीमान, मैं अनीता का पति जग्गू हूँ!"

"तुम्हें क्या चाहिए?" अंदर से आनेवाली आवाज ने गुस्से में पूछा।

"मैं आपसे वायदा करता हूँ कि मैं दोबारा यहाँ पर कभी नहीं आऊँगा, यदि आप मुझे ईश्वर बना दें। मैं ईश्वर बनना चाहता हूँ! कृपया, मुझे बना दें।" जग्गू ने उस आवाज से प्रार्थना करते हुए कहा।

अंदर से आनेवाली आवाज जोर-जोर से हँसने लगी।

"हा-हा-हा! इस संसार में ईश्वर हर जगह पर मौजूद हैं। वे बहुत ही दयालु व कृपालु हैं और किसी भी मनुष्य को ईश्वरत्व अच्छे कर्म करके ही प्राप्त हो सकता है। तुम एक लालची व आलसी इनसान हो और मैं तुम्हारी बहुत सी इच्छाओं को पूरा कर चुका हूँ। तुम कुछ भी प्राप्त करने के लायक नहीं हो।"

जग्गू को ऐसा लगा, जैसे किसी ने उसके पीछे जोर से लात मारी और वह बादलों में से नीचे गिर पड़ा। वह नीचे सीधा अपने छोटे से घर के सामने आँगन में आकर गिरा। उसके पूरे शरीर पर जगह-जगह चोट के निशान थे। बीन्सटॉक अपनी जगह से गायब हो चुकी थी। उसके स्थान पर केवल वह झाड़ बीन्स के साथ मौजूद था, जिसे अनीता ने उगाया था। निराश और चोटिल जग्गू अपने छोटे से घर के अंदर चला गया।

जब अनीता वापस आई, वह अपने बुरी तरह से चोटिल और दर्द से कराहते पति और अपने आँगन में बीन्सटॉक की जगह पर केवल एक झाड़ को देखकर हैरान रह गई। बीन्सटॉक पूरी तरह से बरबाद हो चुकी थी। वहाँ

जो कुछ हुआ था, उसका अंदाजा अनीता को हो गया था। उसे यह चिंता सताने लगी कि अब उसे बीन्स ज्यादा मात्रा में नहीं मिल पाएँगी, इसी उधेड़बुन में वह आँगन में मौजूद झाड़ के पास गई और एक बीन्स तोड़ ली। उसे यह देखकर बहुत ही हैरानी हुई कि इस बार बीन्स में बीज भी थे।

"क्या हुआ था?" उसने जग्गू से जानना चाहा।

जग्गू ने उसे सारी कहानी कह सुनाई।

"तुम्हारे साथ ऐसा ही होना चाहिए था!" अनीता ने उस पर तंज कसते हुए कहा, "जब तक तुम अपने जीवन की गाड़ी को चलाने के लिए कड़ी मेहनत नहीं करते, तब तक तुम्हें जो भी मिले, तुम्हें उसकी कद्र नहीं होगी। तुम भूल गए हो कि हम लोग किसान हैं। हमारा काम खेती करना है और अपनी खेती से हमें जो कुछ उपज प्राप्त हो, उससे ही अपना गुजर-बसर करना है। ईश्वर ने तुम्हें बहुत अच्छा सबक सिखाया है। अब जो कुछ हुआ, उसे भूल जाओ और मेरे साथ आओ। मैं तुम्हारे घावों पर मरहम लगा देती हूँ। इतना कुछ होने के बावजूद ईश्वर बहुत दयालु हैं। उसने हमें इस फली में बीज दे दिए हैं, जिससे कि हम उसे दोबारा से बो सकें और इसे बेचकर अपनी कमाई करते रहें।"

अनीता ने अपने बचाए हुए पैसोंवाला बॉक्स खोला। उसने कहा, "बस, यही है, जिसे मैं आज तक बचा पाई हूँ। चलो, इस पैसे को हम और भी मेहनत करने के लिए इस्तेमाल करते हैं और बीन्स की और भी झाड़ियाँ उगाते हैं। यह हमें ईश्वर का वरदान है और जब तक हम इसकी देखभाल करते रहेंगे तथा समझदारी से इसका इस्तेमाल करेंगे, तब तक हमें अपने गुजारे के लिए पर्याप्त पैसा मिलता रहेगा।"

इस तरह, जग्गू सुधर गया। पति-पत्नी दोनों ने साथ मिलकर बहुत सारी बीन्स की उपज की और साथ मिलकर एक स्वस्थ व संतुष्ट जीवन व्यतीत किया।

यहाँ तक कि आज भी बीन्स झाड़ियों में ही उगती हैं, न कि आसमान को छूनेवाली किसी बेल पर।

"वाह! अज्जी, क्या यही कारण है कि फलियाँ (बीन्स) झाड़ पर उगती हैं?" अनुष्का ने अपनी छोटी-छोटी आँखों को चौड़ा करते हुए पूछा।

"किसी को नहीं पता कि क्या सच है; लेकिन मैंने इस कहानी को हमेशा सच माना है।" अज्जी ने कहा।

"अब से बीन्स मेरी नई सबसे पसंदीदा सब्जी है।"

अज्जी ने प्यार भरी नजरों से उसकी ओर देखा और मुसकरा दीं।

□

सौभाग्य की देवी

कुछ दिनों के बाद रहमत चाचा ने अज्जा को फोन किया और कहा, "अनाज के पैकेट दान करने के लिए आपका बहुत-बहुत शुक्रिया! आज हमने सभी पैकेट्स को बाँट दिया और उनसे हम बहुत सारे लोगों की मदद कर पाए। बहुत सारे लोग मुझसे मास्क की बढ़ती जरूरत को लेकर भी अपील कर रहे हैं। क्या आप उसमें हमारी मदद कर सकते हैं? अगर आप उसमें मेरी कोई मदद कर सकते हैं तो कृपया बताएँ, हम आपके यहाँ से उनको लेकर झुग्गी-झोंपड़ियों में लोगों के बीच में बाँट सकते हैं।"

"रहमत, मैं देखता हूँ कि मैं क्या कर सकता हूँ और तुम्हें दोबारा कॉल करता हूँ।" अज्जा ने उन्हें आश्वासन देकर फोन रख दिया। उन्होंने अज्जी की ओर देखते हुए कहा, "तुम क्या कहती हो? क्या हमारे पास मास्क बनाने का सामान मौजूद है?"

"बेशक! मुझे पता है, उन्हें कैसे बनाया जाता है। लेकिन उसके लिए मुझे आरामदायक और ऐसा कपड़ा चाहिए, जिससे साँस लेना आसान हो।" अज्जी ने कहा, "अचानक उन्हें याद आया कि मैं कुछ सप्ताह पहले ही बहुत सारी धोती रथ महोत्सव के दौरान लोगों को बाँटने के लिए खरीदकर लाई थी। वह कपड़ा बहुत आरामदायक और आसानी से धुल जानेवाला है। मैं उनका इस्तेमाल मास्क बनाने में कर सकती हूँ। हम यह काम आज से शुरू कर सकते

हैं। अगर उन्हें और भी सामान चाहिए तो रहमत से कहो कि वे और भी सामान ले आएँ और हमारे घर के बाहर रख दें। हम उसे अपने बगीचे में चौबीस घंटों के लिए खुला छोड़ देंगे। फिर मैं उसे उठा लूँगी और मास्क बनाने के लिए इस्तेमाल भी कर लूँगी।"

कमलू अज्जी भी अज्जी के साथ मिल गईं। उनका काम आसान हो गया था, क्योंकि दामू उनके घर के सभी कामों में मदद कर रहा था; हालाँकि, खाना बनाने का काम अब भी वही कर रही थीं। बच्चे भी उनकी मदद कर रहे थे। लेकिन उन पर निगरानी रखने की बहुत जरूरत थी, जो हमेशा संभव नहीं हो पाता था। दोनों अज्जियों के लिए दामू का होना बहुत बड़ी मदद साबित हो रहा था।

कमलू अज्जी ने कहा, "आओ, लंच के बाद मिलकर काम शुरू करते हैं। मैं कपड़े को काटने का काम करूँगी और तुम उसे सीने का काम कर सकती हो। इस तरह, हमारा काम जल्दी हो जाएगा।"

"यह तो बहुत अच्छा विचार है।" अज्जी ने कहा।

लंच के बाद सभी बच्चे सिलाई मशीन के आसपास जमा हो गए; लेकिन कोई भी अज्जी को कहानी सुनाने के लिए नहीं कहना चाहता था। अज्जा, जो पास के कमरे थे, उन्होंने वहाँ से आवाज लगाते हुए कहा, "अज्जी तुम लोगों को आज कहानी नहीं सुना सकतीं, क्योंकि उन्हें सिलाई पर ध्यान देना है और कमलू अज्जी भी उनके साथ काम में व्यस्त हैं। इसलिए आज मैं तुम्हें कहानी सुनाता हूँ।"

सारे बच्चे दादा के कमरे में दौड़कर पहुँच गए। सभी बहुत उत्साहित थे। वह कमरा भी दादाजी की तरह बहुत ही पुराना था। उसकी छत बहुत ऊँची थी, जिस पर पुराने जमाने का पंखा लगा हुआ था। अज्जा एक आरामदायक कुरसी पर बैठे थे।

"आप? आप हमें कहानी सुना सकते हैं?" रघु ने थोड़ा आश्चर्यचकित होते हुए पूछा। अज्जा ने इससे पहले उन्हें कभी कोई कहानी नहीं सुनाई थी।

"रघु, बेशक, मैं सुना सकता हूँ। आखिर मैंने तुम्हारी अज्जी से विवाह की है, नहीं की! आओ, बैठो।" अज्जा ने अपनी पलकें झपकाईं।

अज्जा जिस कमरे में बैठे थे, वह बहुत अच्छा और आरामदायक था। सभी बच्चे उनके आसपास इंतजार में बैठ गए।

मैं तुम्हें यह कहानी बस, इसलिए सुना रहा हूँ, जिससे कि तुम लोग यह समझ सको कि एक-दूसरे की मदद करना कितना जरूरी है! जब हम दूसरों की मदद करते हैं, चीजें ठीक उसी तरह से होती हैं, जिस तरह से उनको होना चाहिए; ठीक उसी तरह से, जैसे कोई आपकी भी मदद उनको करने में कर रहा हो।

"अज्जा, इसका क्या मतलब है?" मीनू ने पूछा।

अज्जा मुसकरा दिए।

महेश और उसकी पत्नी अपनी दो बेटियों के साथ एक गाँव में रहते थे। हालाँकि, वे दोनों पति-पत्नी बहुत कड़ी मेहनत करते थे, फिर भी अपना गुजारा बहुत मुश्किल से कर पाते थे। महेश हमेशा अपनी बेटियों की शिक्षा और उनके भविष्य के लिए आवश्यक पैसों को लेकर चिंतित रहता था। उसने पैसा कमाने के लिए बहुत से काम करने की कोशिश की, लेकिन हर बार अपनी कोशिश में उसे असफलता ही मिली। वह सोचने लगा, भाग्य उसके साथ नहीं है।

एक दिन महेश को एक सपना आया। उसके सपने में एक आदमी उसके पास आया और बोला, "महेश, तुम सौभाग्य की देवी अदृष्ट लक्ष्मी की आराधना करो। यदि तुम उनसे प्रार्थना करोगे तो वे तुम्हारे मार्ग की सभी बाधाओं को दूर करेंगी और तुम्हें समृद्धिशाली बनने में सहायता करेंगी।"

"मुझे वे देवी कहाँ पर मिलेंगी?" महेश ने पूछा।

उसके लिए तुम्हें घने जंगल में जाना होगा और वहाँ पर ऊँचे पहाड़ पर चढ़ना होगा। तुम्हें वे वहाँ पर मिलेंगी और वहाँ तुम उनका ध्यान करना। वे वहाँ पर आएँगी और तुम्हारी मदद करेंगी।

महेश जब अगली सुबह उठा तो उसने अपनी पत्नी को अपने सपने के बारे में बताया। उसकी पत्नी ने उसे सपने में मिले निर्देशों का पालन करने के लिए

प्रेरित किया। उसी दिन महेश जंगल में जाने के लिए तैयार हो गया।

अपनी यात्रा के दौरान उसने दो घोड़ों को देखा। वे बहुत भूखे और उदास थे। महेश पास के ही एक पेड़ के नीचे बैठ गया और अपना खाना खाने लगा। उसके पास जो कुछ भी था, उसने वह दोनों घोड़ों के साथ मिल-बाँटकर खाया।

उन्होंने उससे पूछा, "हे भले मानस! तुम कहाँ जा रहे हो?"

"मैं सौभाग्य की देवी की तलाश में निकला हूँ। मैं बदकिस्मत हूँ और इसी वजह से बहुत से काम करने की कोशिश करने के बाद भी असफल रहा हूँ। मैं उनसे मिलकर सौभाग्य का वरदान लेना चाहता हूँ।" महेश ने जवाब दिया।

"क्या तुम उनसे हमारे लिए भी कुछ माँगोगे? हम यहाँ पर कई वर्षों से हैं। हमारे लिए भोजन की तलाश करना बहुत कठिन होता जा रहा है और अब हम थक चुके हैं! हम जहाँ भी जाते हैं, हमारा सामना जंगली जानवरों से हो जाता है और वहाँ हमारे आसपास कोई घास खाने के लिए नहीं बचती। अगर तुम देवी से मिलो तो उनसे पूछना कि हमें कहाँ पर ऐसी धरती मिल सकती है, जहाँ हरी-हरी घास पर्याप्त मात्रा में हो, जिससे कि हम वहाँ पर चले जाएँ। हम बस, इतना ही चाहते हैं।"

महेश ने 'हाँ' में सिर हिलाया। वह घोड़ों की खराब हालत देखकर उदास था।

वह लंबे समय तक तब तक चलता रहा, जब तक वह लगभग पूरी तरह से सूख चुके आम के एक पेड़ के पास न पहुँच गया। महेश उसके नीचे बैठ गया और फिर कुछ समय के लिए वह सो गया। जब वह उठा और वहाँ से आगे बढ़ने के लिए चलने लगा तो आम के पेड़ ने उससे पूछा, "हे भले मानस! तुम कहाँ जा रहे हो?"

महेश ने उसे अपने उद्देश्य के बारे में सबकुछ बताया।

"क्या तुम देवी से मेरे लिए भी कुछ माँग सकते हो? मेरे साथ के सभी पेड़ बहुत ही हरे-भरे हैं और बहुत ही रसीले फल देते हैं। सभी मनुष्य, पशु और पक्षी उन फलों को खाना पसंद करते हैं। मैं भी अपने उन्हीं साथियों के साथ ही बड़ा हुआ हूँ। लेकिन जैसाकि तुम देख सकते हो, मैं आधा मरा और आधा जीवित हूँ। मेरे पास देने के लिए न तो फूल और न ही फल होते हैं, चाहे मैं जितनी भी

कोशिश क्यों न कर लूँ। मुझे ऐसा लगता है, जैसे मेरा जीवन पूरी तरह से बेकार है। क्या मेरे लिए कुछ किया जा सकता है?"

महेश ने उस पेड़ से वायदा किया कि वह देवी से उसके बारे में बात करेगा। और ऐसा कहकर वह आगे बढ़ चला।

फिर वह उस पर्वत के पास पहुँचा, जिसके बारे में उसे सपने में आनेवाले व्यक्ति ने बताया था। वह उस पहाड़ पर चढ़ने लगा। उस पर ऊँचा और ऊँचा तब तक चढ़ता गया, जब तक एक तालाब के पास नहीं पहुँच गया। वहाँ पर सूखी हुई झील के ऊपर बहुत से पक्षी मँडराते हुए शोर मचा रहे थे। उन्होंने उससे पूछा, "हे भले मानस! तुम कहाँ जा रहे हो?"

महेश ने उन्हें अपने उद्‌देश्य के बारे में सबकुछ बताया।

पक्षियों ने कहा, "हमें यहाँ पर लगभग पूरे वर्ष वर्षा का पानी मिलता है और हम सभी इस झील का पानी पीकर अपना गुजारा कर लेते हैं। लेकिन अब इस झील को देखो, यह गरमियों के दिनों में हमेशा सूख जाती है! हम किसी तरह से अपने भोजन का इंतजाम कर लेते हैं, लेकिन हमें पानी के लिए बहुत मेहनत करनी पड़ती है!"

"क्या तुम देवी से इस बारे में बात करोगे कि ऐसा कोई तरीका है, जिससे हमें पूरे साल पानी आसानी से मिले?"

महेश ने उनकी समस्या के बारे में देवी से बात करने का वायदा किया और आगे बढ़ चला। आखिरकार, वह पर्वत की चोटी पर पहुँच गया! वहाँ पहुँचकर, पूरा ध्यान लगाकर वह देवी की आराधना करने लगा।

काफी देर तक प्रार्थना करने के बाद सौभाग्य की देवी वहाँ प्रकट हुईं। वे

बोलीं, "महेश, मैं तुम्हारी भक्ति से प्रसन्न हूँ। तुम बहुत कठिन यात्रा कर घने जंगल से होते हुए, इतने कठिन पहाड़ पर चढ़कर यहाँ तक पहुँचे हो। मैं तुम्हें तीन वरदान दे सकती हूँ। माँगो, क्या माँगते हो।"

अचानक महेश को उन घोड़ों का खयाल आया, जिनके पास खाने के लिए

घास नहीं थी। उसे आम के पेड़ और पक्षियों की तकलीफ भी याद आई। वह बोला, "आपके दर्शन की इस यात्रा के दौरान मुझे तीन ऐसे जीव मिले, जिन्हें बहुत ही मुश्किल परिस्थितियों का सामना करना पड़ रहा है। कृपया मुझे बताएँ कि उनकी समस्याओं का क्या समाधान है?"

देवी मुसकराईं और बोलीं, "मुझे मालूम है!" देवी ने आगे कहा, "उनकी समस्याओं का साधारण-सा हल है! जिस स्थान पर घोड़े रहते हैं, वहाँ पर एक पेड़ के नीचे बड़ा सा पत्थर है। उस पत्थर को केवल वही व्यक्ति निकाल सकता है, जो निश्छल व पवित्र हृदय का हो और जो सभी की खुशियों के बारे में सोचता हो। अगर ऐसा व्यक्ति उस पत्थर को हटा देता है तो वह स्थान हरी घास से भर जाएगा और वह घास घोड़ों के पूरे जीवनकाल के लिए पर्याप्त होगी।"

महेश ने देवी की ओर प्रेम व श्रद्धा भरी दृष्टि से देखा। उसे यह देखकर हैरानी हो रही थी कि देवी को उसकी यात्रा की सारी बातों के बारे में पता है।

"आम के पेड़ के नीचे," देवी ने कहा, "एक संदूक गड़ा हुआ है। उस संदूक को हटा दो तो फिर आम के पेड़ पर इतने सारे फूल व फल आ जाएँगे, जितने कि उसके आसपास के किसी और पेड़ पर नहीं आते होंगे। तालाब के पास एक और संदूक गड़ा हुआ है, जहाँ पर पक्षियों का बसेरा है। उस संदूक को वहाँ से निकाल लो तो तालाब में पूरे वर्ष पानी रहेगा।"

"महेश, यह याद रखना कि तुम्हें उन संदूकों को अपने साथ अपने घर ले जाना है और उन्हें अपनी पत्नी के साथ मिलकर खोलना है।"

महेश इन समाधानों को सुनकर बहुत खुश था। उसने देवी को 'धन्यवाद' कहा और अपने वापस जाने की यात्रा शुरू कर दी।

सबसे पहले वह झील के पास पहुँचा। वहाँ पर उसने बहुत आसानी से और जल्दी ही संदूक को निकाल लिया और उसके ऐसा करते ही झील में पानी बहने लगा। सारे पक्षी बहुत खुश हो गए और उन सभी ने महेश को धन्यवाद कहा। महेश जल्दी से अपनी आगे की यात्रा पर निकल पड़ा।

चलते-चलते महेश आम के पेड़ के पास पहुँचा और जमीन में से बड़ा सा संदूक निकाल लिया। आम के पेड़ ने उसे शुक्रिया कहा और महेश अपनी घर-वापसी की यात्रा पर आगे बढ़ चला।

आखिर में, महेश घोड़ों से मिला और उसने देखा कि पास के पेड़ के नीचे बहुत बड़ा-सा पत्थर गड़ा हुआ था। वह सोच में पड़ गया, 'मैं कहाँ से नेक दिल व्यक्ति लाऊँ, जो इस पत्थर को हटा दे? यहाँ पर मेरे अलावा और कोई नहीं है। चलो, मैं ही इसे हटाने की कोशिश करता हूँ।'

उसे यह देखकर हैरानी हुई कि वह आसानी से उस पत्थर को हटा पा रहा था। जैसे ही उसने पत्थर को हटाया, उसने देखा कि आसपास हरी घास फूट पड़ी। उसने कभी नहीं सोचा था कि वह एक बहुत नेकदिल इनसान है। लेकिन सौभाग्य की देवी जानती थीं कि उसने अपने लिए उनसे कुछ भी नहीं माँगा था, बल्कि सबकुछ दूसरों के लिए ही माँगा था। तो फिर उससे ज्यादा नेकदिल इनसान और कौन हो सकता था!

अंत में, महेश अपने घर पहुँचा और अपनी यात्रा के दौरान जो कुछ उसके साथ हुआ, उसके बारे में अपनी पत्नी को बताया।

"इन संदूकों में क्या है?" उसकी पत्नी ने पूछा।

"प्रिय, मैंने इन्हें खोलकर नहीं देखा! देवी चाहती थीं कि हम दोनों एक साथ इन संदूकों को खोलें।" महेश ने अपनी पत्नी से कहा।

जब उन्होंने उन संदूकों को खोला तो उन्हें एक संदूक में बहुत सारा सोना और दूसरे में बहुत सारे हीरे मिले! महेश खुशी से झूम उठा। अब उसे पता था कि वह अपनी बेटियों की अच्छी तरह से देखभाल कर सकता है और उन्हें अच्छी-से-अच्छी शिक्षा दिलवा सकता है।

इस तरह से, सौभाग्य की देवी को मालूम होता है कि उन्हें किस तरह से एक नेकदिल मनुष्य का चुनाव करना है।

□

भाई-बहन की कहानी

अज्जा जब भी टेलीविजन ऑन करते थे तो उस पर कोविड-19 के केसों और अलग-अलग शहरों में लॉकडाउन की स्थिति को लेकर अपडेट होता था। जिस तरह से कोविड के केस बढ़ रहे थे, उसे देखकर लगता था कि स्थिति और भी निराशाजनक होती जा रही है।

एक सुबह जब अज्जा सोकर उठे तो उनके एक पैर में बहुत दर्द हो रहा था। आमतौर पर दर्द होने पर वे खुद ही तेल लगा लिया करते थे। इससे हमेशा उन्हें बेहतर महसूस होता था। लेकिन आज, कमलू अज्जी कटोरी में तेल लेकर आईं और उनके पैरों की मालिश करने की जिद करने लगीं।

"अपने पैर मेरी गोद में रखो।" कमलू अज्जी ने उन्हें आदेश देते हुए कहा।

अज्जा ने एक आज्ञाकारी भाई की तरह उनकी बात मानी।

कमलू अज्जी ने उस पैर की मालिश करना शुरू किया, जिसमें दर्द हो रहा था। मालिश करते समय उनके चेहरे पर एक अलग तरह की सौम्यता थी।

"आपको याद है, जब आप युवा थे और आपकी पीठ में दर्द होता था, तो मैं किस तरह से आपकी मालिश किया करती थी?"

अज्जा ने 'हाँ' में सिर हिलाया। उस समय वे एक ऐसे छोटे बच्चे की तरह लग रहे थे, जो अपनी बहन की गोद में पैर फैलाए बैठा था। बच्चों को यह बहुत ही दिलचस्प लग रहा था।

"अज्जा, आप इतने बड़े हो गए हैं, लेकिन अभी आप हममें से ही एक लग रहे हो।" मीनू ने खिलखिलाकर हँसते हुए कहा और अज्जा का मजाक उड़ाने लगी।

"भाई-बहन का रिश्ता बहुत ही सुंदर होता है और पूरे भारत में इसे एक पर्व के तौर पर मनाया जाता है!" अज्जी ने कहा, जो अज्जा के बचाव में आकर खड़ी थीं।

"हाँ।" अज्जा ने भी उनकी बात से सहमति जताई, "हर साल मैं और कमलू एक खास त्योहार पर एक-दूसरे को उपहार देते हैं! तुम लोग जानते हो, मैं किस त्योहार के बारे में बात कर रहा हूँ?"

"क्या आप रक्षाबंधन के बारे में बात कर रहे हैं?" रघु ने पूछा, "वह बहुत बड़ा त्योहार होता है और उस समय मीनू हर बार मुझसे बहुत बड़ा-सा उपहार लेती है और मुझे छोटी-सी राखी देती है!"

अज्जा मुसकरा दिए, "यह त्योहार बहुत बड़े से उपहार या बस, छोटी-सी नाजुक राखी के धागे के बारे में नहीं होता! उस धागे का मतलब अपनी बहन को यह भरोसा दिलाना होता है कि जब भी वह किसी मुसीबत का सामना करेगी, तुम हमेशा उसके साथ रहोगे, यहाँ तक कि इतिहास में भी इस त्योहार के महत्त्व को बहुत बारीकी से समझा गया था। ऐसा कहा जाता है कि रानी कर्णावती ने मुगल

बादशाह हुमायूँ को उस समय राखी भेजी थी, जब शत्रु उन पर आक्रमण करने की कोशिश कर रहे थे और हुमायूँ भी दौड़े-दौड़े उनके पास उनकी रक्षा करने के लिए पहुँचे थे। लेकिन मैं यहाँ पर राखी के धागे की बात नहीं कर रहा हूँ।"

"फिर आप किस त्योहार के बारे में बात कर रहे हैं?" अनुष्का ने पूछा।

"नाग पंचमी!" अज्जा ने कहा। उनकी आँखें चमक उठीं और उन्होंने अज्जी की ओर देखा, "चलो, बच्चों को वह कहानी सुनाओ कि हम दक्षिण में नागपंचमी और महाराष्ट्र में भाऊबीज का त्योहार क्यों मनाते हैं।"

अज्जी मुसकराईं और कहानी सुनाना आरंभ कर दिया—

एक दिन की बात है, अवंति के राजा घुड़सवारी कर रहे थे। बहुत देर तक घोड़े की सवारी करने के बाद उन्होंने कुछ समय रुककर आराम करने के बारे में सोचा।

वे सड़क किनारे पड़े हुए एक बड़े से पत्थर पर बैठ गए और पानी पीने के लिए अपना जल पात्र निकाला। अचानक उनकी आँखें अपने पैरों के बीच पड़े एक पत्थर पर जा पड़ी। वह पत्थर एक साँप के आकार का था और उसका रंग लाल था। उस चीज ने उन्हें मंत्रमुग्ध कर दिया, क्योंकि उन्होंने इससे पहले ऐसा कुछ नहीं देखा था। यह अनमोल और बहुत खास लग रहा है, उन्होंने सोचा।

उन्होंने उसे उठा लिया और महल में ले आए। घर पहुँचने पर उन्होंने उसे अपनी पत्नी को दे दिया और उनसे कहा कि वे उसे सुरक्षित स्थान पर रख दें।

अगले दिन उन्होंने रानी से कहा कि वे उस बॉक्स को खोलें, जिसमें वह पत्थर रखा हुआ था। जब उन्होंने उस बॉक्स को खोला तो उनके आश्चर्य का ठिकाना न रहा, जब उसमें से एक बहुत सुंदर राजकुमार, जो पगड़ी पहने हुए था, बाहर आया। उसकी पगड़ी पर एक बहुत बड़ा सा लाल रंग का रत्न जड़ा हुआ था।

यह देखकर रानी हैरान रह गईं। राजा ने घबराते हुए उससे पूछा, "तुम कौन हो? और तुम यहाँ पर क्यों आए हो?"

उस राजकुमार ने मुसकराते हुए कहा, "मेरे स्वामी, मुझसे आप सवाल न करें। आप बस, मुझे बताएँ कि आप क्या चाहते हैं? और मैं आपको भरोसा दिलाता हूँ कि मैं वह काम कर दूँगा।"

राजा को उसे आज्ञा देने में थोड़ी हिचकिचाहट हो रही थी। हालाँकि रानी को उसे काम सौंपने में किसी तरह की परेशानी नहीं थी, "हमारे राज्य में एक पर्वत के पास सबको कष्ट देनेवाला एक असुर रहता है। उसकी वजह से हमारी प्रजा को बहुत सी परेशानियों का सामना करना पड़ता है। हालाँकि हमने उसे समाप्त करने की कोशिश की है, लेकिन ऐसा लगता है, जैसे उसे समाप्त करना असंभव है। राजकुमार, अगर इसमें तुम हमारी मदद कर सको तो हम तुम्हारे बहुत आभारी होंगे।"

"मुझे आप एक घोड़ा और एक तलवार दें।" राजकुमार ने कहा, "मेरे लिए इतना काफी होगा; बाकी मैं सब सँभाल लूँगा।"

राजा इसके लिए तैयार हो गया; लेकिन उसने जोर देकर उस राजकुमार के साथ अपने कुछ सिपाहियों को भी भेज दिया।

जब वह समूह उस पर्वत के नीचे पहुँचा तो असुर उनके सामने आ गया और उनसे लड़ने के लिए तैयार हो गया। राजकुमार उससे अकेले ही लड़ा और कुछ पलों में ही उसने उस भयानक असुर को मार डाला।

कुछ घंटों के अंदर ही सेना की टुकड़ी और वे राजकुमार वापस महल में आ गए। राजा अपनी जीत की बात सुनकर बहुत ही शांत चित्त था। लेकिन उस राजकुमार के साथ जो सेना की टुकड़ी गई थी, उन्होंने सिलसिलेवार ढंग से सारी घटनाएँ और उस राजकुमार की वीरता का बखान किया।

इस तरह, एक माह व्यतीत हो गया और जल्दी ही उस राजा के राज्य में पड़ोसी राज्य के सैनिकों द्वारा घुसपैठ की जाने लगी। उस राजकुमार ने राजा से कहा, "महाराज, आप चिंता न करें, मैं इस समस्या को हल कर दूँगा।"

उसने अकेले ही सारी शत्रु सेना से लड़ाई की और उन सबको हराकर विजय प्राप्त कर ली।

इसके साथ ही, उस राजकुमार की बहादुरी की बात आसपास के राज्यों

में भी फैल गई और फिर दोबारा किसी ने भी उनके राज्य में घुसपैठ करने का साहस नहीं किया।

इसी बीच, राजा की एक बहुत ही सुंदर बेटी थी, जो उस राजकुमार से प्रेम करने लगी। उसने उस राजकुमार से विवाह करने की इच्छा जताई। लेकिन राजा ने इससे इनकार कर दिया! राजा अपनी बेटी से बोला, "नहीं बेटी, इसमें कोई शक नहीं कि राजकुमार बहुत ही सुंदर और बहुत अच्छा योद्धा है; लेकिन हम उसके बारे में ज्यादा कुछ नहीं जानते हैं। मैं किस तरह से एक अनजान राजकुमार को अपनी बेटी सौंप सकता हूँ?"

राजकुमारी ने अपने पिता से जोर देते हुए कहा, "पर पिताजी, अगर इस राजकुमार से मेरा विवाह नहीं हुआ तो मैं किसी और से भी विवाह नहीं करूँगी।"

काफी समय बीत गया और राजा को यह अहसास हो गया कि उसकी बेटी अपना मन नहीं बदलेगी। उसने हार मान ली और उस राजकुमार की सहमति से दोनों के विवाह का प्रबंध करवाया।

एक दिन उनके राज्य में एक त्योहार का जश्न मनाया जा रहा था। राज्य की सभी विवाहित लड़कियों (दुलहनों) ने अपने सबसे सुंदर कपड़े व गहने पहन रखे थे और वे सभी एक महल में जमा थीं। एक दुलहन बोली, "मेरी सास ने मेरे लिए यह साड़ी भेजी है!" तभी दूसरी दुलहन बोली, "मुझे मेरे पति की बहन से ये चूड़ियाँ मिली हैं।"

यह सब सुनकर राजकुमारी अचानक उदास हो गई। उसके पास जो कुछ था या उसने जो कुछ पहना हुआ था, वे सब उसे या तो उसके पिता ने दिया था या फिर उसकी माँ ने। अपने पति या उसके परिवार से उसे कोई उपहार नहीं मिला था। इस बात का अहसास होने पर उसमें असुरक्षा का भाव जाग उठा और वह बहुत ही उदास हो गई। उसका दिल टूट चुका था। उस रात वह अपने पति से बोली, "मुझे अपने बारे में और कुछ बताओ! तुम्हारे माता-पिता कहाँ हैं? तुम्हारा कोई भाई या बहन है? मुझे उनसे मिलकर बहुत खुशी होगी! मैं सबको यह दिखाना चाहती हूँ कि तुम्हारा भी एक परिवार है, जो हमारी परवाह करता है।"

राजकुमार मुसकराया और बोला, "मुझसे यह सब सवाल मत पूछो।

सबकुछ जैसा चल रहा है, उसे वैसा ही चलने दो।"

लेकिन राजकुमारी नहीं मानी। राजकुमारी उस राजकुमार से बार-बार ये सब बातें पूछकर रात-दिन उसे परेशान करने लगी।

एक दिन वे दोनों पास की नदी पर सैर करने तथा मन-बहलाव के लिए गए। राजकुमारी वहाँ पर पानी के अंदर चली गई। तभी अचानक ही उसका स्वभाव बहुत उग्र हो गया। वह राजकुमार की ओर आँखों में अजीब तरह की घृणा लिये देख रही थी। उसने राजकुमार को धमकी देते हुए कहा, "मुझे बताओ, तुम्हारे माता-पिता कौन हैं? वरना मैं खुद को इस पानी में डुबो लूँगी।"

राजकुमार, जो उसके सवालों से थक चुका था, बोला, "तुम्हें मरने की जरूरत नहीं है। मैं तुम्हारे सवालों का जवाब नहीं दे सकता।"

इतना कहकर वह खुद पानी में कूद गया और उसने खुद को डुबोकर मार डाला। उसकी पगड़ी, जिस पर लाल रंग का रत्न जड़ा हुआ था, वह पानी में ही कहीं खो गई।

यह देखकर राजकुमारी को बहुत धक्का लगा। वह जोर-जोर से रोने लगी। उसने उसे कभी नहीं बताया था कि वह कौन था और उसकी जिद ने अब उसका सबकुछ छीन लिया था। उसे अपने किए पर बहुत पछतावा हो रहा था कि उसकी गलती की वजह से ही उसने अपने पति को खो दिया। अगले कुछ महीनों तक वह न तो ठीक से खाती और न ही सो पाती थी।

एक दिन उसकी एक सहेली, जो उस नदी के पास ही रहती थी, उससे मिलने के लिए आई और बोली, "सुनो राजकुमारी, कल मुझे बहुत ही अद्भुत अनुभव हुआ। मुझे अभी तक यह नहीं पता चल पाया है कि वह मेरा सपना था या फिर मैं तब आधी नींद में थी; क्योंकि उस समय मैं अपने घर के बगीचे में आराम कर रही थी। वह शाम का समय था और बाहर काफी गरमी थी। मैंने देखा कि नदी से निकलकर एक साँप बाहर आ रहा है। उसने जमीन पर एक बहुत बड़ा सा गोला बनाया और एक इनसान में बदल गया। उसके बाद उसके पीछे-पीछे बहुत सारे साँप बाहर निकले और सबने ठीक उसकी तरह ही अपना रूप बदलकर इनसानी रूप धारण कर लिया। फिर उनमें से कुछ ने मिलकर जमीन पर कालीन बिछाया और फिर सबसे अंत में एक राजकुमार और एक

राजकुमारी अपने घेरे से बाहर निकलकर आए। उस राजकुमार के सिर पर जो भव्य पगड़ी थी, उसमें एक लाल रंग का रत्न जड़ा हुआ था। पर वह बहुत ही उदास-मुरझाया हुआ दिख रहा था। मैं सबकुछ ठीक से तो नहीं देख पाई, पर उसे देखकर मुझे तुम्हारे पति की याद आ गई।

"वहाँ पर खड़े स्त्री-पुरुष आपस में बातचीत करने लगे। एक स्त्री ने कहा, 'राजकुमार को सजा के तौर पर कुछ समय के लिए धरती पर रहना पड़ा, क्योंकि उनसे उनका रत्न खो गया। पर चूँकि अब वे धरती से लौट आए हैं, इसलिए उदास रहते हैं; बल्कि वे तो बहुत ज्यादा दुःखी रहते हैं। वे इतना दुःखी रहते हैं कि उनकी सबसे प्यारी बहन माया भी उनकी उदासी को दूर नहीं कर पाई।'

'वे वहीं पर वापस क्यों नहीं चले जाते?' किसी ने सुझाव देते हुए कहा।

'वे खुद से नहीं जा सकते। किसी को उन्हें उस घेरे से बाहर खींचना होगा।'

"इस तरह उनकी आपस की चर्चा खत्म हुई। फिर कुछ समय के लिए उन्होंने वहाँ पर नाच-गाना किया और मौज-मस्ती की। फिर वे सभी रूप बदलकर साँप बन गए और नदी में वापस लौट गए।"

अपनी सहेली की बातों को सुनकर राजकुमारी को अहसास हुआ कि उसका पति साँपों का राजकुमार है, जो पानी के अंदर रहता है। उसने तय किया कि अगले दिन वह अपनी सहेली के साथ उस जगह पर जाएगी।

अगले दिन जब राजकुमारी वहाँ गई तो उसने खुद को झाड़ियों के पीछे छुपा लिया और यह देखने के लिए इंतजार करने लगी कि क्या साँप वहाँ पर फिर से आते हैं।

थोड़ी ही देर के बाद सभी साँप अपने राजकुमार और राजकुमारी के साथ वहाँ पर आए। उन्होंने अपना रूप बदला और स्त्री व पुरुष बन गए। फिर एक घेरे में उनकी पार्टी शुरू हो गई। वह राजकुमार, जो उस राजकुमारी का पति था, एक कोने में चुपचाप खड़ा था। वह उसके पास ही खड़ा था। राजकुमारी ने अचानक उसे देखा और अचानक उसका हाथ पकड़कर उसे घेरे से बाहर खींच लिया।

संगीत बजना बंद हो गया। खुशी में नाचते सभी लोग रुक गए। सभी ने एक

साथ उसकी ओर देखा। राजकुमार उसकी ओर देखकर प्यार से मुसकरा दिया।

वह राजकुमारी साँपों के राजा के सामने सिर झुकाकर खड़ी हो गई और बोली, "महाराज, मुझे क्षमा करें। मैं अपने पति से बहुत प्रेम करती हूँ और मुझे यह मालूम है कि मेरे लिए यह गलत था कि मैंने इनके परिवार के बारे में जानने के लिए इन पर दबाव बनाया। ये मुझे सच नहीं बता पा रहे थे। लेकिन अब मैं सबकुछ जान चुकी हूँ। मेरे पति मुझसे बहुत प्रेम करते हैं और यही कारण है कि वापस लौटने के बाद वे अब तक उदास हैं। महाराज, मैं आपसे प्रार्थना करती हूँ कि आप हमें यहाँ पर खुशी-खुशी और शांति से जीवन बिताने की अनुमति दें! हम आपकी इस कृपा के लिए आपके प्रति अपनी श्रद्धा व प्रेम को दिखाने के लिए प्रतिवर्ष आपके सम्मान में दो दिनों का त्योहार मनाएँगे और उन दो दिनों में आपको और आपके साथियों को दूध अर्पित करेंगे। हम आपको नाग देवता कहेंगे और आपको अपने जीवन में ईश्वर जैसा ही स्थान देंगे।"

"नहीं!" माया ने जोर से चिल्लाते हुए कहा, "तुम मेरे भाई को इनसानों की धरती पर नहीं ले जा सकतीं।"

"पर, वे हमेशा तुमसे मिलने के लिए तुम्हारे लोक में आ सकते हैं।" राजकुमारी ने कहा।

राजकुमार ने 'हाँ' में अपना सिर हिलाया।

"नहीं, इसे ऐसा करने की अनुमति नहीं है।" माया ने कहा, "अगर यह तुम्हारे साथ वापस जाता है तो यह हमारे देश की नागरिकता खो देगा। हम दोनों भाई-बहन एक-दूसरे के बहुत करीब हैं और हम दोनों हमेशा ही एक-दूसरे के लिए मौजूद होते हैं। मैं हमेशा के लिए इसे तुम्हारी धरती पर जाने नहीं दे सकती।"

हालाँकि, राजकुमारी की बातें सुनकर राजा मुसकराया और उसने अपने हाथों से इशारा कर माया को चुप रहने के लिए कहा।

उन्होंने राजकुमारी से कहा, "मेरी प्यारी बेटी, मैं तुम्हारे साहस और राजकुमार के लिए सच्चे प्रेम की प्रशंसा करता हूँ। यदि तुम अपने पति को वापस पाने के इस प्रयास में असफल हो जाती हो तो वापस जाकर तुम्हारे लिए जीवन बहुत कठिनाइयों भरा हो जाएगा। इस स्थिति की गंभीरता को देखते हुए

अपवाद के तौर पर मैं अपने बेटे को यह अनुमति देता हूँ कि जब तक उसका मन करेगा, वह धरती और हमारे लोक दोनों का नागरिक बना रहेगा। उसे जब कभी भी हमारी जरूरत होगी, वह हमसे मिलने के लिए आ सकता है। तुम्हारे पास केवल एक पति है, जबकि मेरे तो बहुत सारे बच्चे हैं। मैं अपने राज्य का कार्यभार सँभाल लूँगा। ईश्वर तुम पर अपनी कृपा बनाए रखे।"

राजकुमारी ने राजा को बहुत-बहुत धन्यवाद कहा और माया के पास गई। "तुम्हारा जब भी मन करे, तुम आ सकती हो और अपने भाई से मिल सकती हो। मुझे बहुत अच्छा लगेगा, जब तुम हमारे साथ रहने के लिए आओगी।"

"मुझे यहाँ पर बहुत से काम करने होते हैं। लेकिन मैं अपने भाई से मिलने साल में दो दिन के लिए आया करूँगी।" माया ने मुसकराते हुए राजकुमारी से कहा।

इस तरह, राजकुमार धरती पर वापस आ गया और राजकुमारी के साथ रहने लगा। उन दोनों ने बहुत लंबा और खुशहाल जीवन व्यतीत किया।

तब से बरसात के दिनों में दो दिन नागों की पूजा के लिए समर्पित किए जाते हैं। इस त्योहार को 'नागपंचमी' के नाम से जाना जाता है और इस दौरान बहनों के लिए यह परंपरा भी है कि बहनें अपने भाइयों से मिलने के लिए उनके घर जाती हैं।

□

मुट्ठी भर अनाज

बच्चे अब इस नई जीवन-शैली के आदी होने लगे थे। जीवन में उनके सामने जो चुनौतियाँ आ रही थीं, वे उनसे निपटना सीख रहे थे। जैसे-जैसे दिन बीत रहे थे, वे एक-दूसरे की उसमें मदद भी कर रहे थे।

अगली सुबह, अनुष्का के कामों में एक काम अज्जी के लिए बगीचे से फूल लाना भी था। जब वह बगीचे में गई तो वहाँ उसने गुलाब का बहुत सुंदर फूल देखा। फिर उसकी आँखें चमेली के फूल पर जाकर टिक गईं। उसने देखा कि एक पेड़ पर चंपा के फूल लगे हैं! उसने पेड़ पर चढ़ने के बारे में सोचा, मगर फिर अगले ही पल उसने धरती पर लगे हुए बकुला फूलों को देखा तो पेड़ पर चढ़ने का इरादा छोड़ दिया। वह इस उलझन में पड़ गई कि उसे कौन सा फूल तोड़ना चाहिए। सोच में डूबी वह वहीं जमीन पर बैठ गई और अपने आसपास तोड़ने के लिए मौजूद बहुत सारे रंग-बिरंगे सुंदर-सुंदर फूलों को निहारने लगी।

लगभग बीस मिनट के बाद अज्जी बगीचे में आईं और उसे देखते हुए बोलीं, "तुमने फूल चुनने का काम कर लिया?"

"मैं करना चाहती हूँ, पर..."

"क्या हुआ?"

"मेरा हाथ दुखने लगा है।" अनुष्का ने बहाना बनाने की कोशिश की,

"नहीं, मेरा मतलब है, मेरे पैर दुखने लगे हैं।"

"सचमुच ?" अज्जी ने मुँह बनाते हुए कहा, उन्हें अच्छी तरह से मालूम था कि अनुष्का को कहीं भी दर्द नहीं हो रहा है।

"क्या मैं कमलू अज्जी से तुम्हारे पैरों की मालिश करने के लिए कह दूँ?"

"नहीं, नहीं।" अनुष्का ने तपाक से जवाब दिया।

"तुम्हें अपने पैरों से फूल नहीं चुनने हैं। मुझे पता है, तुम बहाना बना रही हो। आओ, तुम चंपा थोड़ी न हो, जो बहाना बनाओगी।"

"चंपा कौन है ?" अनुष्का ने पूछा।

"मैं तुम सबको जल्दी ही एक कहानी सुनाऊँगी; पर उसके लिए अनुष्का, तुम्हें पहले फूल जमा करने होंगे। उसके बाद मैं अपना कुछ काम पूरा करूँगी।" अज्जी ने कहा।

अनुष्का ने पूरे जोश में अपना सिर 'हाँ' में हिलाया और बाकी बच्चों को बुलाने के लिए आवाज लगाई। वह चिल्लाते हुए बोली, "आओ-आओ, अज्जी हमें एक कहानी सुनाने जा रही हैं। तुम मेरी मदद फूलों को जमा करने में कर सकते हो, जितनी देर वह बात कर रही हैं।"

चंपा एक छोटी-सी लड़की थी, जो एक गाँव में अपने माता-पिता के साथ रहती थी। वह अपना अधिकतर समय एक छोटी सी चुहिया के साथ खेलने में बिताती थी, जिसका नाम मिनी था। उसे ऐसा करते देख कई बार उसकी माँ गुस्सा हो जाती थी। वह उसे डाँटते हुए कहती, "तुम अपना समय एक छोटे से चूहे के साथ क्यों बरबाद करती रहती हो? आखिर, यह एक छोटा-सा जानवर है, जो किसी काम का नहीं है।"

हालाँकि, चंपा उनकी बात कभी नहीं सुनती। एक दिन, जब वह मिनी के साथ खेल रही थी, तो उसकी माँ ने उसे बुलाया और बोली, "चंपा, अब खाना खाने का समय हो चुका है। मुझे पीछेवाले आँगन से कुछ सूखी लकड़ियाँ ला दो। मैं तभी खाना बना सकती हूँ, जब तुम मुझे लकड़ियाँ लाकर दोगी।"

चंपा को भी भूख लगी थी, इसलिए वह आँगन से लकड़ियाँ लाने के लिए तुरंत चली गई। लेकिन यह क्या! वहाँ पर जो लकड़ियाँ थीं, वे तो आधी गीली थीं और वहाँ पर तो थोड़ी सी भी सूखी हुई लकड़ियाँ नहीं थीं।

"ये सारी लकड़ियाँ इस चिलचिलाती गरमी में भी इतनी गीली क्यों हैं?" चंपा ने हैरान होकर जोर से कहा।

यह देखकर उसके आश्चर्य का ठिकाना न रहा कि लकड़ी का एक गट्ठा उससे बातें कर रहा था, "ओ चंपा, मैं तो सूख जाता और तुम्हारे परिवार के कुछ काम भी आ जाता; लेकिन मेरे आसपास जो घास है, उसकी तरफ देखो! इसकी बहुत सालों से कटाई या छँटाई नहीं की गई है, इसलिए यहाँ पर हमेशा छाया बनी रहती है और सूरज की रोशनी मुझ तक नहीं पहुँच पाती है।"

चंपा लकड़ी के गट्ठे को देखकर हैरान थी और उसने उसके आसपास जमा घास की ओर देखा! गट्ठा सच बोल रहा था।

जैसे ही उसने घास की ओर देखा, घास बोल उठी, "आह, मैं क्या कर सकती हूँ? मुझे भी सूरज की रोशनी नहीं मिलती और इसलिए मैं गीली रहती हूँ।"

चंपा ने ऊपर आकाश की ओर देखा। सूरज अपनी पूरी रोशनी के साथ नहीं चमक रहा था। वह बोला, "काश, मैं इतनी गरमी भेज सकता कि वह घास तक भी पहुँच पाती; लेकिन बादल मेरी किरणों का रास्ता रोक लेते हैं।"

चंपा को अब समझ में आ रहा था कि वहाँ पर क्या हो रहा है। उसने बादलों की ओर देखा, "काश, मेरे लिए ऐसा करना संभव होता कि मैं यहाँ से हट जाता और सूरज की किरणों को आगे जाने का रास्ता दे पाता।" उसने कहा, "लेकिन हवा मुझे इस ओर बढ़ा रही है।"

उसने हवा की ओर देखा तो वह बोली, "मुझे माफ करना, पर मैं कुछ नहीं कर पा रही हूँ। तुम्हारे राजा ने इतना बड़ा महल बनवाया है कि वह मुझे अपनी दिशा बदलने के लिए मजबूर कर देता है। इसके साथ ही उसने महल के ठीक ऊपर एक दरवाजे से रास्ता रोक लिया है। अगर वह उस दरवाजे को खोल दे तो मैं आराम से बह सकती हूँ।"

काफी दूरी पर चंपा ने देखा कि राजा अपने महल के झरोखे में खड़ा है।

चंपा महल के ऊपर बने दरवाजे की छाया को भी देख पा रही थी। उसने राजा की ओर देखा। राजा ने कहा, "काश, मैं दरवाजा खोल सकता; पर रानी ने मुझे ऐसा करने की अनुमति नहीं दी है।"

चंपा ने रानी की ओर देखा। रानी उस दरवाजे के पास बैठी थी। उसके पास ही एक तोता भी बैठा हुआ था। रानी ने कहा, "यह मेरा सबसे खास कमरा है और मेरे पास दरवाजा खोलने का समय नहीं है; क्योंकि मैं इस तोते की कहानियों को सुनने में व्यस्त हूँ, जो कहीं बहुत दूर से यहाँ पर आया है।"

चंपा ने तोते की ओर देखा—वह पक्षी बहुत ही अलग और सुंदर था। आमतौर पर तोते हरे व लाल रंग की चोंच वाले होते हैं, जबकि वह तोता बहुत रंगीन था। उसे देखकर कुछ क्षणों के लिए चंपा जैसे खुद को ही भूल गई और उस तोते को देखती रह गई। तोते ने कहा, "मैं बहुत दूर एक स्थान पर रहता हूँ, बहुत दूर एक हरे-भरे पेड़ पर, जिस पर पूरे साल बहुत सारे फूल व फल लगे रहते हैं। उस पेड़ की एक शाखा नीचे बहनेवाली नदी के पानी के बहुत पास तक झुकी हुई है। उस तालाब के देवता मुझे डराते रहते हैं। वे मुझे धमकी देते हैं कि वे उस पेड़ की झुकी हुई शाखा को पानी में डुबो देंगे। इसलिए, मैं नए घर की तलाश में वहाँ से उड़कर यहाँ आ गया हूँ। मुझे बहुत सी कहानियाँ मालूम हैं और मैंने बहुत सारी सुंदर-सुंदर चीजों को भी देखा है। अत: अब मैं यहाँ पर रहता हूँ, रानी को कहानियाँ सुनाता हूँ और सुंदर-सुंदर चीजों का विवरण रानी को देता हूँ। फिर भी, अपना घर तो अपना ही होता है। मुझे अपने घर की बहुत याद आती है।"

चंपा वहाँ से दूर, बहुत दूर उस जगह और उस तालाब के बारे में सोचने लगी, जिसके बारे में तोते ने बताया था। अचानक उसके खयालों में वह तालाब और उसमें रहनेवाले देवता प्रकट हो गए। उस जल के देवता ने कहा, "मुझे हमेशा उस हाथी से डर लगा रहता है, जो जब भी उदास होता है तो मुझे धमकी देता है कि वह मेरे तालाब का सारा जल पी जाएगा और मुझे सुखा देगा। इसलिए मैं परेशान हो जाता हूँ और मेरा सारा गुस्सा मेरे पास ही पेड़ की शाखा पर बैठनेवाले छोटे-छोटे पक्षियों पर निकल जाता है।"

अब चंपा के खयाल उस हाथी के पास जा टिके। वह हाथी उसके

खयालों में उभर गया। वह बहुत परेशान लग रहा था। वह बोला, "मैं एक शाकाहारी और बहुत ही सीधा-सादा सा प्राणी हूँ और अधिकतर समय अपने आप में ही मस्त रहना पसंद करता हूँ। मुझे अपने परिवार के साथ समय बिताना बहुत पसंद है और मेरा कोई शत्रु नहीं है। हालाँकि, मैं बहुत शक्तिशाली हूँ, पर मैं तब तक अपनी शक्ति का इस्तेमाल नहीं करता, जब तक मेरे लिए बहुत जरूरी न हो। यह मेरा दुर्भाग्य है कि यहाँ पर एक साँप है, जो मुझे डसना चाहता है। कभी-कभी वह मेरी पूँछ पर बैठ जाता है और मैं चाहे उसे भगाने की कितनी भी कोशिश कर लूँ, वह वहाँ से हटता ही नहीं है। वह मुझे बहुत डराता और परेशान करता है। मैं तालाब से गुस्सा बिल्कुल नहीं हूँ; लेकिन कभी-कभी मेरा मन करता है कि मैं बस, उस तालाब में जाऊँ और उसके पानी में खुद को डुबो दूँ। मैं चाहता हूँ कि उस तालाब का सारा पानी पी जाऊँ और सारे पानी को अपने पूरे शरीर पर छिड़क दूँ, जिससे कि वह साँप मेरे शरीर से हट जाए। अपने मन की बात कहूँ तो मुझे तालाब से बहुत प्यार है। वह मुझे ठंडा-ठंडा पानी देता है, खासतौर पर गरमियों के मौसम में; लेकिन मुझे यह नहीं मालूम कि मैं उस साँप से कैसे बचूँ?"

चंपा यह जानकर हैरान थी कि हाथी जैसा शक्तिशाली जानवर भी एक साँप से डरता है। फिर अचानक वह साँप भी चंपा के खयालों में आ गया और अपनी आँखों के आँसुओं को छिपाने का प्रयास करने लगा। वह रुआँसी आवाज में बोला, "मैं किसी को भी नुकसान पहुँचाना नहीं चाहता। मैं तो इनसानी बस्ती से बहुत दूर, अकेले रहना पसंद करता हूँ। लेकिन वे मुझे जैसे ही देख लेते हैं, मुझे मार डालने के उपाय करने लगते हैं; जबकि मैं कोई विषैला साँप नहीं हूँ। लेकिन मेरा आकार बहुत बड़ा है। पास ही एक बरतन बनानेवाले कुम्हार की दुकान पर एक चुहिया रहती है और मैं उसे खाकर अपनी भूख शांत करना चाहता हूँ। लेकिन वह चुहिया मेरे हाथ आती ही नहीं। जैसे ही मैं उस पर हमला करता हूँ, वह बहुत फुरती के साथ गायब हो जाती है। इस आसपास के क्षेत्र में मैंने बस, वही एक चुहिया देखी है। मैं और दूसरी चीजों को भी खा सकता हूँ, लेकिन चूहे को खाना मेरे लिए बहुत शानदार दावत होगी। मैं जब भी उसे खोजने की कोशिश करता हूँ तो कुम्हार अपनी लाठी को लेकर आ जाता है और मुझे मार

डालने की कोशिश करता है। उस समय मैं बहुत डर जाता हूँ और हाथी की पूँछ के नीचे छुपने की जगह तलाश करता हूँ। कुम्हार और हाथी की शक्ति में कोई मुकाबला नहीं होता।"

फिर चंपा उस कुम्हार के बारे में सोचने लगी! वह अपनी पत्नी से बातें कर रहा था, "इस महीने मैंने जो भी काम किया है, वह सब उस साँप ने बरबाद कर दिया। उस दिन मैंने उसे अपने बनाए एक बरतन के अंदर देखा था। मैंने उसे वहाँ से भगाने की बहुत कोशिश की, लेकिन वह इधर-उधर भागने लगा और उसने मेरे सारे बरतन खराब कर दिए। अधिकतर को तो उसने तोड़ ही डाला। हम अपने घर के आसपास इस तरह से साँप को घूमने-फिरने नहीं दे सकते। हमारे घर में छोटा बच्चा है और मुझे डर लगा रहता है कि कहीं वह उसे कोई नुकसान न पहुँचा दे। मैं उसे खोजने की कोशिश बरतनों के ढेर में करता रहूँगा, जहाँ पर ठंड रहती है। मुझे पूरा भरोसा है कि वहाँ पर उसे आरामदायक और छुपने की जगह मिल जाती है।"

अचानक चंपा ने देखा कि एक चुहिया घर के कोने में छुपी बैठी है। चुहिया धीरे से बुदबुदाई, "इन लोगों को नहीं पता कि साँप मुझे खाने के लिए आ रहा है। लेकिन मैं साँप से ज्यादा चालाक हूँ, इसलिए मैं यहाँ पर जो बरतन हैं, उनमें से एक के छोटे से छेद में जाकर छिप जाऊँगी। साँप मुझे हर जगह तलाश करेगा और सारे बरतनों को तोड़ेगा। खैर, मैं इस कुम्हार के घर पर बस चावल के चार दाने खाने के लिए आती हूँ। अगर मुझे खाने के लिए चार दाने कहीं और मिल जाएँ तो मुझे कुम्हार के घर जाने की जरूरत बिल्कुल नहीं होगी।"

यह सुनने के बाद चंपा मुड़ी और अपने घर के अंदर की ओर दौड़ पड़ी। वह एक मुट्ठी चावल लेकर आई और उसे मिनी को दे दिए। उसने अपने दिमाग में कुम्हार के घर में बैठी हुई चुहिया से बात की, "मैं कुछ चावल मिनी को दे रही हूँ। वह यह तुम्हें दे देगी। तुम इसमें से हर रोज चार दाने खा लेना; लेकिन अब किसी को और परेशान मत करना। जब चावल के दाने खत्म हो जाएँ तो मिनी को बता देना, मैं तुम्हारे लिए और चावल भेज दूँगी।"

यह सुनकर चुहिया बहुत खुश हो गई और उसने चंपा को धन्यवाद कहा। मिनी उस चुहिया को चावल के दाने देने के लिए दौड़ पड़ी।

साँप ने उसके बाद चुहिया को फिर दोबारा कभी नहीं देखा और इसलिए उसने उस कुम्हार के घर जाना छोड़ दिया। वह किसी दूसरे चूहे की तलाश में किसी और जंगल में चला गया। कुम्हार यह जानकर खुश हो गया कि अब उसके बरतन और परिवार सुरक्षित हो गए हैं। हाथी भी अब अकेला हो गया था वह भी खुश था, क्योंकि साँप वहाँ से जा चुका था। उसने तालाब के जल-देवता को धन्यवाद किया और उनसे वायदा किया कि अब वह उन्हें कभी परेशान नहीं करेगा। यह जानकर जल-देवता भी खुश थे और उन्होंने उस तोते को संदेश भेजा, "तुम्हारा परिवार कई पीढ़ियों से मेरा साथी रहा है, इसलिए तुम वापस आ जाओ। बस, अब तुम उस शाखा पर अपना घर मत बनाना, जो पानी के बहुत पास है; बल्कि तुम अपना घर थोड़ी ऊँचाई पर बनाना, जिससे कि हम एक साथ खुशी-खुशी रह सकें।"

तोते ने रानी को धन्यवाद करते हुए कहा और तय किया कि वह वापस उस पेड़ पर अपने घर लौट जाएगा। रानी उस तोते को कुछ गहने उपहार में देना चाहती थी। लेकिन तोते ने लेने से मना करते हुए कहा, "नहीं-नहीं, मुझे गहनों की जरूरत नहीं है! इन दिनों तुमने मेरा बहुत खयाल रखा और मैंने यहाँ पर अपना समय हँसी-खुशी से व्यतीत किया। हमने जो समय यहाँ पर एक साथ बिताया, मैं उन यादों को अपने साथ अपने घर ले जाऊँगा। अलविदा! अब मैं जाता हूँ।" उसने कहा और उड़ गया।

पक्षी के चले जाने के बाद रानी को बहुत-सा खाली समय मिलने लगा। उसे अहसास हुआ कि उसने बहुत समय से महल के ऊपर जो दरवाजा था, उसे नहीं खोला था, जबकि राजा उससे काफी समय से उस दरवाजे को खोलने के लिए कह रहा था। उसने दरवाजा खोल दिया। हवा का एक तेज झोंका वहाँ से गुजरा और बादलों को आगे की तरफ धकेल दिया। बादल उड़कर गायब हो गए और सूरज अपनी पूरी रोशनी के साथ चमकने लगा। नीचे की घास को भी पर्याप्त मात्रा में धूप मिलने लगी। जल्दी ही वह सूख गई और साथ ही उसके ऊपर रखी लकड़ियाँ भी सूख गईं।

कुछ ही देर में चंपा की माँ भी घर से बाहर वहाँ पर आ गईं। उन्होंने देखा कि चंपा पीछेवाले आँगन में खड़ी हुई है, जो कुछ भी नहीं कर रही थी।

उन्होंने उसे कुहनी से धक्का देते हुए कहा, "ऐ चंपा, मैंने तुझसे जलाने के लिए लकड़ियाँ लाने को कहा था। तुम यहाँ क्या कर रही हो? दिन में सपने देख रही हो?"

"माँ, आपको नहीं पता कि मैं कहाँ पर थी। आपको पता है, चावल के चार दाने पूरी दुनिया बदल सकते हैं? आप मुझे हर हफ्ते एक मुट्ठी चावल के दाने दे दिया करो! मेरी मिनी को औरों को तरह दु:ख नहीं झेलना होगा।"

चंपा की माँ को कुछ भी नहीं पता था कि उसकी बेटी क्या बातें कर रही है। पर जैसा कि सभी माँएँ करती हैं, वे मुसकराईं और उन्होंने उसे एक मुट्ठी चावल के दाने दे दिए।

□

चूहा फिर बना चूहा

रात बहुत गहरा चुकी थी। चारों तरफ अँधेरा फैल चुका था। बच्चे बरामदे की पास वाली सीढ़ियों पर बैठे थे। वैसे तो गरमी का आगमन हो चुका था, फिर भी हवा में ठंडक बनी हुई थी।

अचानक अदिति चिल्लाई, "वह क्या है? क्या जुगनू हैं? देखो, किस तरह से जगमगाए और फिर गायब हो गए!"

अज्जी वहाँ पास में ही एक लैंप जला रही थीं।

"माचिस से निकलनेवाली रोशनी उससे भी ज्यादा तेज है।" वह बोलीं।

"लेकिन एक मोमबत्ती की रोशनी उससे भी तेज होती है, अज्जी।" कृष्णा ने कहा।

रघु ने अपने मोबाइल फोन की टॉर्च को ऑन कर दिया।

"अब यह एक मोमबत्ती की रोशनी से और भी ज्यादा तेज है!" मीनू ने कहा।

"हर तरह की रोशनी का अपना काम होता है।" अज्जी ने कहा, "तुम लोग दिन की रोशनी में जुगनू का मजा नहीं ले सकते और यही नियम चंद्रमा की रोशनी पर भी लागू होता है। अलग-अलग माध्यमों से हमें मिलनेवाली विभिन्न रोशनियों की अपनी चमक और उद्देश्य होता है। आओ, मैं तुम सबको इसके बारे में एक कहानी सुनाती हूँ कि कौन सबसे शक्तिशाली है। याद रखना, तुम

अपने आप में एक संपूर्ण इनसान हो और तुम जिस तरह से हो, उसी रूप में अपने लिए सबसे शक्तिशाली हो।"

अनुष्का ने अज्जी की ओर देखा। वह उनकी बातों का अर्थ नहीं समझ पाई थी।

"मुझे बताओ," अज्जी ने उससे पूछा, "तुम्हें कौन सी रोशनी सबसे ज्यादा अच्छी लगती है—एक जुगनू, माचिस, मोमबत्ती या एक टॉर्च की?"

"बेशक, जुगनू!" अनुष्का ने कहा।

सभी ने उसके साथ सहमति में अपना-अपना सिर हिलाया।

"क्यों?"

"क्योंकि उसकी रोशनी बनावटी नहीं होती और मोहक भी होती है, अज्जी!" मीनू ने कहा।

अज्जी मुसकरा दीं।

एक बार हिमालय के एक आश्रम में एक साधु रहते थे। एक दिन जब वे ध्यान कर रहे थे तो उन्होंने किसी को अपनी ओर भागते हुए आने की आवाज सुनी। उन आवाजों से उनका ध्यान भंग हो गया और उन्होंने अपनी आँखें खोलीं तो देखा कि एक चूहा पसीने से लथपथ और बहुत जोर से काँपता हुआ उनके सामने मौजूद था।

वे साधु बहुत दयालु थे।

"नन्हे चूहे, क्या हुआ? तुम इतना डरे हुए क्यों हो?" उन्होंने पूछा।

"साधु महाराज, मैं आपके आश्रम में आपकी यौगिक शक्तियों के बारे में सुनकर आया हूँ। मेरी जन्म-जन्म की शत्रु बिल्ली मेरा पीछा कर रही है।"

"चिंता मत करो, तुम यहाँ पर पूरी तरह से सुरक्षित हो।" साधु ने भरोसा दिलाते हुए कहा।

"लेकिन मैं हमेशा के लिए यहाँ पर नहीं रह सकता। क्या आप मेरी सहायता करेंगे?"

"कहो, नन्हे चूहे!"

"आप कृपा करके मुझे एक बिल्ली बना दें। फिर मुझे उससे डरने की जरूरत नहीं पड़ेगी और मैं अपना जीवन हँसी-खुशी से बिताऊँगा।"

साधु मुसकरा दिए, "यह सत्य नहीं है, लेकिन मैं तुम्हारी इच्छा पूरी करूँगा।"

उन्होंने चूहे को वरदान दिया और चूहा, जो अब बिल्ली बन चुका था, खुशी से वहाँ से दौड़ता हुआ चला गया।

इसी तरह कुछ दिन बीत गए। लेकिन फिर एक दिन साधु ने एक आवाज सुनी, जिससे उनका ध्यान भंग हो गया। जब उन्होंने अपनी आँखें खोलीं तो देखा कि उनके सामने बिल्ली में बदल चुका वही चूहा था। इस बार भी वह पसीने से तर-बतर और डर के मारे जोर-जोर से काँप रहा था।

"क्या बात है?" साधु ने पूछा।

"साधु महाराज, मैंने कुछ दिनों तक बिल्ली बनकर बहुत मजे से अपने दिन बिताए। लेकिन अब मुझे एक कुत्ते से डर लगता है, जो हमेशा मेरा पीछा करता रहता है। मुझे नहीं पता था कि कुत्ते बिल्ली से नफरत करते हैं।"

"तुम क्या चाहते हो?"

"कृपा करके आप मुझे एक कुत्ता बना दें। फिर मुझे कुत्तों से डर नहीं लगेगा और मैं खुशी-खुशी अपना जीवन व्यतीत करूँगा।"

साधु फिर से मुसकरा दिए—"यह सत्य नहीं है, लेकिन मैं तुम्हारी इच्छा पूरी करूँगा।"

वह बिल्ली अब कुत्ते में बदल चुकी थी और वह खुशी से उछलती हुई वहाँ से चली गई।

कुछ और दिन बीत गए कि साधु ने फिर से अपनी ओर किसी को भाग कर आते हुए देखा, जिससे उनका ध्यान भंग हो गया। उन्होंने पसीने में भीगे और डर से काँपते चूहे-बिल्ली-कुत्ते को देखने के लिए अपनी आँखें खोलीं।

"क्या बात है?" साधु ने पूछा।

"वहाँ जंगल में एक जानवर है, जिसका नाम शेर है। वह जंगल का राजा है, बहुत बड़ा और शक्तिशाली है। जब वह दहाड़ता है तो हर कोई उससे डर

जाता है। वह किसी को भी खा सकता है और आखिरकार, मैं तो बस, एक छोटा सा जानवर हूँ।" कुत्ते ने कहा।

"तुम क्या चाहते हो?"

"कृपा करके मुझे एक शेर बना दें, तब मैं जंगल पर राज करूँगा और अपनी जिंदगी हँसी-खुशी से बिताऊँगा।"

साधु मुसकरा दिए—"यह सत्य नहीं है, लेकिन मैं तुम्हारी इच्छा जरूर पूरी करूँगा।"

इसके बाद वह कुत्ता एक दहाड़ते हुए शेर में बदल गया और खुशी-खुशी वहाँ से चला गया।

इस बार कई महीने बीत गए कि एक बार फिर साधु ने उस परिचित आवाज को अपने पास आते हुए सुना। उन्होंने अपना ध्यान रोक दिया और अपनी आँखें खोलकर देखा।

फिर वही चूहा-बिल्ली-कुत्ता-शेर उनके सामने खड़ा था, जो पसीने से तर-बतर था और उसके पूरे शरीर में खुजली हो रही थी।

"क्या बात है?" साधु ने पूछा।

"मैंने कुछ समय तक अपने क्षेत्र में अपनी जिंदगी हँसी-खुशी बिताई। वे वक्त बहुत खूबसूरत था। लेकिन हाल ही में एक छोटा-सा जीव है चींटी, जो मेरी त्वचा और कान में घुस गई है। अगर वह कोई बड़ा जानवर होता तो मैं उसे तुरंत ही मार डालता; लेकिन यह बहुत छोटी-सी जीव है, जिसे मैं देख भी नहीं पाता। मेरे शरीर और कान में जो खुजली हो रही है, उसे मैं बरदाश्त नहीं कर पा रहा हूँ।" शेर ने कहा।

"तुम क्या चाहते हो?"

"कृपा करके मुझे एक चींटी बना दें और फिर मैं एक खुशहाल जीवन बिताऊँगा।"

साधु मुसकरा दिए—"यह सत्य नहीं है, लेकिन मैं तुम्हारी इच्छा जरूर पूरी करूँगा।"

वह शेर जल्दी ही एक चींटी में बदल गया। वह चींटी खुश होकर वहाँ से रेंगती हुई चली गई।

कुछ सप्ताह बीतने से पहले ही साधु ने किसी की अपनी ओर आने की आवाज सुनी। उन्होंने अपना ध्यान रोक दिया और अपनी आँखें खोल दीं।

उनके सामने वही चूहा-बिल्ली-कुत्ता-शेर-चींटी लँगड़ाती हुई वहाँ आ रही थी।

"क्या बात है?" साधु ने पूछा।

"साधु महाराज, क्या मैं आपको याद हूँ? मैं वही चूहा-बिल्ली-कुत्ता-शेर-चींटी हूँ। मेरी जिंदगी बहुत अच्छी है और मुझे बहुत मेहनत भी करनी पड़ती है। हम सभी चींटियाँ साथ मिलकर टीम में काम करती हैं और मुझे बहुत अच्छा भी लगता है। हमने अपने लिए एक बहुत ही सुंदर महल तैयार किया था; पर एक दिन एक रेंगनेवाला जानवर, जिसे साँप कहते हैं, वहाँ आया और हमसे हमारा घर छीन लिया। हमने उस घर को बनाने में महीनों मेहनत की थी और उसने आकर उस पर ऐसा कब्जा कर लिया, जैसे वह उसका अपना घर हो। वह कितना निष्ठुर जीव है! हम उससे नहीं लड़ सकते, क्योंकि वह हमसे बहुत बड़ा है। जब वह जा रहा था तो उसने मुझे एक तरफ धक्का दे दिया, जिसकी वजह से मुझे चोट लग गई। इसीलिए मैं लँगड़ा रही हूँ।" चींटी ने कहा।

"तुम क्या चाहते हो?"

"कृपया आप मुझे एक साँप बना दें, जो सबसे शक्तिशाली रेंगनेवाला जीव है। फिर मैं एक खुशहाल जीवन बिताऊँगा।"

साधु मुसकरा दिए—"यह सत्य नहीं है, लेकिन मैं तुम्हारी इच्छा जरूर पूरी करूँगा।"

वह चींटी एक फुँफकारते हुए साँप में बदल गई। वह साँप वहाँ से रेंगता हुआ चला गया।

इस तरह कुछ सप्ताह का समय और बीत गया। फिर दोबारा जब साधु ध्यानमग्न थे तो उन्होंने अपनी ओर किसी के आने की आवाज सुनी। उन्होंने अपनी आँखें खोलीं।

बुरी तरह से घायल वही चूहा-बिल्ली-कुत्ता-शेर-चींटी-साँप फिर आया था।

"क्या बात है?" साधु ने पूछा।

“यह बहुत लंबी कहानी है।” साँप ने कहा, “मैं एक चूहे को पकड़ने के लिए एक गोदाम में गया था। चूहे बहुत ही स्वादिष्ट खाना होते हैं। लेकिन गोदाम के मालिक ने मुझे मारने की कोशिश की, जबकि मैंने उसे किसी तरह का नुकसान नहीं पहुँचाया था। इसलिए मैं गुस्से से उसकी ओर फुफकारा। लेकिन उसने मुझे बहुत मारा और मुझे घायल कर दिया। आप मेरे शरीर पर चोट के निशान देखें। इसीलिए मैं वहाँ से भागकर यहाँ आ गया।”

“तुम क्या चाहते हो?”

“कृपया, मुझे एक इनसान बना दें, जो एक शक्तिशाली रेंगनेवाले जीव को भी मार सकता है। फिर मैं खुशी से अपना जीवन बिताऊँगा।”

साधु मुसकरा दिए—“यह सत्य नहीं है, लेकिन मैं तुम्हारी इच्छा जरूर पूरी करूँगा।”

फिर वह साँप एक युवा इनसान बन गया और खुशी-खुशी अपनी राह पर चला गया।

कई महीने बीत गए कि साधु ने फिर किसी के अपनी ओर भागकर आने की आवाज सुनी। उस आवाज से उनका ध्यान भंग हो गया और उन्होंने अपनी आँखें खोलीं।

उनके सामने वही चूहा-बिल्ली-कुत्ता-शेर-चींटी-साँप-इनसान खड़ा था।

“क्या बात है?” साधु ने पूछा।

“स्वामीजी, मैं सचमुच बहुत थक चुका हूँ। मैं हर रोज कड़ी मेहनत करता हूँ और बरसात के दिनों के लिए अनाज इकट्ठा करता हूँ; लेकिन एक छोटा-सा चूहा आता है और अनाज की बोरियों में छेद कर देता है और धीरे-धीरे अनाज को थोड़ा-थोड़ा करके ले जाने लगता है। पहले तो हमने इस पर ध्यान भी नहीं दिया, लेकिन फिर चूहे की खोज में हमारे भंडार गृह में एक साँप आने लगा और उसने मुझे बुरी तरह से डरा दिया।” उस युवक ने कहा।

“तुम क्या चाहते हो?”

“आप मुझे फिर से एक चूहा बना दें, जो किसी भी छोटे से छेद के अंदर छुप सके और किसी पर उसका ध्यान भी न जाए। इस तरह से, मैं अपनी जिंदगी खुश होकर बिताऊँगा।”

साधु मुसकरा दिए—"यह सत्य नहीं है, लेकिन मैं तुम्हारी इच्छा जरूर पूरी करूँगा।"

वह युवक एक चूहे में बदल गया और वहाँ से तेजी से भाग गया।

कुछ समय और बीत गया। एक दिन एक बार फिर, जब साधु ध्यान कर रहे थे तो उन्होंने अपनी ओर किसी के आने की आवाज सुनी। उन्होंने अपना ध्यान छोड़ दिया और अपनी आँखें खोल दीं।

उनके सामने वही चूहा-बिल्ली-कुत्ता-शेर-चींटी-साँप-इनसान-चूहा था।

साधु मुसकराए और बोले, "बेटा, तुम्हें हर बार मेरे पास वापस आना पड़ता है। हमारा जीवन अनुभवों से भरा होता है। अनुभव प्राप्त करने की इस यात्रा में हमें कई चुनौतियों का भी सामना करना पड़ता है। अगर तुम सुंदर हो तो कोई ऐसा मनुष्य भी अवश्य होगा, जो तुमसे भी अधिक सुंदर होगा। अगर तुम साहसी हो तो कोई ऐसा भी होगा, जो तुमसे भी अधिक साहसी होगा। अगर तुम हाजिर-जवाब हो तो तुमसे भी कोई इस कला में अधिक निपुण होगा। तुमको प्रकृति ने जो दिया है, उसे स्वीकार करो। जिस दिन तुम मेरे पास अपने आपको बिल्ली में बदलने के लिए आए थे, उस दिन से ही मुझे पता था कि तुम वापस अवश्य आओगे; लेकिन मैं चाहता था कि तुम रूप के बदलाव के इस अनुभव को प्राप्त करो और इससे सीखो। मैं तुम्हें वरदान देता हूँ कि तुम अपने शत्रुओं से बचे रहोगे और एक अच्छा जीवन व्यतीत करोगे।" ऐसा कहकर साधु ने चूहे को वरदान दे दिया।

चूहे ने अपना सिर हिलाया, क्योंकि यह बात उसकी समझ में आ चुकी थी। उसने खुशी-खुशी और आँखों में एक चमक के साथ आश्रम को अलविदा कहा।

□

चालीस दिन का क्वारंटीन

अगले दिन अज्जा और अज्जी सुबह की चाय पीते हुए एक–दूसरे से बातें कर रहे थे। "हम इस बार बच्चों का स्वागत उस तरह से नहीं कर पा रहे हैं, जैसे कि हमने पिछली बार उनके यहाँ आने पर किया था।" अज्जा ने कहा, "क्योंकि हम बाहर नहीं जा सकते। हम उनको न तो बाजार ले जा सकते हैं, न ही किसी विवाह समारोह में, न पिकनिक पर और यहाँ तक कि रहमत के घर भी नहीं ले जा सकते। हालाँकि, आजकल का माहौल ऐसा नहीं है, जिसमें हम बहुत हँसी–खुशी से रहें; लेकिन फिर भी, हमें अपनी पूरी कोशिश करनी होगी कि बच्चों का हौसला न टूटे। हम जितना हो सके, बच्चों का ध्यान और चीजों में बँटाने की कोशिश करते हैं।"

अज्जी ने 'हाँ' में सिर हिलाया और बोलीं, "बच्चों को अपने स्कूल का काम भी नहीं भूलना चाहिए। इसलिए मैं उनके लिए एक रुटीन और डेली टाइम टेबल बनाना चाहती हूँ। हर सुबह उन्हें जल्दी उठना होगा और अपने सभी काम करने होंगे। वे नाश्ते के बाद अपनी पढ़ाई करने के लिए बैठ सकते हैं।"

"मुझे भी यह बात अच्छी लगी।" अज्जा ने भी अपनी सहमति दी, "मुझे इसकी जिम्मेदारी लेनी होगी। हम उनसे कहेंगे कि दोपहर के खाने का समय होने तक उनको पढ़ाई करनी होगी। हम उनको दोपहर के समय कहानी सुना सकते हैं और शाम के समय वे बगीचे में खेल सकते हैं।"

"कैसा रहेगा, अगर हम उनको वे सब खेल खेलना सिखाएँ, जो हम अपने बचपन में अपने घरों में खेला करते थे? याद है, हम लोग स्टापू, साँप व सीढ़ी, स्क्रैबल और लूडो खेला करते थे?" अज्जी ने उत्साहित होते हुए कहा, "मुझे लगता है, हमें बच्चों का मन लगाए रखने और उन्हें खुश रहने में मदद करनी होगी। वे सब खाना बाँटने के काम में भी कुछ मदद कर सकते हैं।"

कमलू अज्जी ने आह भरते हुए कहा, "भगवान् का शुक्र है कि वे सब यहाँ पर हैं। उनको अपने आसपास पाकर हम लोग भी बेहतर महसूस करते हैं। अगर वे नहीं होते तो हम लोग कितना अकेलापन महसूस करते और बोर हो जाते!"

जल्दी ही अज्जा ने एक टाइमटेबल बना लिया और बच्चों को अपने पास बुलाया। वे भागते हुए उनके पास आए और खुशी-खुशी टाइमटेबल के अनुसार सभी काम करने के लिए तैयार हो गए।

अदिति ने पूछा, "अज्जा, क्या इस तरह का लॉकडाउन और अलग-अलग रहने का समय पहले भी कभी आया था? जब आप छोटे थे तो क्या आपको कभी इस तरह का कोई अनुभव हुआ था?"

"अदिति, तुमने बहुत अच्छा सवाल पूछा है। जब दूसरा विश्व युद्ध हुआ था तो मैं बस, एक साल का था! बेशक, मुझे कुछ भी याद नहीं है। मेरी माँ ने मुझे बताया था कि उस समय राशन और भोजन की सप्लाई बहुत सीमित हो गई थी। उस समय लोगों का बाहर आना-जाना भी बहुत कम हो गया था। लेकिन उस समय हमारे देश की जनसंख्या भी बहुत कम थी। जब मैं जवान था, उस समय सन् 1962 में चीन से लड़ाई के दौरान हमें कई बार बिजली जाने की समस्या का सामना करना पड़ा। उस समय मैंने बिजली बचाने और उसको बरबाद न करने की बात सीखी।"

अज्जी ने दबी हुई हँसी में कहा, "इसीलिए अज्जा जब कभी भी हम कमरे से बाहर चले जाते हैं तो कमरे की लाइट बंद कर देते हैं। इनकी तब से आदत बनी, जो अब तक बनी हुई है।"

"लेकिन बच्चो, मैंने ऐसा कुछ कभी नहीं देखा है। मेरी दादी मुझे प्लेग, हैजा और स्पैनिश फ्लू के बारे में बताया करती थीं। गाँवों को खाली करवा दिया गया था, लोगों को अपने घरों से दूर किसी दूसरी जगह पर रहने के लिए मजबूर

किया गया। लेकिन हम लोग मनुष्य हैं, जो किसी भी परेशानी को हराकर जीत सकते हैं। अब हमें सोशल डिस्टेंसिंग एवं क्वारंटीन के नियमों को समझना और उनका पालन करना होगा।"

"क्वारंटीन का क्या मतलब होता है?" अनुष्का ने पूछा।

"इसका मतलब है आइसोलेशन (सबसे अलग रहने) की अवधि, जो मुख्य तौर पर चालीस दिनों का होता है। यह शब्द मूल रूप से लैटिन और इतालवी भाषा का है।" अज्जी ने कहा।

"क्या तुम्हें क्वारंटीन के बारे में एक कहानी मालूम है?"

अज्जी मुसकराईं।

"अज्जी, हमें एक कहानी सुनाओ!" सभी बच्चे उत्साह से भरकर चिल्ला पड़े।

अनमोल एक अनाथ बच्चा था, जो पैसे कमाने के लिए एक रेस्तराँ में काम करता था। वह सारा दिन काम करता और रेस्तराँ का बचा हुआ खाना अपनी छोटी-सी झोंपड़ी, जो नदी के पास थी, में लेकर वापस आता। वह नदी किनारे अपना खाना लेकर बैठ जाता और पानी में तैर रही मछलियों को खाना खिलाता।

कई महीने बीत गए। अनमोल इतना पैसा नहीं कमा पा रहा था कि वह अपने जीवन-स्तर को सुधार पाता। वह सोचता रहता कि किस तरह से वह थोड़ा और पैसा कमा सकता है, जिससे कि वह बरसात के दिनों के लिए कुछ पैसे जमा कर पाए।

एक दिन गाँव के पास से एक अजनबी गुजरा। उसने उसी रेस्तराँ में लंच किया, जिसमें अनमोल काम करता था। उस अजनबी को देखकर लग रहा था कि वह एक अमीर इनसान है।

अनमोल ने उसको खाना परोसा और वह अजनबी उससे बातें करने लगा।

"हैलो, मेरा नाम दीपक है।" उस अजनबी ने कहा।

"आप यहाँ किस काम से आए हैं?" अनमोल ने कहा, "इस गाँव में कुछ

भी खास नहीं है और हमें बहुत मुश्किल से ही यहाँ पर कोई पर्यटक दिखता है।"

दीपक ने कहा, "मैं एक सफल व्यापारी हूँ और मुझे अपने व्यापार में सहायता करने के लिए एक सहायक की आवश्यकता है। अपने सहायक के लिए मेरे नियम-कानून बहुत ही साधारण हैं। मुझे एक युवा और एक्टिव लड़के की जरूरत है। उसे शुरुआती चालीस दिनों तक कोई काम नहीं करना होगा; बल्कि इस दौरान उसे अच्छा खाना दिया जाएगा और उसकी ठीक तरह से देखभाल भी की जाएगी। लेकिन उसके बाद उसे केवल दो घंटों के लिए काम करना होगा, जिसके लिए मैं उसे एडवांस में सोने का एक सिक्का दूँगा। नौ और सिक्के मैं उसे काम पूरा हो जाने के बाद दूँगा। मुझे एक ऐसे व्यक्ति की तलाश है, जिस पर मैं भरोसा कर सकूँ और जो मेरी शर्तों पर काम करने के लिए तैयार हो। इसलिए, मैं अगले कुछ दिनों तक यहाँ पर रहूँगा।"

उस गाँव में अधिकतर ऐसे लोग रहते थे, जो अपने काम से छुट्टी पाए जाने की अवस्था में थे और उन्हें अपने गुजारे के लिए मिलनेवाली पेंशन पर निर्भर रहना पड़ता था। अनमोल उन कुछ चुनिंदा लोगों में से एक था, जो उस व्यापारी की नौकरी को स्वीकार कर सकता था। दीपक के चले जाने के बाद अनमोल ने सोचा, 'अगर मुझे सोने के दस सिक्के मिल जाते हैं तो मैं उनसे यहाँ पर प्रॉपर्टी खरीद सकता हूँ। शायद इस तरह मैं एक बेहतर जीवन जी सकूँ।'

अगले दिन अनमोल दीपक से मिला और बोला, "सर, मैं आपके लिए काम करना चाहूँगा।"

यह जानकर दीपक खुश हुआ और वह अनमोल को अपने साथ शहर ले आया। उसने उसे रहने के लिए एक अच्छा-सा कमरा दिया और उससे कहा कि वह चालीस दिनों तक उसका पूरा खयाल रखेगा। लेकिन अनमोल को उसके बिना कहीं बाहर जाने की इजाजत नहीं होगी। उसे बाहरी दुनिया से पूरी तरह से अलग-थलग रहना होगा। दीपक ने ठीक कहा था। अनमोल को वहाँ पर रोज अच्छा खाना मिलता। उसे शहर की नई-नई जगहों पर जाने को भी मिलता। लेकिन दीपक हमेशा उसके साथ रहता। अनमोल को ऐसा लगता, जैसे वह शानदार छुट्टियाँ बिता रहा है।

जब चालीस दिनों का समय पूरा हो गया तो दीपक ने कहा, "दो घंटे का

काम पूरा हो जाने के बाद कल तुम वापस अपने घर जा सकते हो। यह रहा तुम्हारा एक सोने का सिक्का। बाकी के सिक्के मैं तुम्हें कल काम खत्म होने के बाद दूँगा।"

अगली सुबह दीपक और अनमोल घने जंगल की यात्रा करने के लिए तैयार हो गए। दीपक ने अपने साथ एक बहुत बड़ा सा चमड़े का थैला भी ले लिया। जल्दी ही वे दोनों सीधी ढलान वाली पहाड़ी पर पहुँच गए, जो एक सीधी चट्टान पर जाकर समाप्त होती थी और जिसके नीचे से एक नदी बह रही थी। दीपक ने चलना बंद कर दिया। वह अनमोल की तरफ मुड़ा और बोला, "मैं जंगल से कुछ फल इकट्ठा करना चाहता हूँ और उन्हें अपने साथ घर ले जाना चाहता हूँ; लेकिन मुझे यह नहीं पता कि यह थैला कितना भार उठा सकता है। क्या तुम इस थैले के अंदर बैठ जाओगे? मैं इसे तुम्हारे साथ उठाकर देखूँगा, जिससे कि मुझे यह अंदाजा लग जाए कि यह कितना भार उठा सकता है।"

"क्यों नहीं!" अनमोल ने कहा।

जैसे ही अनमोल उस थैले के अंदर बैठा, दीपक ने उस थैले को अच्छी तरह से बंद कर बाँध दिया। बस, अनमोल का सिर ही उस थैले के बाहर नजर आ रहा था।

अनमोल को कुछ समझ नहीं आ रहा था कि उसके साथ क्या हो रहा है। वह सदमे में था और डरा हुआ भी था। वह चिल्लाते हुए बोला, "यह तुम क्या कर रहे हो?"

बिना एक शब्द कहे दीपक ने उस थैले के साथ मांस के कुछ टुकड़े भी बाँध दिए। कुछ पलों के बाद एक बड़ी चील वहाँ पर आई और उस थैले को मांस के साथ पहाड़ी की चोटी पर ले उड़ी।

एक बार जब चील चोटी पर पहुँच गई तो उसने उस थैले की गाँठ, उसके साथ बँधे मांस को ज्यादा-से-ज्यादा खाने के उद्देश्य से, खोलना शुरू कर दिया। अनमोल बड़ी मुश्किल से उस थैले के एक छोर से बाहर आने में कामयाब हो पाया।

दीपक पहाड़ी के नीचे खड़ा होकर सब देख रहा था और अनमोल भी उसे देख पा रहा था।

दीपक ने चिल्लाते हुए कहा, "डरो मत, तुम्हारे आसपास बहुत-सा खजाना है। तुमसे जितना हो सकता है, उसे नीचे फेंकना शुरू करो।"

"लेकिन सर, यह चील मांस खत्म करने के बाद मुझे भी खा जाएगी।"

"चिंता मत करो, उस चोटी से नीचे आने का एक और रास्ता है। अपना काम जल्दी से पूरा करो।" दीपक ने अनमोल को आदेश दिया। चील अब भी खा रही थी और वह बहुत ही अक्रामक ढंग से मांस पर चोट कर रही थी।

एक बार जब अनमोल ने कुछ खजाने को चोटी से नीचे फेंक दिया, वह

चिल्लाया, “बस, हो गया! मैं अब इस चोटी से नीचे आना चाहता हूँ। मुझे बताओ, मैं नीचे कैसे आ सकता हूँ?”

“मूर्ख लड़के! क्या तुम अपने आसपास इनसानी कंकाल और खाली थैलों को नहीं देख सकते? वहाँ पहुँचनेवाले अधिकतर लोग वहीं पर रहे और चील का आहार बने। वहाँ से वापस आने का बस, एक ही रास्ता है कि तुम उस चोटी से नदी में छलाँग लगा दो। तुम्हारा फैसला जो भी हो, मेरी शुभकामनाएँ तुम्हारे साथ हैं। अब मेरे जाने का समय आ गया है।” दीपक ने भद्दे ढंग से हँसते हुए कहा। उसने जल्दी से नीचे गिरे खजाने को उठाना शुरू किया और वहाँ से चला गया।

अनमोल बुरी तरह से डर गया। उसे अब समझ में आ चुका था कि क्यों दीपक ने उसे चालीस दिनों तक सबसे अलग-थलग करके रखा, ताकि उसे इस बात का भरोसा हो जाए कि मुझे खोजने के लिए कोई नहीं आने वाला है। अब अनमोल के पास दो रास्ते थे—या तो चील का आहार बनकर अपनी जान गँवा दे या फिर पहाड़ की चोटी से नीचे नदी में कूद जाए।

अनमोल ने सोचा, ‘मेरे लिए यह बेहतर होगा कि मैं चोटी से नीचे छलाँग लगाकर एक बार में मर जाऊँ, क्योंकि यहाँ पर रहकर अगर चील का निवाला बना तो वह मुझे नोच-नोचकर खाएगी, जो मेरे लिए बहुत दर्दनाक होगा।’

अनमोल ने निराश होकर, खुद को भाग्य के भरोसे छोड़कर नदी में छलाँग लगा दी। उसे यह पता ही नहीं था कि वह जिस नदी में छलाँग लगा रहा है, वह वही नदी है, जो उसके गाँव में उसके घर के पास से बहती है और उस नदी में वही मछलियाँ रहती हैं, जिन्हें वह रोज खाना खिलाया करता था। जब वह नदी में गिरा और डूबने लगा तो वहाँ मौजूद मछलियों में से एक ने उसे पहचान लिया और उसके पास एक लकड़ी का छोटा टुकड़ा खींचकर ले आई। अनमोल उसके साथ चिपक गया और उसने मछली का शुक्रिया अदा किया, क्योंकि वह उसे रास्ता दिखा रही थी। वह मछली तब तक धारा के प्रतिकूल होकर उसका मार्गदर्शन करती रही, जब तक अनमोल नदी के उस किनारे पर नहीं पहुँच गया, जहाँ उसका घर था।

वह अपने घर पहुँच गया। अब तक दीपक ने उसके साथ जो चाल चली थी, वह उससे हक्का-बक्का था।

कुछ दिनों के बाद अनमोल ने सुना कि दीपक उसके पास के गाँव में फिर से एक नए शिकार की तलाश में आ रहा है।

अनमोल का एक दोस्त दीपक के उस प्रस्ताव को स्वीकार करने के बारे में सोच रहा था। पर अनमोल ने उसे सतर्क करते हुए कहा, "मेरे पास सोने का एक सिक्का है। वह मैं तुम्हें दे दूँगा, पर तुम उसके पास मत जाना। वह बहुत खतरनाक आदमी है।"

वह अपने उस दोस्त को दीपक के जाल से बचाने में कामयाब हो गया और उसने उसकी जान बचा ली।

वह पास के गाँव में गया और दीपक से मिला। जब दीपक ने उसको देखा तो पहले तो उसे देखकर उसे विश्वास ही नहीं हुआ कि अनमोल उसके सामने है।

"सर, मैं अपनी बाकी की पेमेंट लेने के लिए आया हूँ।" अनमोल ने सीधे-सीधे उससे माँग कर दी।

"पर...लेकिन...तुम चोटी से नीचे कैसे आए?" दीपक ने नौ सिक्के गिनते हुए और अनमोल को देते हुए प्रश्न किया।

"उस चील ने मुझे एक जगह पर गिराया और वहाँ से चली गई। जहाँ मुझे गिराया गया, उससे कुछ दूरी पर मुझे एक सुरंग मिली! वह सुरंग मुझे उस चोटी से नीचे तक ले आई! सर, वहाँ पर अब भी बहुत सारे बहुमूल्य गहने और खजाना मौजूद है। आप खुद वहाँ पर जा सकते हैं और जो चाहे, वहाँ से ले सकते हैं; क्योंकि जब बात सबसे बहुमूल्य खजाने को पहचानने की है तो उसके बारे में मुझसे ज्यादा समझ आपको है। लेकिन उसके लिए आपको अपने थैले पर और भी ज्यादा मांस चील को ज्यादा देर तक खाने में व्यस्त रखने के लिए लगाना होगा।"

दीपक उसके बारे में सोचने लगा और उसने तय किया कि वह खुद पहाड़ की चोटी पर जाएगा। उसने अनमोल से पूछा, "क्या तुम मेरे साथ आओगे? मैं तुम्हें इसके लिए पैसे दूँगा।"

"बेशक, मैं आपके साथ आऊँगा; लेकिन उसके लिए मुझे और पैसे की जरूरत नहीं है। ये दस सोने के सिक्के मेरे लिए बहुत हैं। मैं जहाँ हूँ, वहीं पर

खुश हूँ।" अनमोल ने कहा। अगली सुबह दीपक और अनमोल जंगल में गए। जब वे पहाड़ पर पहुँचे तो दीपक थैले में बैठ गया। एक बड़ी-सी चील उसे लेकर उड़ गई और पहाड़ की चोटी पर पहुँच गई।

एक बार जब दीपक वहाँ पहुँच गया तो वह यह देखकर हैरान रह गया कि सूरज की रोशनी में बहुत सारे कीमती जेवर चमक रहे हैं। उसे समझ में नहीं आ रहा था कि वह कौन सा जेवर उठाए और कौन सा छोड़ दे।

"मैं यहाँ से बहुत से कीमती जेवर फेंकता हूँ! प्लीज, तुम सब इकट्ठा कर लो और सँभालकर रख लो!" उसने वहाँ से चिल्लाकर अनमोल से कहा, जो नीचे खड़ा था।

दीपक तब तक जेवरों को फेंकता रहा, जब तक चील थैले पर लगे हुए मांस को खाने में व्यस्त रही और उसकी ओर नहीं बढ़ी। जब वह उसकी ओर बढ़ी तो उसने अनमोल को आवाज लगाई, "अनमोल, मुझे बताओ, कैसे बचना है?"

"सर, वहाँ से बचने का बस, एक ही रास्ता है कि आप पहाड़ की चोटी से नीचे नदी में छलाँग लगा दें। आपका जो भी फैसला हो, उसमें मेरी शुभकामनाएँ आपके साथ हैं। अब मेरे जाने का समय हो गया है।" अनमोल ने कहा और जल्दी से जेवरों को इकट्ठा करने का काम पूरा किया और वहाँ से चला गया।

दीपक ने नदी में छलाँग लगा दी। पानी में मछलियों ने उसे नहीं पहचाना। वहाँ पर उसकी मदद करनेवाला कोई नहीं था। वह नदी में डूब गया।

□

भाग्य और कर्म का मेल

जैसे कि अज्जी एवं अज्जा ने मिलकर तय किया था, अज्जा ने हर रोज बच्चों को पढ़ाना शुरू कर दिया। वे उस स्कूल के हेडमास्टर थे, जिसमें पाँच बच्चे पढ़ते थे।

अज्जा की कार्य-पद्धति उन स्कूलों के मास्टरों से अलग थी, जिनमें बच्चे पढ़ते थे। अज्जा हमेशा पहले विषय के बारे में बताते थे और फिर उन्हें एक कहानी से बाँध देते थे।

रघु ने पूछा, "अज्जा, आप सबकुछ कहानी के जरिए क्यों पढ़ाते हैं?"

"बहुत समय पहले कहानियों का उपयोग बहुत से विषयों और जीवन जीने की कलाओं को सिखाने के लिए किया जाता था। इसके पीछे यह विचार था कि यदि विषयों को रोचक कहानियों या कहावतों के माध्यम से बताया जाए तो बच्चों के लिए समझना आसान होगा। लोग कहते हैं, बहुत समय पहले एक राजा हुआ करता था, जिसके बेटे अपने शिक्षक की बात नहीं मानते थे। एक दरबारी ने राजा को सुझाव दिया कि महाराज, आप अपने बेटों को जंगल में एक शिक्षक, जिन्हें मैं जानता हूँ, के साथ रहने के लिए भेज दें। वहाँ पर उन्हें उनकी बातों पर ध्यान देना होगा और इस तरह उन्हें शिक्षा प्राप्त हो जाएगी। उस राजा को यह सुझाव अच्छा लगा और उसने बेटों को उन गुरु (शिक्षक), जो कि जंगल में रहते थे, के पास भेज दिया। वहाँ पर उन गुरु ने लड़कों को जीवन के सभी विषयों के बारे

में पशुओं और सादृश्य का इस्तेमाल करते हुए जो कुछ भी सिखाया, वह एक कहानी के रूप में सिखाया और वहीं से 'पंचतंत्र' की शुरुआत हुई।"

आखिरकार, राजा के बेटे जिम्मेदार व समझदार बन गए और राजा उन गुरु के प्रति कृतज्ञता के भाव से भर उठा।

"मुझे 'पंचतंत्र' के बारे में पता है।" अनुष्का ने चहकते हुए कहा।

सभी बच्चे हँसने लगे।

अज्जा ने अपना सिर हिलाया और आगे बोले, "इसलिए परंपरागत तौर पर, खासतौर पर भारत में, कहानियों का इस्तेमाल अकसर सबक—जो नैतिक, गणित की अवधारणा या प्रशासन के बारे में हो सकता है—सिखाने के लिए किया जाता है।" 'पंचतंत्र' को बच्चों को पढ़ाने के लिए बनाया गया था। महान् भारतीय गणितज्ञ भास्कर की रचना, जिसका नाम 'लीलावती' है, में विषयों को कहानियाँ बताकर समझाया गया है और उसमें पाइथागोरस के सिद्धांत को भी शामिल किया गया है। पश्चिम में किसी भी सबक को केवल एक सबक मानकर सीखा व समझा जाता है और वहाँ पर बच्चों को कहानियाँ अकसर सोने के समय बिस्तर पर सुनाई जाती हैं। समय के साथ, आँकड़ों और संख्याओं के साथ पढ़ाना औपचारिक तौर पर शिक्षा देने के उपकरण बन गए। आज के दौर में कहानियाँ बस, मनोरंजन का साधन मानी जाती हैं। लेकिन मेरा संबंध पुराने समय की विचारधारा से है। जब मैं जवान था तो मैं एक स्कूल शिक्षक था; बल्कि आज भी, जब तुम मेरे विद्यार्थियों से मिलोगे और उनसे पूछोगे कि उन्हें मेरे बारे में क्या याद है, तो उनमें से अधिकतर कहेंगे, 'वे कहानियाँ, जो हमें कोई-न-कोई सबक सिखाती हैं'।"

"अज्जा, क्या आपके विद्यार्थी अपने-अपने लक्ष्य को पाने में सफल रहे? क्या कहानियाँ सुनकर उन्हें कुछ मदद मिली?" मीनू ने पूछा।

अज्जा दबी आवाज में हँस दिए, "कुछ सफल हुए हैं। लेकिन सफलता पाने के लिए आपको कड़ी मेहनत करनी होती है, अपने लक्ष्य की ओर पूरा ध्यान लगाना होता है और भाग्य का भी आपके साथ होना जरूरी होता है! भाग्य हमेशा आपके दरवाजे पर दस्तक नहीं देता; लेकिन जब यह दस्तक देता है तो

उस समय आपको पूरी तरह से तैयार होना चाहिए। इन बातों से मुझे रवि की याद आ गई।"

"रवि कौन है ?"

"रवि वह व्यक्ति है, जिसे भाग्य की वजह से सोना मिला, लेकिन साथ ही उसे यह भी अहसास हुआ कि जीवन जीने का यह तरीका उचित नहीं है।" अज्जा ने जवाब दिया।

"अज्जा, हमें उसके बारे में और भी बताओ।" अनुष्का अज्जा पर जोर देते हुए बोली।

"मैं तुम सबको बताऊँगा; लेकिन पहले तुम सब अपना सारा काम पूरे ध्यान से, कुछ भी कल के लिए छोड़े बिना, पूरा कर लो।"

कहानी सुनने के लालच में सभी बच्चे पूरे ध्यान से अपना काम खत्म करने में लग गए और उन्होंने बहुत जल्दी और ठीक तरह से अपने स्कूल का सारा काम पूरा कर लिया।

जब सभी ने अपना काम पूरा कर लिया तो अज्जा ने कहानी सुनाना शुरू किया।

रवि एक साधारण-सा और अपनी मेहनत पर भरोसा करनेवाला व्यक्ति था। हालाँकि, खेती का काम करना काफी हद तक बरसात होने पर निर्भर करता था और ऐसा हमेशा नहीं होता था कि उसे अपनी फसल के अच्छे दाम मिलें। उसकी पत्नी अल्का इस बात से नाखुश रहती थी। वह अकसर अपनी तुलना दूसरों के साथ किया करती और कहती, "हे भगवान्! मेरा पति ज्यादा पैसे नहीं कमा पाता। मैं कितनी अभागी हूँ।"

एक दिन अल्का सब्जियाँ लेने के लिए बाजार गई। जब वह सब्जी बेचनेवाले के ठेले के पास पहुँची तो उसने देखा कि एक औरत सब्जीवाले की ओर आ रही है। उसके साथ उसका सहायक भी उसके साथ था। अल्का उस औरत के गहनों और उसकी बहुत ही अच्छी रेशम की साड़ी को नजरें गड़ाकर

देख रही थी। सब्जी बेचनेवाले ने अल्का की बातों की परवाह भी नहीं की और पहले उस औरत को सब्जी देने में लग गया।

उस औरत के चले जाने के बाद अल्का ने सब्जीवाले से पूछा, "वह कौन है?"

"तुम्हें नहीं पता? वह राजा के दरबार में नियुक्त राज ज्योतिषी, जो भविष्य बताते हैं और राजा के दरबार में गुम हुई चीजों की सही जगह की जानकारी देते हैं, की पत्नी हैं।" सब्जीवाले ने कहा।

अल्का गुस्से में आगबबूला हो घर आ गई। वह झल्लाई हुई अपने पति के पास गई और बोली, "मेरी भी क्या जिंदगी है! यहाँ तक कि सब्जीवाला भी मेरा सम्मान नहीं करता, जबकि मैं रोज उससे ही सब्जी लेती हूँ। मेरे खयाल से, तुमको भी ज्योतिषी बन जाना चाहिए।"

"मैं कैसे बन सकता हूँ? मुझे ज्योतिष विद्या का बिल्कुल भी ज्ञान नहीं है।" रवि ने कहा।

"उसमें कुछ भी नहीं करना है, बस, पासा फेंकना है और तुम्हारे दिमाग में जो कुछ भी आए, उसे बोल देना है।" अल्का ने कहा और अपने पति को बार-बार इसके लिए मनाने की कोशिश करने लगी कि उसे एक बार कोशिश करनी चाहिए।

कुछ दिनों के बाद बेबस रवि उसकी बात मान गया। उसने भविष्य बताने वाले भविष्यवक्ता की तरह कपड़े पहने, पासा उठाया और बाजार में रास्ते के किनारे जाकर बैठ गया। कुछ समय तक किसी ने भी उसकी तरफ न तो देखा और न ही कोई उसके पास आया। कुछ घंटे बीत जाने के बाद एक स्त्री उसके पास आई और बोली, "गुरुजी, मेरे पति ने मुझे एक कीमती अँगूठी दी थी; लेकिन मैं भूल चुकी हूँ कि मैंने उस अँगूठी को कहाँ पर रख दिया है। अगर वह मुझे नहीं मिली तो मैं बहुत बड़ी मुसीबत में पड़ जाऊँगी! कृपा करके उस अँगूठी को तलाश करने में मेरी मदद करें।"

रवि को पसीना आने लगा। उसे नहीं पता था कि उसे क्या करना चाहिए और क्या कहना चाहिए। उसने पासा फेंका और उस पर एक संख्या आ गई। अचानक उसने सोचा कि यह पासा भी एक छोटी सी माचिस की तरह दिख रहा

है। उसने अपने आपसे कहा, 'यह एक माचिस की तरह दिख रहा है।'

जैसे ही उस औरत ने उसे ये शब्द बड़बड़ाते हुए सुना, वह वापस मुड़ी और अपने घर की ओर दौड़ पड़ी।

एक घंटे के बाद वह वापस लौटी और रवि को सोने का एक सिक्का दिया। "गुरुजी, आपने कितनी सही भविष्यवाणी की है!" उसने कहा, "मैंने इस अँगूठी को एक माचिस के बक्से में रख दिया था और इसके बारे में पूरी तरह से भूल गई थी। अब, जब मैंने वापस जाकर देखा तो मुझे यह वहीं पर मिली। आपका बहुत-बहुत शुक्रिया!"

रवि ने सोने का सिक्का लिया और घर वापस आ गया। सिक्का देखकर अल्का बहुत उल्लसित थी। "मैंने तुमसे कहा था। नहीं कहा था! तुम अगर पूरा एक साल हमारी जमीन पर खेती करते तो भी तुम सोने का एक सिक्का नहीं कमा सकते थे।"

"ऐसा होना बस, एक संयोग था।" रवि ने कहा, "मैंने पासे को देखते हुए ऐसे ही कुछ भी कह दिया; लेकिन उसने मेरे शब्दों को मेरी भविष्यवाणी समझ लिया और उसे जिसकी तलाश थी, उसे तलाश कर लिया। अल्का, मुझे यही लगता है कि मुझे खेतों में वह काम करना चाहिए, जो मुझे अच्छी तरह से आता है। मैं कल से बाजार में जाकर बैठना नहीं चाहता हूँ।"

परंतु अल्का बहुत जिद्दी थी। उसने अपने पति की बात नहीं सुनी और उसे अगले दिन भी बाजार में जाकर बैठने के लिए मजबूर किया।

इस बीच, उस रात को राजा के महल से गहनों से भरे चालीस बक्से चोरी हो गए। राजा इस बात से बहुत क्षुब्ध था। उसने राज ज्योतिषी को बुलाया और उसे आदेश दिया, "पता लगाओ कि खजाना किसने चुराया है और वह कहाँ पर है? मुझे इस संबंध में तुरंत ही जवाब चाहिए।"

राज ज्योतिषी इस संबंध में किसी भी तरह की जानकारी प्राप्त करने में असमर्थ था और उसने एक मंत्री से यह पता लगाने में असमर्थता जताई कि चोरी किसने की है।

राजा को इस बारे में सूचना दी गई। एक राजदरबारी खड़ा हुआ और बोला, "महाराज, मेरी पत्नी बाजार के पास वाले चौराहे पर एक ज्योतिषी से

मिली थी। वह उनकी बहुत प्रशंसा कर रही थी। ऐसा लगता है, वे अपने काम में बहुत निपुण हैं।"

राजा ने रवि को तुरंत ही अपने राजदरबार में आने के लिए तलब किया।

"कल खजाने में से गहनों के चालीस बक्सों की चोरी हुई थी। मुझे बताओ कि वे किसने चुराए हैं और मुझे वे वापस कब मिलेंगे? अगर तुम इस बारे में मुझे सही जानकारी नहीं देते हो तो मैं तुम्हें हमेशा के लिए जेल में डलवा दूँगा!" राजा ने रवि को आदेश देते हुए कहा।

रवि घबराहट में पसीने से भीग गया और धीमी आवाज में अपनी पत्नी अल्का को कोसने लगा। उसने ऐसा कभी नहीं सोचा था कि वह इस तरह की मुसीबत में फँस जाएगा। उसने पासा फेंका और अपने दिमाग में कुछ गिनती करने लगा।

राजा ने फिर आदेश देते हुए कहा, "अब मुझे बताओ, वे चालीस बक्से कहाँ पर हैं?"

रवि के कानों में आवाज पड़ी चालीस और वह बड़बड़ाया, "चालीस लोग!"

"क्या?"

"आपके बक्सों को चालीस लोग ले गए हैं!" रवि ने कहा। उसने इस बार भी अपनी पहले कही गई बात पर जोर दिया।

राज ज्योतिषी तो इतना भी नहीं पता लगा पाया था।

"वे चोर किस दिशा में गए हैं?"

"मुझे चालीस दिनों का समय चाहिए।" रवि ने कहा। उसे यह पता था कि अगर उसने कुछ और कहा तो उसे जेल जाना पड़ सकता है।

"मेरे पास और समय नहीं है।"

"महाराज, मुझे चालीस दिनों का समय चाहिए। मुझे ऐसा ही आदेश मिला

है। इसमें मैं कुछ भी नहीं कर सकता।"

"ठीक है, मेरे पास उन चालीस बक्सों के साथ आना या फिर तुम उसके बाद जेल को ही जीवन भर के लिए अपना घर समझना।"

रवि वापस अपने घर लौट गया। वह मौत से बुरी तरह डरा हुआ था। जो कुछ भी दरबार में हुआ था, उसने वह सबकुछ अल्का को कह सुनाया। अल्का को अब अपने किए पर बहुत अफसोस हो रहा था।

"हे भगवान्! मेरा लालच और अहंकार ही तुम्हारी सब परेशानियों की वजह है। अगर तुम्हें जेल जाना पड़ा तो उसका सारा दोष मेरा होगा!" उसने रोते हुए कहा।

वह फूट-फूटकर रोई और इस मुश्किल से निकलने के लिए कोई उपाय सोचने का भी प्रयास करने लगी। लेकिन उसे कोई रास्ता नहीं सुझाई दे रहा था।

रवि बहुत ज्यादा उदास था। उसने अपनी सबसे पसंदीदा चीज—खजूर निकाले। उसने उन्हें गिना, वे पूरे चालीस थे। उसने सारे खजूर एक बक्से में डाल दिए।

"अल्का," उसने उदासी भरे स्वर में कहा, "अगर मुझे चालीस दिनों में जेल जाना पड़ा तो मैं चाहता हूँ कि वैसा कुछ हो, तब तक मैं हर रोज एक खजूर खाकर अपने दिन आनंद से बिताऊँ। चालीस दिनों के बाद मुझे राजा के दरबार में हाजिर होना होगा और जो भी परिणाम हो, उसे स्वीकार करना होगा।"

सत्य तो यह था कि चालीस चोरों की टोली थी, जिसमें हर एक गहनों का एक-एक बक्सा राजा के खजाने से ले गया था। इस नए ज्योतिषी की खबर उन तक राजा के दरबार में मौजूद अपने एक खबरी से पहुँची।

उन चोरों के सरदार ने कहा, "मेरे दोस्तो, तुम लोग चिंता मत करो। मुझे नहीं लगता कि ये रवि हम लोगों को ढूँढ़ सकता है। पर अपने आपको सुरक्षित रखने के लिए हमें चालीस दिनों तक खजाने को सँभालकर रखना होगा। इस दौरान हमारे बाहर घूमने से हमारे पकड़े जाने का जोखिम बढ़ सकता है।"

हालाँकि, चोरों की पूरी टोली बहुत परेशान थी।

"सरदार, मैं आज जाऊँगा और पता लगाऊँगा कि रवि की आगे की क्या योजना है!" टोली में से एक चोर ने कहा।

चोरों के सरदार ने अपने साथी को ऐसा करने की इजाजत दे दी।

वह चोर रवि के घर की छत पर चढ़ गया। इससे पहले कि वह अंदर झाँककर देखता, उसे किसी की आवाज सुनाई दी—"पतिदेव, आपके पास चालीस दिन हैं। आप तब तक इंतजार करो।"

रवि ने कुछ भुनभुनाकर कहा, "तुमने क्या कहा?" अल्का ने पूछा।

रवि ने एक खजूर खा लिया था। वह आह भरते हुए बोला, "एक खत्म हो गया है, बस, उनतालीस बचे हैं।"

इसके आगे की बात सुनने का इंतजार किए बिना चोर वहाँ से भाग खड़ा हुआ।

वह अपने सरदार के पास गया और वहाँ जो कुछ सुना था, उसे अपने सरदार को बताते हुए बोला, "सरदार, मैं उस ज्योतिषी के घर की छत पर चढ़ गया था और उसने कहा कि एक खत्म हो गया है, उनतालीस बचे हैं! वह जानता था कि मैं वहाँ पर था, इसलिए मैं वहाँ से भाग आया।"

उसकी बात सुनकर सरदार उसके बारे में और जानने के लिए उत्सुक हो गया। वह बोला, "ठीक है, कल तुम दो लोग उसके घर पर जाना।"

इस बीच अल्का अपने पति की स्थिति को देखकर बहुत दुःखी थी। उसके पास न तो ज्योतिष का कोई ज्ञान था और न ही उसके पास कोई शक्ति थी। उसे यह सोचकर बहुत बुरा लग रहा था कि उसने जबरदस्ती अपने पति को ज्योतिषी होने का नाटक करने के लिए मजबूर किया। इसके लिए वह अपने पति से कई बार क्षमा भी माँग चुकी थी। उसने अपने पति को सुझाव देते हुए कहा, "शायद मुझे जाना चाहिए और सारी सच्चाई राजा को बता देनी चाहिए।"

"अगर तुम ऐसा करोगी तो भी किसी को तुम पर भरोसा नहीं होगा। लोग सचमुच ऐसा मानने लगे हैं कि मैं कोई बहुत बड़ा ज्योतिषी हूँ। अल्का, हमारी जिंदगी इससे बहुत बेहतर होती और हम बहुत खुश भी होते, अगर लोगों की नजरों से दूर ही रहते और किसान बनकर अपना गुजारा करते।"

अल्का सुबक-सुबककर जोरों से रोने लगी।

दूसरे दिन दोनों लोग रवि के घर की छत पर चढ़ गए। इससे पहले कि वे अंदर झाँककर देखते, उन्होंने एक व्यक्ति की आवाज सुनी, "दो खत्म हो गए हैं,

अब अड़तीस बचे हैं।" रवि ने दूसरा खजूर भी खा लिया था।

और कुछ सुनने का इंतजार किए बिना दोनों चोर वहाँ से भाग गए।

वे अपने सरदार के पास गए और वहाँ जो कुछ हुआ था, वह बताने लगे, "सरदार, हम उस ज्योतिषी के घर की छत पर चढ़े हुए थे और उसने कहा कि दो खत्म हो गए हैं, अब अड़तीस बचे हैं! उसे पता था कि हम वहाँ पर हैं, इसलिए हम वहाँ से भाग आए।"

यह सब जानकर सरदार रवि के बारे में जानने के लिए बहुत उत्सुक था। उसने कहा, "ठीक है, तुम में से तीन लोग कल उसके घर जाना।"

उनका यह काम चालीसवें दिन तक जारी रहा, जब सरदार भी रवि के घर पर पहुँचा।

वे सारे रवि के घर पर पहुँचे। इससे पहले कि वे अंदर झाँकते, उन्होंने एक व्यक्ति की आवाज सुनी, "अल्का, सारे चालीस खत्म हो चुके हैं, अब बचने का कोई रास्ता नहीं है।"

"तुम क्या कहते हो?" अल्का ने पूछा।

"खत्म हो गए, वे सब खत्म हो गए। मुझे अभी राजा के दरबार में जाना होगा और अपनी हाजिरी देनी होगी।" उसने कहा।

उसके कुछ क्षण बाद ही उनके दरवाजे पर दस्तक हुई।

"मुझे पता है, तुम क्यों आए हो।" रवि ने कहा। वह सोच रहा था कि राजा के सिपाही उसे पकड़कर राजा के पास या जेल ले जाने के लिए आए हैं।

जब उसने दरवाजा खोला तो चोरों का सरदार उसके पैरों में गिर पड़ा और बोला, "कृपया हमें बचा लें। हम लोग चोर हैं, कोई कातिल नहीं हैं। अगर राजा को पता चल गया कि हमने चोरी की है तो वह हमें फाँसी पर लटका देगा।"

"क्या तुम्हारे पास सारा चोरी हुआ खजाना मौजूद है?" रवि ने अपने आश्चर्य को छिपाने की कोशिश करते हुए पूछा।

"हाँ, श्रीमान, हमारे पास पूरे चालीस बक्से हैं। जब हमने आपके और चालीस दिनों की प्रतीक्षा के बारे में सुना तो हमने तय किया कि हम इंतजार करेंगे और देखेंगे कि क्या होता है।"

"अगर ऐसी बात है तो तुम लोग उन चालीस बक्सों को मेरे गाँव की सीमा

पर बड़े से बरगद के पेड़ के नीचे दबा दो और कहीं जाकर छिप जाओ, बाकी सब मैं सँभाल लूँगा।" रवि ने कहा।

चोरों का सरदार इसके लिए मान गया और चैन की साँस लेकर वहाँ से चला गया।

अगले दिन रवि ने राजा को एक संदेश-पत्र भेजा। उस संदेश-पत्र में लिखा था—'महाराज, मुझे चोरी हुए खजाने के बारे में जानकारी मिल चुकी है। लेकिन मेरी शक्तियाँ सीमित होने के कारण मैं आपको केवल एक जानकारी दे सकता हूँ, मैं या तो आपको चोरी हुए खजाने की जानकारी दे सकता हूँ या फिर उसे चोरी करनेवाले चोरों के बारे में जानकारी दे सकता हूँ। आप क्या जानना चाहेंगे?'

हालाँकि, रवि ने राजा को संदेश भेज दिया था, लेकिन अब भी उसे डर लग रहा था। वैसे तो उसकी बुद्धि कहती थी कि राजा खजाने की जानकारी लेना चाहेगा, लेकिन वह यह सोचकर डर रहा था कि अगर राजा ने चोरों के बारे में जानकारी माँग ली तो क्या होगा?

उसने वह सारा दिन इसी सोच में बिता दिया।

एक दिन के बाद राजा ने अपना जवाब भेजा—'मुझे खजाना चाहिए।' उसके भेजे गए जवाबी पत्र में लिखा था।

रवि ने ईश्वर का धन्यवाद किया और राजा को एक और संदेश भेजा—'खजाना जिस जगह पर है, मुझे उसका पता चल गया है और मैं अपनी शक्ति का उपयोग कर उस सारे खजाने को गाँव की सीमा पर एक बरगद के पेड़ के नीचे स्थानांतरित कर रहा हूँ।'

राजा ने अपने सैनिकों को उस जगह पर भेजा और पेड़ की थोड़ी-सी खुदाई करने के बाद उनको चालीस बक्सों वाला खजाना मिल गया। उसमें से कुछ भी गायब नहीं था।

राज़ा अपना खजाना वापस पाकर बहुत खुश हुआ और उसने रवि को अपने दरबार में आमंत्रित किया। वहाँ राजा ने कहा, "मैं तुम्हें राजदरबार में राज ज्योतिषी का पद देना चाहता हूँ। तुम आज से ही अपना काम शुरू कर सकते हो।

रवि को अच्छी तरह से पता चल चुका था कि अब उसे फिर से इस जाल में नहीं फँसना है। वह बोला, "नहीं, महाराज। मैंने अपनी सारी ऊर्जा इन चालीस बक्सों के खजाने को खोजने में लगा दी है। अब मेरी सारी शक्ति लगभग समाप्त हो चुकी है और मैं भविष्य में कोई भी भविष्यवाणी करने में सक्षम नहीं हो पाऊँगा। अब मैं राज ज्योतिषी का पद सँभालने के योग्य नहीं हूँ।"

राजा ने अपना सिर हिलाया। उसे रवि के लिए बुरा लग रहा था। राजा बोला, "मैं तुम जैसे व्यक्ति से दोबारा नहीं मिल पाऊँगा, इसलिए मैं उपहार के तौर पर चालीस बक्सों में से एक बक्सा तुम्हें देना चाहता हूँ।"

रवि ने राजा को धन्यवाद कहा और जितना जल्दी हो सकता था, राजदरबार से बाहर निकल गया। फिर अल्का और रवि अपना शेष जीवन शांति, संतोष एवं सुख के साथ बिताने लगे।

"वाह, क्या कहानी है!" कमलू अज्जी ने आश्चर्यचकित होते हुए कहा, जो चुपके से वहाँ आकर, पास में बैठकर संतरे छीलती हुई कहानी सुन रही थीं।

"भैया, आपने बहुत अच्छी कहानी सुनाई है।"

अज्जा हँस दिए, "अब तुम्हें भी एक कहानी सुनानी चाहिए।"

"अरे, नहीं, अभी नहीं। अभी मैं यह गिनती करने में व्यस्त हूँ कि बच्चों के लिए संतरे का रस बनाने के लिए मुझे कितने संतरे छीलने हैं। यहाँ पर कितने बच्चे हैं? पाँच, ठीक!" वे अपने आपसे बात करते हुए बोलीं।

"कमलू, प्लीज।" अज्जा ने कहा, "बच्चों को एक और कहानी सुनाओ न।"

"ठीक है, फिर लंच पंद्रह मिनट देरी से मिलेगा।"

"ठीक है, अज्जी, हमें कोई परेशानी नहीं है।" अनुष्का ने कहा, जो उन सब में सबसे छोटी थी और कहानी सुनने के लिए हमेशा तैयार रहती थी।

"ठीक है; लेकिन मैं तुम सबको याद दिला दूँ कि सबको इस दौरान सभी नियमों का पालन करना होगा। बच्चों, वे नियम क्या हैं?"

"हाथों को बार-बार धोना है।" रघु ने कहा।

"अगर हमारी नाक बहती है, खाँसी होती है या अगर हमें ऐसा लगता है कि बुखार हो गया है तो हमें आपको बताना है।" मीनू ने कहा।

"जितना संभव हो, हर समय एक-दूसरे से हमें कम-से-कम पाँच फीट की दूरी बनाकर रखनी है।" कृष्णा ने कहा।

"हम सभी को आँगन की दीवार के पार जाने की अनुमति नहीं है।" अदिति ने कहा।

"हमें बार-बार अपनी आँखों, मुँह और नाक को छूने से बचना है।" अनुष्का ने कहा।

"बहुत अच्छे!" कमलू अज्जी ने कहा और फिर उन्होंने बच्चों को कहानी सुनानी आरंभ कर दी।

राघव एक साधारण-सा लड़का था, जो अकेला रहता था। उसका कोई परिवार नहीं था और न ही कोई ऐसा था, जो उसे किसी तरह की सलाह दे सकता। उसे कई बार उससे ज्यादा चालाक लोग बेवकूफ बना दिया करते थे। लोग उसे काम करने के लिए बुलाते; लेकिन काम पूरा होने पर या तो उसे ठीक दाम नहीं देते या जितने दाम देने की बात होती, उससे कम ही दाम देते। बेचारा राघव! अपने साथ हुई नाइनसाफी के खिलाफ कुछ नहीं बोल पाता था; क्योंकि उसे यह नहीं पता था कि इस तरह के लोगों से किस तरह निपटा जाए या उनसे क्या कहा जाए।

उसकी मासूमियत की वजह से लोग उसे 'भोला राघव' कहकर पुकारने लगे थे। वह अपनी गरीबी से तंग आ चुका था। चाहे वह जो कुछ भी कर ले, उससे कोई फर्क नहीं पड़ता। अंत में, उसे लोगों के धोखे या चालाकी का शिकार होना पड़ता था।

एक दिन, एक साधु ने उसे सांत्वना देते हुए कहा, "अगर व्यक्ति का भाग्य उसका साथ दे तो उसके द्वारा किया गया सामान्य सा कार्य भी उसकी

किस्मत बदल सकता है। मेरे प्यारे दोस्त, इंतजार करो, तुम्हारा समय भी आएगा।"

कुछ दिनों के बाद, एक दिन जब राघव एक पेड़ के नीचे बैठा था, तब उसने दो लोगों को, जो उससे कुछ दूरी पर थे, आपस में तेज आवाज में बात करते हुए सुना। उनमें से एक ने कहा, "आपको कुछ पता नहीं होता, ईश्वर का कौन-सा चमत्कार व्यक्ति का जीवन बदल दे; लेकिन उसके लिए यह जरूरी है कि ईश्वर आपसे प्रसन्न हों।"

अपनी गरीबी से परेशान हो चुके राघव ने उनकी बातचीत को बीच में रोकते हुए पूछा, "लेकिन मैं यह कैसे जान पाऊँगा कि ईश्वर मुझसे खुश हैं अथवा नहीं, जब तक मैं उनसे मिल नहीं लेता?"

उन दोनों ने राघव की ओर देखा और उनमें से एक ने कहा, "अगर तुम प्रेम-भाव और पूरे मन से ईश्वर से प्रार्थना करो तो ईश्वर तुम्हें जरूर दर्शन और आशीर्वाद देंगे।"

राघव का बस, एक वफादार साथी था और वह था उसका घोड़ा। उन दोनों को कोई अलग नहीं कर सकता था। इसलिए राघव अपने घोड़े पर सवार होकर एक जंगल में गया और वहाँ पर एक पत्थर पर बैठ गया। उसने पूरे मन से ईश्वर से प्रार्थना करनी शुरू की, "मैं एक ईमानदार व्यक्ति हूँ और पूरी मेहनत से काम करने की कोशिश करता हूँ। मुझे आपकी मदद की जरूरत है। भगवान्, मुझे आप दर्शन दें और आकर आशीर्वाद दें।"

कुछ घंटों के बाद उसके कानों में एक आवाज आई, "बेटा, उठो, जाओ और सो जाओ। जब सुबह होगी तो तुम उठो और अपनी बंद आँखों से अपना हाथ आगे बढ़ाकर तुम्हारे आसपास जो भी चीज हो, उसे स्पर्श करना। वह तुम्हारा जीवन बदल देगी।"

राघव जानता था कि उसने जो आवाज सुनी, वह खास थी। इसलिए वह अपने घोड़े पर बैठकर घर लौट आया। उसके पास कुछ सिक्के थे। उसने उन्हें रात को सोते समय अपने पास ही रख लिया। उसने सोचा कि अगर वह सुबह उन्हें स्पर्श कर लेगा तो हो सकता है कि वे दोगुने हो जाएँ और इससे उसका जीवन बदल जाए।

सुबह-सुबह भोर के समय में एक बिल्ली राघव के घर में घुस गई और उसे देखकर उसका घोड़ा बेचैन हो गया। राघव ने घोड़े के हिनहिनाने की आवाज सुनी। वह उठा और अपनी आँखें बंद किए हुए अपने घोड़े के पास पहुँच गया और जब उसने अपनी आँखें खोलीं तो देखा कि सबसे पहले उसने अपने घोड़े के गले में पड़ी घंटी को स्पर्श किया है।

राघव को जब यह अहसास हुआ कि उसने क्या किया है, तो उसने अपना सिर झटक दिया। सिक्के उसके बिस्तर के ठीक बगल में रखे हुए थे, जिन्हें उसने नहीं छुआ था। वह अपने आप पर हँसने लगा और सोचने लगा, 'शायद मेरे घोड़े के लिए मेरा प्यार ही मेरे जीवन को बेहतर बना दे। यह घंटी मेरा जीवन किस तरह से बदल सकती है ?'

अपनी सोच पर लगाम लगाकर राघव ने अपने घोड़े को साथ लिया और तय किया कि वह शहर जाएगा, जो वहाँ से कुछ ही दूरी पर था।

वह दोपहर का समय था। बहुत देर तक चलने के बाद उसे गरमी लगने लगी। उसने तय किया कि वह एक छायादार बरगद के पेड़ की छाया में बैठकर आराम करेगा। वहाँ पर उसने एक युवा माँ को अपने छोटे से बच्चे के साथ देखा। वह बच्चा जोर-जोर से रो रहा था। उसकी माँ भी उसे चुप नहीं करा पा रही थी और वहाँ पर उस बच्चे को चुप करवा पाने वाला भी कोई और नहीं था।

कुछ पलों के बाद उस माँ ने हार मान ली और वह भी बच्चे के साथ रोने लगी।

जब राघव ने वहाँ से चलने के बारे में सोचा और उसके घोड़े ने कुछ कदम बढ़ाए तो उसके गले में पड़ी घंटी बजने लगी। घंटी की आवाज सुनकर उस बच्चे ने रोना बंद कर दिया। इसलिए राघव कुछ देर तक उस घंटी को बजाता रहा, जिससे बच्चा पूरी तरह से शांत हो गया। यह देखकर उसकी माँ ने चैन की साँस ली और बोली, "मेरा बच्चा इस घंटी की आवाज को सुनकर खुश हो गया है। युवक, क्या तुम मुझे यह घंटी दे दोगे? इसके बदले में मैं तुम्हें पाँच रसीले संतरे दूँगी! दुर्भाग्य से, मैं तुम्हें इसके अलावा और कुछ भी नहीं दे सकती।"

दयालु राघव ने घंटी के बदले में संतरों को ले लिया।

जब वह दूसरे गाँव तक पहुँचा तो एक बड़े से घर के पास से गुजरा। उसके बाहर बहुत सारे लोग भीड़ लगाकर खड़े हुए थे।

"क्या बात है?" उसने घर के सामने खड़ी एक लड़की से पूछा।

"हमारी माँ की तबीयत बहुत खराब है। डॉक्टर का कहना है कि हमें अभी उन्हें ताजा रसीले फलों का रस पिलाना होगा, जिससे कि वह जीवित रह सकें। लेकिन हमें आसपास कहीं इस तरह के फल नहीं मिले और हमें अभी फलों की जरूरत है।" उस सुंदर सी लड़की ने कहा, जिसे देखकर लग रहा था, जैसे वह किसी भी क्षण रो देगी।

राघव को उसके लिए बहुत बुरा लग रहा था। उसने उस लड़की को अपने पाँच संतरे दे दिए।

"मेरे पास कुछ हैं! तुम इन्हें ले लो। शायद ये तुम्हारी माँ के कुछ काम आ जाएँ।" उसने बहुत नम्रता के साथ कहा।

लड़की भागते हुए अंदर चली गई और राघव ने तय किया कि वह कुछ देर वहीं पर रुककर देखेगा कि उसकी माँ कैसी है। कुछ समय के बाद उसे ढूँढ़ती हुई वह लड़की घर से बाहर आई। उसने कहा, "माँ अब ठीक हैं। तुमने उनकी जान बचाई है, इसलिए उन्होंने तुम्हारे लिए यह उपहार भेजा है।"

उस लड़की ने राघव को रेशम का एक बहुत सुंदर स्कार्फ दिया और उसे शुक्रिया कहा। उसके बाद वह वापस घर के अंदर चली गई।

राघव शहर की ओर आगे बढ़ चला। कुछ समय के बाद वह यात्रियों के एक समूह के साथ थोड़ी देर के लिए रुक गया, जिन्होंने उसे अपने साथ खाना खाने के लिए आमंत्रित किया था। उनमें से एक ने कहा, "हमें तुम्हारा स्कार्फ बहुत पसंद आया। इसकी क्वालिटी बहुत अच्छी है। मैं तुम्हें इस स्कार्फ के बदले में अपना एक खंजर दे सकता हूँ। बताओ, क्या तुम मेरे साथ यह अदला-बदली करोगे?"

राघव उस स्कार्फ के बदले में खंजर लेने के लिए राजी हो गया।

जब तक वह शहर के मुख्य बाजार तक पहुँचा, तब तक शाम हो चुकी थी। वहाँ पर बहुत शोर मचा हुआ था। किसी ने उसे बताया कि वहाँ पर राजा आने वाला है और हर कोई उसका इंतजार कर रहा है।

जब वहाँ पर राजा का आगमन हुआ तो हर कोई उसके सामने चुपचाप, बिल्कुल एक बुत की तरह खड़ा हो गया।

राघव राजा की भव्यता को देखकर आश्चर्यचकित था। राजा की नजर राघव और उसके कमर-बंद के साथ लटके खंजर पर पड़ी। राजा ने पूछा, "नौजवान, तुम्हारे खंजर ने मेरा ध्यान अपनी ओर खींच लिया है। तुम कोई योद्धा नहीं लगते, लेकिन मैं हूँ। यह खंजर ठीक वैसा ही है, जैसा मुझे चाहिए था। क्या तुम इसे मुझे दोगे?"

"महाराज, आप इसे ले सकते हैं।" राघव ने तुरंत ही कहा।

उसके बदले में राजा ने उसे बहुत सारा धन दिया।

राघव ने राजा से मिले सिक्कों में से कुछ खर्च करके एक सराय में अपने

आराम करने के लिए कमरा और अपने घोड़े को रखने के लिए स्थान लिया। रात को खाना खाते समय उसने सुना कि एक व्यापारी अपने एक मित्र से कह रहा था, "मुझे इसी समय कुछ धन की आवश्यकता है। मैंने जिस सामान को मँगवाया है, वह सुबह-सुबह ही यहाँ पहुँचने वाला है और मुझे उसी समय उसका मोल चुकाना है। अगर कोई मुझे बस, एक दिन के लिए आवश्यक धन उधार दे दे तो मैं उसे एक दिन के बाद अपना सामान बेचने के बाद दोगुनी राशि वापस लौटा सकता हूँ। लेकिन अभी रात हो चुकी है, मुझे इतनी जल्दी किसी की मदद कैसे मिल सकती है!"

राघव उसके पास गया और व्यापारी से बोला, "मैं आपकी मदद कर सकता हूँ। आपको जितनी धनराशि की जरूरत है, वह मैं आपको दे सकता हूँ। आप मुझे कल मेरी उतनी ही राशि लौटा देना।"

व्यापारी यह देखकर हैरान था कि एक नौजवान बिना किसी शर्त के उसकी मदद के लिए तैयार है। व्यापारी ने कहा, "तुम्हारे इस दरियादिली वाले प्रस्ताव के लिए बहुत शुक्रिया। अपना सामान बेचकर मुझे जो कुछ भी मिलेगा, मैं उसमें से आधा धन तुम्हें दे दूँगा। कृपया तुम इस सराय में मेरा इंतजार मेरे लौटकर आने तक करना।"

अगली शाम राघव ने उस व्यापारी का इंतजार किया, जो वापस आया और उससे बोला, "हे नौजवान! तुम अपने साथ मेरा सौभाग्य भी लाए हो। तुमने जो मुझे राशि दी थी, उसके बारे में जैसाकि मेरा खयाल था, वह दोगुनी हो जाएगी; लेकिन मुझे यह देखकर बहुत हैरानी हुई कि वह दोगुनी तो हुई, पर सोने के सिक्के के रूप में; क्योंकि खुद राजकुमारी ने मेरा सारा सामान खरीद लिया है।"

उस व्यापारी ने सोने के सिक्कों से भरा एक बड़ा-सा थैला राघव को दिया और उसके सामने अपना साझेदार बनने का प्रस्ताव रखा। वह व्यापारी मानने लगा था कि राघव उसके लिए सौभाग्य लेकर आया है।

राघव ने उसके प्रस्ताव को स्वीकार कर लिया और जल्दी ही वह बहुत अमीर व्यक्ति बन गया। उसने अपने घोड़े के लिए एक बहुत ही अच्छा अस्तबल तैयार करवाया और वहाँ पर उसकी अच्छी-से-अच्छी देखभाल का इंतजाम किया।

राघव के लिए विवाह के कई प्रस्ताव भी आने लगे।

एक दिन राघव ने बाजार में एक युवा लड़की को देखा। यह वही लड़की थी, जिसकी माँ ने राघव के लिए रेशम का स्कार्फ भेजा था। वह उस लड़की के पास गया और पूछा, "तुम्हारी माताजी कैसी हैं?"

"ओह! तुम्हें यहाँ देखकर बहुत अच्छा लगा। तुमने मेरे परिवार के लिए जो भी किया, उसे मैं कभी नहीं भूल सकती। हमने तुम्हें तलाश करने की बहुत कोशिश की, लेकिन नहीं कर पाए।"

राघव मुसकरा दिया और उसे अपने घर का पता दे दिया।

उस शाम राघव को एक और विवाह का प्रस्ताव मिला। उसे यह देखकर बहुत खुशी हुई कि वह प्रस्ताव उस परिवार का ही था, जिस लड़की से वह बाजार में मिला था।

उस रात को वह अपने घोड़े पर सवार होकर घूमने के लिए निकला और अपने घोड़े से बोला, "जब एक व्यक्ति का भाग्य उसके साथ होता है। तो एक साधारण सी घंटी भी उसकी किस्मत बदल सकती है। इस पूरी यात्रा के दौरान मेरा सबसे वफादार साथी बने रहने के लिए तुम्हारा बहुत-बहुत शुक्रिया।"

अगले दिन राघव ने विवाह के प्रस्ताव के लिए हामी भर दी। उन दोनों का विवाह बहुत धूमधाम से संपन्न हुआ और वे खुशी-खुशी अपना जीवन बिताने लगे।

"इसीलिए अपनी परीक्षा का परिणाम आने से पहले मैं मंदिर में प्रार्थना करता हूँ। मैं मानता हूँ कि भगवान् हमेशा सौभाग्यशाली होने का आशीर्वाद देते हैं। इसलिए मैं उनसे प्रार्थना करता हूँ कि जब भी मुझे जरूरत हो, वह मुझे सौभाग्य का आशीर्वाद दें।" रघु ने कहा।

"मैं भी।" कृष्णा ने कहा।

कमलू अज्जी हँस पड़ीं और लंच तैयार करने के लिए चली गईं।

□

वचन

दो दिनों के बाद सुबह के समय टाउन ऑफिसर का फोन आया।

जब अज्जा ने फोन उठाया तो ऑफिसर ने उनसे विनती की कि वे फोन को स्पीकर पर रखें, जिससे वह अज्जा और अज्जी से एक साथ बात कर सकें।

फिर उन्होंने कहा, "कुछ मजदूर हमारे यहाँ आए हुए हैं, क्योंकि लॉकडाउन की वजह से बसें, रेल या फ्लाइट्स—सभी कुछ बंद हैं। मजदूरों का यह समूह हुबली से उत्तर भारत में अपने घर जाने के लिए निकला था। रास्ते में उन्हें अहसास हुआ कि इस तरह वे अपने घर, उत्तर भारत में, नहीं पहुँच सकते। लेकिन वे लोग किसी तरह से हमारे शहर तक पहुँचने में कामयाब हो गए। चूँकि हम सभी क्वारंटीन की अवधि में हैं, इसलिए मैंने उन लोगों के रहने की व्यवस्था शहर की सीमा पर स्थित हनुमान मंदिर में कर दी है। वहाँ पर पानी के कुछ नलके हैं और साथ ही कुछ सुलभ शौचालय भी मौजूद हैं। मैंने उनसे कहा कि वे लॉकडाउन खत्म होने तक वहाँ पर ही रहें और फिर उसके बाद वे सुरक्षित अपने घर जा सकते हैं। वे ऐसा करने के लिए तैयार हो गए हैं; लेकिन हमें उन्हें रोज खाना भेजना होगा, जब तक वे वहाँ पर ठीक से अपनी व्यवस्था नहीं कर लेते—शायद तीन-चार दिनों तक। उसके बाद हम उनको कच्चा अनाज और गैस उपलब्ध करवा देंगे, जिससे वे खुद अपना खाना बना व खा सकें। लेकिन अभी वे इस स्थिति में नहीं हैं कि अपना खाना खुद बना सकें।

"वहाँ पर कितने लोग हैं?" अज्जा ने पूछा।

"लगभग पच्चीस लोग। क्या ऐसा संभव है कि आप आज दोपहर के खाने में उनके लिए अपने घर से कुछ भेज सकें?"

अज्जा ने तुरंत ही उत्तर दिया, "बेशक, हम उनके लिए रोटियाँ भेज देंगे।"

अज्जी ने भी सहमति में अपना सिर हिलाया।

"यह तो बहुत अच्छा विचार है।" टाउन ऑफिसर ने कहा, "मुझे पूरा विश्वास है, उनको रोटियाँ पसंद आएँगी। इस बीच मैं किसी और से भी बात कर लेता हूँ, जो उनके लिए कुछ पकी सब्जी भेज पाए।"

अज्जी, जो हमेशा दूसरों की मदद के लिए तैयार रहती थीं, बीच में ही बोल उठीं, "आप चिंता मत करो, हम लोग कुछ सब्जी भी पका देंगे। बस, आप हमें बता दें कि हमें हर रोज क्या पकाना चाहिए!"

यह सुनकर टाउन ऑफिसर रिलैक्स और खुश लग रहा था। "आपके दान के लिए बहुत-बहुत शुक्रिया। ईश्वर करे, आपका घर-परिवार ऐसे ही बढ़ता रहे! मैं आपको समय-समय पर अपडेट करता रहूँगा।"

अज्जी स्टोररूम में गईं और देखकर हैरानी से चिल्लाईं, "ओह, नहीं! हमारे पास पच्चीस लोगों के लिए रोटियाँ बनाने के लिए पर्याप्त आटा नहीं है।"

कमलू अज्जी भी उनकी बात से सहमत दिखीं, "मुझे लगता है, इससे हम बस, पचास रोटियाँ ही बना पाएँगे। हमारे घर में गेहूँ तो है, पर हमें उसे पीसकर आटा बनाना होगा। पर आटा पीसनेवाली मशीन की दुकान लॉकडाउन की वजह से शाम के समय बस, एक घंटे के लिए खुलती है; और यह भी याद रखो, हमें बच्चों के लिए भी खाना पकाना है और अगर हम दामू तथा अपने आपको को भी मिला लेते हैं तो उसके बाद भी हमें तीस और रोटियाँ चाहिए। हमें क्या करना चाहिए?"

"मना करने का तो सवाल ही नहीं उठता। मैं वचन दे चुकी हूँ, मुझे मजदूरों के लिए सौ रोटियाँ भेजनी ही होंगी।"

अज्जी ने घड़ी की ओर देखा, 10 बज रहे थे। किराने की दुकान 6 से 9 बजे तक तीन घंटे के लिए खुलती है।

"मैं टाउन ऑफिसर को कॉल कर सकता हूँ और कह सकता हूँ कि हम

उन्हें रोटियाँ कल देंगे। हमें ग्रोसरी से सामान आज ही मिल पाया है।" अज्जा ने सुझाया।

"हम ऐसा भी कर सकते हैं कि हम सब लोग आज के दिन चांवल खाएँ और उन लोगों के लिए सौ रोटियाँ बनाकर भेज दें। लेकिन कैसे?"

बच्चे यह देखकर बहुत हैरान थे कि अज्जी आज बहुत परेशान व चिंतित दिख रही थीं। आमतौर पर अज्जी हमेशा शांत और खुश रहती थीं; लेकिन अब जब उन्हें पता चला कि उनके पास जो आटा है, वह रोटियाँ बनाने के लिए पर्याप्त नहीं है तो वे बहुत तनाव में थीं।

अचानक, अज्जी को ध्यान आया और उन्होंने दामू से पूछा, जो उनके पास ही बैठकर चाय पी रहा था और उनकी बातें सुन रहा था।

"दामू, क्या तुम्हारे पास घर पर आटा रखा है?"

"हाँ, अम्मा! मैं ला सकता हूँ। वो काफी होना चाहिए।"

"फिर ठीक है, मैं तुम्हें शाम को आटा वापस कर दूँगी।"

दामू पड़ोस में अपने घर से आटा लाने के लिए दौड़ पड़ा।

अज्जी ने चैन की साँस ली और रसोई में आटा गूँधने की तैयारी करने के लिए चली गईं।

कमलू अज्जी बगीचे से ताजा पत्तेदार सब्जियाँ तोड़ने चली गईं। उन्हें दूसरी सब्जियों के मुकाबले उगाना आसान होता है। अज्जी रसोईघर में से आवाज लगाते हुए बच्चों से बोलीं, "रघु, मीनू! जाओ, मुझे पेड़ से सहजन की फलियाँ तोड़कर लाकर दो! सहजन की फली बहुत सारे पोषक तत्त्वों से भरपूर होती है और अगर किसी के पास समय की कमी है तो उन्हें पकाना भी बहुत आसान होता है।"

रघु और मीनू अपना काम पूरा करने के लिए बगीचे की ओर दौड़ पड़े।

कुछ क्षणों के बाद अनुष्का, अदिति और कृष्णा रसोईघर में गए। अनुष्का ने पूछा, "अज्जी, आप इतना परेशान क्यों हो गई थीं, जब आपको पता चला कि हमारे पास पर्याप्त आटा नहीं है? जबकि आप उनको कल भी रोटियाँ दे सकती थीं?"

"नहीं, बेटे! मैं उनको वचन दे चुकी थी। शायद मुझे वायदा करने से पहले यह देख लेना चाहिए था कि हमारे पास कितना आटा है और फिर, उसके बाद टाउन ऑफिसर को रोटियाँ देने का वचन देना चाहिए था।"

"वचन! अज्जी, यह इतना जरूरी क्यों है?"

"एक बार जब आप किसी काम को पूरा करने के लिए कह देते हैं तो आपको उसे पूरा करना चाहिए। वैसे, कभी-कभी परिस्थितिवश ऐसा हो जाता है कि आपने जो कहा होता है, उस काम को पूरा नहीं कर पाते; लेकिन यह सही नहीं होता। एक व्यक्ति को भरोसेमंद व्यक्ति तभी माना जाता है, जब वह अपने कहे काम को बिना किसी बहाने या कारण के समय पर पूरा करके दे देता है।"

"जैसे कि सेना के कायदे-कानून होते हैं।" कृष्णा ने कहा।

"इसीलिए सेना के लोगों को भरोसेमंद कहा जाता है।" अज्जी ने उत्तर दिया। ठीक उसी समय अज्जा रसोईघर में आ गए।

"हम लोकतांत्रिक भारत में सुरक्षित तरीके से तभी रह पाते हैं, क्योंकि हमें भरोसा होता है कि वे लोग हमारे देश की सीमाओं की मुस्तैदी से रक्षा कर रहे

हैं।" अज्जा ने अज्जी की बात को आगे बढ़ाया।

अज्जी मुसकरा दीं।

"क्या हुआ, अज्जी?" अदिति ने पूछा।

"तुम लड़कियों से इस बारे में बात करते हुए देखकर मुझे एक कहानी याद आ गई।"

"अज्जी, प्लीज, हमें वह कहानी सुनाओ न!" अदिति ने जोर देते हुए कहा।

"बिल्कुल, मैं तुम लोगों को रोटियाँ बनाते समय वह कहानी सुनाऊँगी।"

राजा नरेंद्र एक छोटे से देश के राजा थे। लोगों के बीच में राजा का बहुत नाम था, क्योंकि वे हमेशा अपने वचन का पालन करते थे।

एक साल राजा के राज्य को भयानक सूखे का सामना करना पड़ा। यह देखकर राजा ने घोषणा की कि इस वर्ष दरबार या महल में न तो कोई उत्सव मनाया जाएगा और न ही शानदार भोजन उपलब्ध करवाया जाएगा। मैं भी सूखा समाप्त होने तक वही भोजन करूँगा, जो मेरी प्रजा करेगी।

राजा ने अपने रसोईघर का दरवाजा हर किसी के लिए खोल दिया। इस बार राजा ने कुछ ऐसा किया था, जो उसने कभी नहीं किया था। उनके इस कार्य ने प्रजा के बीच उनके लिए प्रेम को बढ़ा दिया। राजा ने अपने वचन का पालन भी किया और यह तब तक जारी रहा, जब तक बरसात नहीं हो गई और सूखा समाप्त हो गया।

कुछ महीनों के बाद, राजा ने एक भूमि के बहुत बड़े से भाग पर महल बनवाने का काम शुरू करवा दिया। भूमि के उस भाग के ठीक सामने एक फटेहाल झोंपड़ी मौजूद थी।

उस झोंपड़ी में जो व्यक्ति रहता था, वह राजा के पास आया और बोला, "महाराज, कोई मेरी भूमि के निकट एक बहुत बड़ा-सा महल बनवा रहा है। लोग मुझसे कह रहे हैं कि मैं अपना घर खाली कर दूँ, जिससे कि वे जिस बगीचे

को वहाँ पर बनाना चाहते हैं, उसके लिए उन्हें और भी जगह मिल सके। लेकिन मैं उस जगह से नहीं जाना चाहता। भूमि का वह छोटा-सा टुकड़ा और घर मेरे पूर्वजों की निशानी है और मैं उसे हमेशा अपने पास रखना चाहता हूँ, जिससे अकेलापन कम महसूस हो और मुझे उनकी याद आती रहे। महाराज, कृपा करो। मैं कुछ भी गलत नहीं कर रहा हूँ। क्या आप मेरा साथ देंगे?"

"अगर तुम जो कुछ कह रहे हो, वह सब सच है तो मैं तुम्हारा साथ दूँगा।" राजा ने कहा।

राजा ने अपने आदमियों को उस बारे में और ज्यादा जानकारी इकट्ठा करने के लिए कहा और उसे पता चला कि वह गरीब व्यक्ति सच बोल रहा है। वह उसी भूमि के भाग के पास रहता है, जहाँ पर राजा का नया महल बन रहा है। इस बीच उस गरीब व्यक्ति को भी यह पता चल गया कि उसके घर के पास जो बड़ा सा महल बन रहा है, वह किसी और का नहीं, बल्कि राजा का ही है।

"उसके घर को वैसे ही रहने दो।" राजा ने अपने वास्तुकार से कहा, "मैं उस व्यक्ति को वचन दे चुका हूँ। जब लोग मेरे महल की ओर देखेंगे तो उसकी अद्भुत कारीगरी की बात करेंगे, पर उस झोंपड़ी की ओर देखेंगे तो उन्हें पता चलेगा कि मैं अपने वचन का पालन करनेवाला राजा हूँ।"

उसी राज्य में एक जमींदार भी रहता था, जिसके पास बहुत सारी संपत्ति थी। पुराने समय में लोगों का मानना था कि केवल बेटा ही अपने पिता की संपत्ति का वारिस होता है और उन्हें ऐसी उम्मीद बेटे से रहती थी कि उसके माध्यम से उनके परिवार का नाम आगे बढ़ेगा। उस जमींदार की सोच भी पुराने जमाने की थी। जब उसकी पत्नी को बच्चा होने वाला था तो वह अपने माता-पिता के घर कुछ महीनों के लिए रहने के लिए चली गई, जैसीकि उन दिनों परंपरा थी। जब वह जा रही थी तो जमींदार ने बहुत ही कठोर शब्दों में कहा, "हमें बेटा ही होना चाहिए। अगर तुम एक बेटे को जन्म नहीं देती हो तो मेरे साथ रहने के लिए वापस मत आना।"

उसकी पत्नी बहुत डर गई। लेकिन अपने बच्चे के लिए वह सकारात्मक सोचने और खुश रहने की कोशिश करती रही।

समय तेजी से बीत गया। एक सुबह उसने पूरी तरह से स्वस्थ एक बेटी को जन्म दिया। वह अपनी बेटी को पाकर बहुत खुश थी; लेकिन यह सोचकर बहुत डरी हुई थी कि जब उसके पति को पता चलेगा कि उसने लड़की को जन्म दिया है तो वह क्या करेगा?

इसलिए उसने अपने पति को संदेश भेजा—'मैंने एक बेटे को जन्म दिया है।'

उसने सोचा, 'शायद मैं उन्हें, जब वे हमारी बेटी को देखें तो उसकी बेहतरी के लिए, इस परिस्थिति को अपने नजरिए से देखने के लिए मना पाऊँ।"

इस खबर से आनंदित पिता ने अपनी पत्नी को जवाब देते हुए संदेश भेजा— 'मुझे बहुत खुशी हुई। मैं अपने बेटे का नाम 'वीरवर' रखना चाहता हूँ, वह, जो बहुत बहादुर हो।"

इस तरह उस छोटी-सी बच्ची का नाम 'वीरवर' पड़ गया। उसकी माँ उसके रहस्य को सबसे छिपाकर रखने में उसकी पूरी मदद करने लगी और इस तरह वीरवर का पालन-पोषण एक लड़के की तरह हुआ। उसे यह अच्छी तरह से मालूम था कि उसे इस रहस्य को छिपाए रखना होगा कि वह एक लड़की है, नहीं तो उसे अपने पिता के कोप का सामना करना होगा। वह लड़कों की तरह ढीले-ढाले कपड़े पहनती। उसने वह सारी शिक्षा ली, जो एक लड़के के लिए तब जरूरी थी। वह धनुर्विद्या और घुड़सवारी में बहुत ही अच्छी थी। उसके आसपास के सभी लोग (केवल उसकी माँ को छोड़कर) यही मानते थे कि वास्तव में वह एक लड़का है।

इसी तरह बीस वर्ष बीत गए। एक बार जब वीरवर किसी काम के लिए दूसरे शहर जा रही थी तो उसे रास्ते में एक जंगल से गुजरना पड़ा। वहाँ पर उसने देखा कि एक शेर ने एक व्यक्ति पर हमला कर दिया है। हालाँकि, वह व्यक्ति भी शेर से लड़ रहा था, लेकिन वह जानती थी कि उस व्यक्ति को मदद की आवश्यकता है। इसलिए वह मदद के लिए आगे बढ़ी। वह अपने घोड़े पर सवार उस व्यक्ति की ओर गई और उसने तेजी से उसे अपने घोड़े पर बैठा लिया और शेर से दूर ले गई।

जब उसने अपने घोड़े को रोका तो उसे अहसास हुआ कि उस व्यक्ति को बहुत सारी चोटें लगी हुई हैं। उस व्यक्ति ने उसे बताया कि वे राजा नरेंद्र हैं। वे जंगल में अपने सिपाहियों के साथ शिकार पर गए हुए थे और रास्ता भूल गए तथा उनका सामना शेर से हो गया। जल्दी ही वीरवर राजा को लेकर उनके महल पहुँच गई। उसने राजा को राजमहल के सिपाहियों के हवाले किया और सरपट वहाँ से चली गई।

कुछ दिनों के बाद जब राजा की तबीयत ठीक हुई तो उन्होंने वीरवर को अपनी राजधानी में अपने मेहमान के तौर पर आमंत्रित किया। वे अपनी जान बचाने के लिए उसे धन्यवाद देना चाहते थे। न चाहते हुए भी वीरवर को उस

आमंत्रण को स्वीकार करना पड़ा, क्योंकि वह राजा की आज्ञा की अवहेलना नहीं कर सकती थी। जिस समय वीरवर महल में ठहरी हुई थी तो राजा को उसे देखकर अहसास हुआ कि वह जो कुछ भी करती है, उन सभी कामों में बहुत अच्छी है।

राजा की एक बहन थी, जिसका नाम चंद्रिका था। वह बहुत सुंदर थी और विवाह के योग्य थी। राजा ने सोचा कि वीरवर बहुत बहादुर और साहसी युवक है। हो सकता है कि वह कोई राजकुमार न हो, लेकिन वह एक अच्छा इनसान है। मैं चाहूँगा कि मेरी बहन का विवाह उसके साथ हो जाए।

राजा ने वीरवर के माता-पिता से इस विषय पर चर्चा करने के लिए उनको महल में बुलाया। इस बारे में सुनकर वीरवर की माँ बहुत व्याकुल हो गई। लेकिन वह मजबूर थी और सच राजा को नहीं बता सकती थी। इसलिए वह राजा से बोली, “महाराज, आपकी बहन एक राजकुमारी है और हम साधारण लोग हैं। इसके अलावा, हमें वीरवर की राय भी जाननी होगी। हो सकता है कि वह अभी विवाह न करना चाहता हो।”

हालाँकि, उसको अपने दबाव में रखनेवाले उसके पति ने उसे कुछ और कहने से रोक दिया। उसने राजा से कहा, “महाराज, ऐसा अवसर हम जैसों को कभी-कभी ही मिल पाता है, जब सौभाग्य खुद चलकर हमारे दरवाजे पर आए। हमारा पुत्र बहुत सुंदर और एक अच्छा योद्धा है। यह उसका दुर्भाग्य है कि उसका हम जैसे साधारण लोगों के घर में जन्म हुआ। अन्यथा उसमें राजसी परिवार वाले सभी गुण मौजूद हैं। मुझे इस रिश्ते को लेकर किसी तरह की कोई आपत्ति नहीं है। इस विवाह के लिए मेरी तरफ से ‘हाँ’ है।”

इस तरह, उन दोनों का विवाह तय हो गया।

वीरवर ने इस खबर को सुना तो वह भौचक्की रह गई। लेकिन उसे यह भी अच्छी तरह से पता था कि उसके पास इसके अलावा और कोई चारा नहीं है।

“क्या मैं आपकी बहन से उनके विचार और इस विवाह से अपेक्षाओं को जानने के लिए अकेले में मिल सकता हूँ?” उसने राजा से पूछा।

राजकुमारी चंद्रिका ने वीरवर को राजदरबार में एक-दो बार देखा था। एक युवा लड़की की तरह वह उस योद्धा के प्रति मंत्रमुग्ध थी। जब उसके भाई ने उसे

वीरवर से मिलने के लिए पूछा तो वह खुशी-खुशी तैयार हो गई। राजा ने जवाब दिया, "मैं अपनी बहन को अच्छी तरह से जानता हूँ और मुझे पता है, वह मेरे निर्णय से सहमत होगी; हालाँकि, तुम दोनों शाही बगीचे में अकेले में कुछ समय व्यतीत कर सकते हो।" ऐसा कहकर राजा ने उसकी बात मान ली।

वीरवर राजकुमारी चंद्रिका से शाही बगीचे में मिली और उससे बोली, "तुम्हारी जैसी राजकुमारी का मेरे जैसे साधारण व्यक्ति के साथ मेल तुम्हारे लिए ठीक नहीं होगा। मैं तुम्हें अपने घर में वह शानो-शौकत या आराम और विलासितापूर्ण जीवन नहीं दे सकता, जो तुम्हें राजमहल में मिलता है। मैं यह भी नहीं चाहता कि मैं हमेशा के लिए इस राजमहल में रहूँ। मेरे खयाल से, तुम्हारे लिए सही निर्णय यह होगा कि तुम मुझसे विवाह करने के लिए मना कर दो।"

उसकी बात सुनकर चंद्रिका मुसकरा दी। "तुम मेरे साथ जहाँ भी रहोगे, मेरे लिए वह स्थान महल जैसा ही होगा और वह घर मुझे दिल से प्यारा होगा। मैं नहीं चाहती कि तुम्हारे घर में मेरे साथ खास तरह का व्यवहार किया जाए।"

वीरवर को अहसास हो गया कि ऐसा कोई रास्ता नहीं बचा है, जिससे वह राजकुमारी चंद्रिका का मन बदल सकती है। वह पास ही एक शाखा के पास बैठ गई।

चंद्रिका ने कहा, "तुम कुछ परेशान लग रहे हो। मुझे बताओ, तुम्हारे मन में क्या चल रहा है?"

"कल रात मैंने एक सपना देखा था।" वीरवर ने कहा।

"क्या वह सपना इतना मजेदार था कि वह अब भी तुम्हारे दिमाग पर छाया हुआ है, जबकि अभी तुम यहाँ पर मेरे साथ हो?" उसने उसे छेड़ते हुए कहा और वहीं पर उसके पास बैठ गई।

"वह बहुत ही परेशान करनेवाला सपना था। मैंने देखा कि एक बहुत ही सुंदर लड़की थी, जिसे उसे पिता के दबाव के कारण उसकी माँ एक लड़के की तरह दुनिया के सामने पेश करना चाहती थी। वह हमेशा लड़कों की तरह पोशाक पहनकर रहती थी। जिस दिन से उसका जन्म हुआ था, सब लोग यही समझते थे कि वह एक लड़का है। एक दिन उसकी सगाई एक राजा की बेटी के साथ हो गई। जल्दी ही राजा की बेटी को पता चल गया कि वह जो लड़का है, वह

वास्तव में एक लड़की है। उसने अपने सिपाहियों को आदेश दे दिया, 'इसे मौत के घाट उतार दो।' बस, उसके बाद मेरी नींद खुल गई। मेरा वह सपना एकदम सच लग रहा था और मुझे सचमुच ऐसा लग रहा है कि किसी के साथ दुनिया के किसी कोने में ऐसा हो रहा है। पर मेरे इस सपने ने मुझे बहुत परेशान कर दिया है। राजकुमारी, तुम क्या सोचती हो? क्या उसने जो किया, वह सही था?"

चंद्रिका एक क्षण के लिए मौन रही और फिर बोली, "उस लड़की को उसके माता-पिता ने लड़का बनने के लिए मजबूर किया। यह उसकी अपनी इच्छा नहीं थी। इसलिए उसे मौत की सजा नहीं मिलनी चाहिए। उन्हें उसे छोड़ देना चाहिए और उसे अपना जीवन सामान्य तौर पर जीने देना चाहिए। हो सकता है कि उसका भी विवाह करने और बच्चों की माता बनने का सपना हो।"

वीरवर खड़ी हो गई और बोली, "मैं ही वह लड़की हूँ।"

चंद्रिका बहुत क्रोधित हो गई, "तुम्हारी हिम्मत कैसे हुई? तुम मुझे यह सबकुछ बहुत पहले बता सकती थीं और मेरे सामने खुलासा कर सकती थीं कि तुम कौन हो? मैं अपने भाई को सबकुछ बता दूँगी। तुम्हारे इस धोखे के लिए वे तुम्हें निश्चित तौर पर मरवा देंगे।" परेशान होकर उसने रोना शुरू कर दिया।

वीरवर ने नम्रतापूर्वक कहा, "राजकुमारी चंद्रिका, आपने अभी कहा कि उस लड़की को छोड़ दिया जाना चाहिए, क्योंकि उस पर दबाव था और उसके भी अपने सपने होंगे। लेकिन जैसे ही यह आपकी आप-बीती बन गई तो आपने अपना दृष्टिकोण बदल दिया। मैंने जान-बूझकर किसी को भी धोखा नहीं दिया, न तो आपको और न ही आपके भाई को। हालाँकि, मेरी माँ और मैंने इस विवाह के प्रस्ताव का विरोध किया था, पर किसी ने हमारी बात नहीं सुनी। मेरे पिता और बाकी सारी दुनिया को मेरे लड़की होने की बात मालूम ही नहीं थी। इसीलिए मैं आपसे अकेले में बात करना चाहती थी। अगर आपको अब भी ऐसा लगता है कि मुझे मौत की सजा मिलनी चाहिए तो मैं इस सजा को स्वीकार कर लूँगी।"

चंद्रिका शांत हो गई और उसे वीरवर के लिए बुरा लगने लगा। उसने कहा, "शायद तुम सही कह रही हो। मैं इसे स्वीकार कर सकती हूँ, लेकिन अगर मेरे भाई को यह पता चला तो वे निश्चित तौर पर तुम्हें मौत की सजा दे देंगे। तुम

सौभाग्यशाली हो कि मुझे पता है कि अपने भाई से किस तरह से बात करनी है। तुम मेरे साथ कल उनके पास चलना, पर उनसे मुझे ही बात करने देना।"

अगले दिन वे दोनों स्त्रियाँ राजा से मिलीं। राजा नरेंद्र उन दोनों को साथ देखकर खुश हुए।

"मुझे बताओ, कल तुम दोनों ने किस बारे में बातचीत की?" राजा ने पूछा।

चंद्रिका ने उत्तर दिया, "भैया, हमने वीरवर के एक दोस्त के बारे में बात की। एक सुंदर लड़की, जो हमेशा लड़कों की पोशाक में रहती थी, क्योंकि वह उसके पिता के दबाव के कारण खुद को दुनिया के सामने एक लड़के के रूप में पेश करती थी। जिस दिन से वह पैदा हुई, हर कोई यही सोचता था कि वह एक लड़का है। एक दिन उसकी सगाई राजा की बेटी के साथ हो गई। जल्दी ही राजा की बेटी को पता चल गया कि वह लड़का वास्तव में एक लड़की है। उसने अपने सिपाहियों को आदेश दिया, 'इसे मौत के घाट उतार दो।' यह सबकुछ बहुत परेशान करनेवाला था। भैया, आपका इस बारे में क्या विचार है? क्या उसने जो किया, वह सही था?"

राजा ने कुछ देर के लिए विचार किया और बोला, "यहाँ पर जिसको सजा मिलनी चाहिए, वह उस लड़की का पिता है, न कि वह लड़की। उस लड़की को सजा नहीं दी जानी चाहिए।"

वीरवर एक कदम आगे बढ़ी—"इससे पहले कि हम इस विषय पर और चर्चा करें, मुझे इस बारे में कुछ याद आ गया है, जिसके बारे में मैं आपसे बात करना चाहता हूँ। महाराज, उससे पहले मैं आपसे एक वायदा चाहता हूँ। मैंने आपके प्राणों की रक्षा की है और मैं आशा करता हूँ कि आप भी मेरे पिता की रक्षा करेंगे और मुझे यह भरोसा दिलाएँगे कि उनको किसी तरह का कोई नुकसान नहीं होगा।"

"बेशक! वीरवर, उनको कोई नुकसान नहीं होगा। जल्दी ही वे मेरी बहन के श्वसुर बनने वाले हैं।"

एक बार जब राजा ने उसको वचन दे दिया तो वीरवर ने सच को उनके सामने रख दिया, "महाराज, मैं ही वह लड़की हूँ।"

राजा बहुत अधिक नाराज हो गया, "तुम्हारी हिम्मत कैसे हुई? तुम अपने आपको क्या समझते हो?"

"महाराज, सत्य तो यह है कि मैंने आपको धोखा नहीं दिया। मैंने विवाह के लिए आपकी बहन का हाथ नहीं माँगा था और न ही मैं विवाह करना चाहती थी। आपने ही इस विवाह के लिए जोर दिय़ा था। कृपा करके मेरे पिता को नुकसान न पहुँचाएँ; हालाँकि मैं जानती हूँ कि उन्होंने अनजाने में गलती की है। एक बेटी वह सब कर सकती है, जो एक बेटा कर सकता है। इसका सबसे अच्छा उदाहरण मैं हूँ। आपने अभी बताया था कि बेटी की गलती नहीं थी। इसका अर्थ यह हुआ कि इस सब में मेरी भी गलती नहीं थी। महाराज, आप जनता के बीच में बहुत ही सम्मानित राजा हैं, क्योंकि आप हमेशा अपने वचन का मान रखते हैं। मुझे आशा है, आप मेरे दृष्टिकोण को भी समझेंगे, बाकी सब मैं आप पर छोड़ती हूँ। आप जैसा ठीक समझें, वैसा करें।"

राजा को अहसास हुआ कि उन्हें अपने वचन का मान जरूर रखना चाहिए। अपने दिल की गहराई में उन्हें यह भी अच्छी तरह से मालूम था कि वीरवर की इसमें कोई गलती नहीं थी।

उनका क्रोध शांत हो गया और वे बोले, "मैं तुम्हारे तर्क को समझ गया हूँ। तुम्हें इस दौरान दुनिया के सामने खुद को इतने वर्षों तक एक युवक के तौर पर पेश करने में जिन भी परेशानियों से गुजरना पड़ा, उसके लिए मुझे अफसोस है। बहुत लंबे समय तक मेरी बस, एक ही बहन थी—चंद्रिका। आज मैं तुम्हें भी अपनी बहन के रूप में गोद लेता हूँ और तुम्हें 'वीरांगना' कहकर पुकारूँगा। तुम दोनों ही अपनी पसंद के युवकों से विवाह कर सकती हो। मेरा आशीर्वाद हमेशा तुम दोनों के साथ है।"

जिस समय तक कहानी खत्म हुई, रोटियाँ भी बन चुकी थीं। दामू ने रोटियों को पैक करने में अज्जी की मदद की और अज्जा ने टाउन ऑफिसर को फोन मिलाया।

कुछ ही पलों में एक व्यक्ति रोटियों को ले जाने के लिए गेट पर खड़ा था। उसने दरवाजे से ही अज्जा और अज्जी को धन्यवाद कहा और दामू खाना देने के लिए दौड़ पड़ा।

"मुझे यह सोचकर बहुत खुशी हो रही है कि हम मजदूरों की मदद कर पाए।" कृष्णा ने कहा।

अज्जा ने उसके सिर पर प्यार से हाथ फेरा और उसके गुलाबी गालों को भी खींच लिया।

हमें इतिहास से पता चलता है कि काकात्य राजवंश की राजकुमारी रुद्रमा देवी का पालन-पोषण एक लड़के के रूप में किया गया था और उस राज्य की प्रजा को हमेशा यह लगा कि उनके राजा का एक पुत्र है। ऐसा बहुत कम ही होता है, लेकिन ऐसा हुआ था। वह राजकुमारी पुरुषों के वस्त्र पहनती थी और उसने एक योद्धा के तौर पर प्रशिक्षण भी प्राप्त किया था। आगे चलकर उसको चालुक्य राजवंश के एक राजकुमार से प्रेम हुआ और उसकी गिनती एक सफल शासकों में हुई।

□

कुत्तों की भाषा

उस रात बहुत ही गरमी थी। बच्चे बरामदे में पंखे के नीचे बैठे हुए थे। वे सब आपस में बातें कर रहे थे।

कुछ ही दूरी पर अज्जा और कमलू अज्जी सीढ़ियों पर आराम से शांत बैठे हुए थे। दोनों अपने ही खयालों में खोए हुए थे। वे सभी मुख्य दरवाजे के पास बाहर कुत्तों के भौंकने की आवाजें सुन पा रहे थे।

"कुत्ते रात में क्यों भौंकने लगते हैं?" कमलू अज्जी ने पूछा, "यहाँ पर भी वैसा ही है, जैसा कि बेंगलुरु में होता है। वहाँ पर वे आधी रात को भौंकना शुरू कर देते हैं और सचमुच बहुत देर तक भौंकते रहते हैं।"

"उनकी भी अपनी परेशानियाँ होती हैं।" अज्जा ने कहा, "आमतौर पर, कुत्तों को होटलों में जो खाना बच जाता है, वह खाने के लिए मिल जाता है। लेकिन आजकल कोई भी होटल या रेस्तराँ लॉकडाउन की वजह से नहीं खुले हैं और इसलिए बहुत से कुत्ते भूखे रहते हैं।"

अज्जा पीछे मुड़े और अज्जी को पुकारने लगे, जो अब भी घर के अंदर थीं। "क्या तुम्हारे पास कुत्तों के लिए कुछ खाना है?" वे चिल्लाकर बोले।

"कुछ रोटियाँ और थोड़ा-सा चावल है।" उन्होंने चिल्लाकर जवाब दिया।

"उन्हें यहाँ ले आओ।"

अज्जी खाना व बिस्कुट अपने साथ लेकर आईं और अज्जा तथा कमलू

अज्जी के साथ दरवाजे की ओर गईं। बच्चे उनको दूर से ही देख रहे थे। उन्होंने देखा कि वहाँ पर दो कुत्ते आ गए थे।

अज्जी ने गेट के ठीक बाहर पास ही में एक कटोरे में बिस्कुट, रोटी व चावल रख दिए और एक दूसरे कटोरे में पानी भी रख दिया। दो कुत्तों ने उन कटोरों की ओर देखा और बहुत भूखा होने के कारण जल्दी से खाने पर टूट पड़े। उन्होंने कुछ पलों में ही सारा खाना खत्म कर दिया। फिर उन्होंने पानी पिया, अज्जी को धन्यवाद करने के लिए अपनी पूँछ हिलाई और वहाँ से भाग गए।

धीरे-धीरे वे तीनों भी घर के अंदर आ गए और बरामदे में आकर सीढ़ियों पर बैठ गए। अज्जी बोलीं, "काश, वे भी बोल सकते! फिर मैं उनके लिए उनके पसंद का खाना बनाकर देती। आखिर यह धरती उनका भी तो घर है।"

"तुम्हारे सोचने का ढंग कितना अलग है!" अज्जा ने कहा, "हम इनसान बोल सकते हैं और इसलिए हम वह सबकुछ कर सकते हैं, जो हम करना चाहते हैं और इसलिए, हम भौतिक चीजों—जैसे संपत्ति और भूमि पर भी अपना अधिकार प्राप्त कर लेते हैं।"

"बेचारे जानवर! हम बस, इसलिए उनकी जगह पर अपना कब्जा जमाने में सफल हो पाते हैं, क्योंकि वे हमारी तरह बोलकर अपना अधिकार नहीं साबित कर पाते। अगर कोई ऐसी जगह हो भी, जिस पर हमसे पहले उनका अधिकार हो, तो भी वे हमें बता नहीं सकते!"

"तुम सही हो।" कमलू अज्जी ने कहा, "आज हम इनसानों का जीवन बंद दरवाजों के अंदर गुजरता है। हमारे देश में बहुत से जानवर जंगलों से अपने आसपास के उन शहरों में आ पहुँचते हैं, जो बहुत साल पहले उनकी अपनी जमीन हुआ करती थी।"

अज्जा ने बात आगे बढ़ाते हुए कहा, "यह दुनिया एक अलग ही तरह की जगह होती, अगर हम पक्षियों के चहचहाने और जानवरों की भाषा को समझने में सक्षम होते।"

अज्जी मुसकरा दीं और बोलीं, "मैं अभी धीरज के बारे में सोच रही हूँ।"

"कौन धीरज?" अज्जा ने पूछा।

"क्या तुम एक कहानी सुनना चाहते हो?"

अज्जा और कमलू अज्जी ने बच्चों की तरह अपना सिर 'हाँ' में हिलाया। वे उस कहानी को सुनने के लिए उतावले थे, जो अज्जी उन्हें सुनाने वाली थीं।

अमित और उसकी पत्नी प्रीति अपने राज्य में उच्च श्रेणी के अफसर थे। वे युवा, शक्तिशाली एवं धनी दंपती थे और नदी के पास ही एक बहुत बड़े घर में रहते थे। वे अकसर आधिकारिक तौर पर कई जश्न अपनी आलीशान नौका पर विहार करते हुए या अपने सुंदर से बगीचे में मनाते रहते थे। लेकिन वे इस बात का भी पूरा खयाल रखते थे कि उनके जश्न में उनके शहर के उनकी ही तरह धनी और शक्तिशाली लोग शामिल हों और उनसे बहुत गरीब लोग वहाँ पर न आ पाएँ।

रामू उनके यहाँ हाउस कीपिंग का काम करता था। वह उनके साथ ही रहता था और वर्षों से उनकी सेवा कर रहा था। एक दिन वह अपने साथ एक छह साल के बच्चे को लेकर आया। वह बच्चा बहुत मासूम और बुद्धिमान लग रहा था।

रामू ने प्रीति से पूछा, "मैं इस बच्चे से गाँव के मेले में मिला था। इसकी देखभाल करनेवाला कोई भी नहीं है। मैं इसकी मदद करना चाहता हूँ। क्या यह मेरे साथ रह सकता है?"

प्रीति ने उस बच्चे की ओर देखा और बोली, "बेशक, जब तक यह हमारे लिए काम करे और हमारे घर को गंदा न करे।"

इस तरह से, धीरज अमित और प्रीति के घर पर रहने लगा।

एक दिन, अमित ने एक बहुत ही बड़े मंत्री के लिए अपने घर पर डिनर का आयोजन किया। उस शाम की शुरुआत उनकी नौका पर नदी के सैर करने के साथ हुई। इसके बाद नौका नदी के किनारे पर आकर रुक गई और संगीत आरंभ हो गया, क्योंकि उनके सुंदर से बगीचे में जश्न शुरू हो गया था। वहाँ पर मेहमानों के लिए बहुत सारे स्वादिष्ट व्यंजनों को परोसा गया था। घर के कामों में धीरज रामू की मदद कर रहा था।

डिनर का जश्न पूरे उफान पर था, जब दो कुत्तों के भौंकने की आवाज ने अमित और उनके मेहमानों को परेशान कर दिया। वे दोनों कुत्ते बगीचे के मुख्य दरवाजे के ठीक बाहर ही थे। अमित ने रामू से कहा कि वह उनको वहाँ से हटाए और वहाँ से कहीं दूर ले जाए। लेकिन कुत्ते वहाँ से टस-से-मस नहीं हुए। उनके लगातार भौंकने की आवाज से अमित परेशान हो गया और बोला, "काश, कोई ऐसा होता, जो समझ पाता कि वे क्या कह रहे हैं, जिससे हम उन्हें उसी तरह उनसे बात कर पाते और उन्हें यहाँ से जाने के लिए कह पाते!"

धीरज पास में ही खड़ा था। उसने अमित की बात सुन ली थी। संकोच के साथ वह घर के मालिक के पास गया और बोला, "सर, मैं उनकी बात समझ सकता हूँ।"

वहाँ मौजूद कुछ मेहमान उसकी बात सुनकर हँस दिए तो कुछ ताने मारने लगे।

प्रीति ने पूछा, "लड़के, मुझे बताओ, वे क्या कह रहे हैं?"

"मैडम, मैं आपको बताऊँगा, अगर आप मुझसे वादा करें कि जब मैं आपसे उनकी बातें साझा करूँगा तो आप परेशान नहीं होंगी।" धीरज ने कहा। वह कुछ परेशान लग रहा था।

"लड़के, वे जरूर खाने के बारे में बात कर रहे होंगे। खैर, जल्दी करो और हमें बताओ!" प्रीति ने दृढ़ता से कहा।

"मैडम, वे खाने के बारे में बात नहीं कर रहे हैं।"

"लड़के, मुद्दे की बात करो। अब मुझे तुम पर गुस्सा आ रहा है।" अमित ने गुस्से से कहा।

धीरज ने अपनी बात थोड़ा घबराते हुए जारी रखी, "सर, गेट के पास एक कुत्ता और एक कुतिया मौजूद हैं। वे आपस में बातें कर रहे हैं।

कुत्ते ने कहा, 'जिंदगी की विडंबना देखो।'

'तुम्हारा क्या मतलब है?' कुतिया ने कहा।

'आज इस दंपती को सारे दिन कोई-न-कोई परोसने के लिए मौजूद रहता है। पर एक दिन आएगा, जब इस घर का मालिक एक बड़े आदमी को हाथ धोने के लिए पानी देगा और वह स्त्री भी अपनी इच्छा से दौड़कर जाएगी और उसके

हाथ पोंछने के लिए तौलिया लेकर आएगी।'

'तुम किसके बारे में बात कर रहे हो? यह दंपती किसकी सेवा करेगा?'

कुत्ता बनावटी हँसी हँसा और बोला, 'वह छोटा-सा लड़का।'

"इस बात पर दोनों कुत्ते जोर-जोर से हँसने लगे।" धीरज ने कहा और शांत हो गया।

सभी मेहमानों के बीच भी शांति छा गई और सबका मूड खराब हो गया।

"तुम पागल हो गए हो? तुम बस, एक नौकर हो, एक अनाथ, एक बेचारे लड़के। तुम्हारे पास ऐसा कुछ भी नहीं है, जिसे तुम अपना कह सको। ऐसा कभी हो ही नहीं सकता कि ऐसा समय आए कि हमें तुम्हारी सेवा करनी पड़े।" प्रीति ने गुस्से से जवाब दिया।

अमित बहुत नाराज हो गया, "यह सब बकवास है। मुझे विश्वास नहीं होता कि तुम कुत्तों की भाषा समझ सकते हो। ये सब तुम्हारी मनगढ़ंत बातें हैं, वो सब, जो तुमने सपने में देखा। चुप हो जाओ।"

अमित ने तुरंत ही रामू को बुलाया और उसे आदेश दिया, "इस लड़के को यहाँ से ले जाओ।"

धीरज गिड़गिड़ाते हुए बोला, "सर, मैं यह सब अपने मन से बनाकर नहीं कह रहा हूँ। मैंने तो बस, वही सब दोहराया, जो कुछ मैंने सुना है।"

अमित ने उसकी तरफ देखा भी नहीं।

रामू चुपचाप उस बच्चे को सीढ़ियों से नीचे ले आया। वह बहुत परेशान और उदास था। उसने कहा, "मेरे बेटे, मालिक के सामने इस तरह की बातें मत करो। वे शक्तिशाली लोग हैं और तुम्हें इस घर से बाहर फेंकवा सकते हैं। फिर तुम कहाँ रहोगे और कौन तुम्हारी देखभाल करेगा?"

"पर अंकल, मैंने तो बस, सच सबको बताया है। मैंने कुछ भी नहीं छुपाया है।"

"क्या तुम सच में कुत्तों की भाषा समझ सकते हो?" रामू ने पूछा।

"मैं उनकी भाषा समझ सकता हूँ; लेकिन मुझे यह भी पता है कि मैं अपनी इस कला का इस्तेमाल जीवन में बस, तीन बार कर सकता हूँ।"

पार्टी के बाद अमित और प्रीति रामू को एक कोने में ले गए। अमित ने

कहा, "धीरज अब न तो इस घर में रह सकता है और न ही हमारे लिए काम कर सकता है। जब वह सो जाए तो उसे उठाकर ले जाओ और वहीं पर छोड़ आओ, जहाँ से तुम उसे लाए थे।"

रामू के लिए यह संभव नहीं था कि वह अमित की बात न माने। लेकिन अमित की यह बात सुनकर उसका दिल बहुत दुखा था। जब धीरज सो रहा था, उसने उसे अपने साथ एक छोटी-सी नाव में कुछ खाने के सामान और एक कागज के टुकड़े, जिस पर लिखा था—'इस अनाथ बालक की देखभाल करना। इसे बिना किसी अपराध के अकेला छोड़ दिया गया है।' के साथ बैठा दिया।

जब धीरज की आँखें खुलीं तो उसे अहसास हुआ कि उसकी नाव दिशाहीन होकर इधर-उधर भटक रही है। उसने देखा कि नाव नदी के बहाव के साथ बह रही है। उसे भूख लगी थी, इसलिए उसने उसके साथ जो खाना था, उसमें से कुछ खाना खाया। लेकिन उसे यह नहीं पता था कि उसके बाद क्या करना है। तब तक धारा समुद्र तक पहुँच चुकी थी और नाव अस्थिर होने लगी थी।

वहाँ पास में ही एक बड़ा सा जहाज समुद्र में जा रहा था। उस जहाज के कप्तान ने अपनी दूरबीन से दूर से ही नाव को देख लिया। उसने उस नाव में बच्चे को भी देखा और अपने बचाव दल को उसे बचाने के लिए भेज दिया। जल्दी ही धीरज को बचा लिया गया और उसे जहाज पर लाया गया। जहाज का कप्तान उस बच्चे से मिला और उसने कागज पर लिखे उस संदेश को पढ़ा। उस बच्चे की मासूमियत ने जहाज के कप्तान का मन मोह लिया और उसने तय किया कि वह उस बच्चे को अपने साथ अपनी सहायता के लिए रख लेगा।

दिन बीतने लगे। बीतते समय के साथ उस लड़के ने नौ परिवहन, व्यापार की बारीकियों और उससे संबंधित अन्य कलाओं को सीखना शुरू कर दिया।

एक दिन जब जहाज एक जगह पर रुका हुआ था और फिर से पानी में चलने के लिए तैयार हो रहा था तो कप्तान ने देखा कि धीरज कुछ परेशान लग रहा है।

"क्या बात है?" उसने पूछा।

"सर, मैंने दो कुत्तों की बातें सुनी हैं।" उसने कहा और इशारा कर बताया कि "कुछ ही दूरी पर दो जंगली कुत्ते बैठे हुए हैं। मैं आपसे विनती करता हूँ कि

आप आज की यात्रा को रोक दें! खासतौर से यदि आप कोई बहुमूल्य सामान ले जा रहे हैं तो!"

"खुलकर बताओ, क्या कहना चाहते हो?"

"दो कुत्ते उस बहुत भयानक तूफान के बारे में बात कर रहे थे, जो अगले चौबीस घंटों में आने वाला है। पक्षियों ने उन्हें चेतावनी दी थी कि उस तूफान के रास्ते में जो कोई भी आएगा, वह उन सबको तबाह कर देगा।"

"वे जो कुछ कह रहे हैं, क्या तुम वो सब समझ सकते हो?" कप्तान ने पूछा। वह धीरज के इस खुलासे से बहुत हैरान था।

"हाँ, लेकिन मैं अपने जीवन में ऐसा बस, तीन बार ही कर सकता हूँ। पिछली बार जब मैंने अपनी इस कला के बारे में बताया था तो मुझे वहाँ से भगा दिया गया था। मुझे नहीं पता, आप क्या करने वाले हैं; पर कृपया मेरी बात सुनें और अपनी यात्रा बस, एक दिन के लिए रोक दें।"

कप्तान हँसने लगा, "मैं एक अनुभवी कप्तान हूँ और जब तूफान आने वाला होता है तो मुझे पता चल जाता है। अभी तूफान आने का समय नहीं है और मैं तुम्हारी बात से सहमत नहीं हूँ।"

"सर, मैं आपसे झूठ नहीं बोल रहा हूँ। मैं आपसे विनती करता हूँ कि आप एक बार और सोच लें। अगर आप एक दिन रुक जाते हैं तो बुरे-से-बुरा क्या हो सकता है?"

"मेरे काम का पूरा एक दिन खराब हो जाएगा। मुझ पर इस कीमती सामान को समय पर पहुँचाने का बहुत अधिक दबाव है और साथ ही मुझे अपने क्रू को एक और दिन के लिए भुगतान करना होगा। इसका असर मेरे लाभ पर पड़ेगा।" कप्तान ने कहा।

"पर क्या जीवन का मोल इन सबसे ज्यादा नहीं है?"

"तब क्या, अगर कल कोई तूफान न आए तो?"

"तो आप मुझे सजा दे सकते हैं। लेकिन मैं आपको गारंटी दे सकता हूँ कि तूफान जल्दी ही आएगा! इसके अलावा, आप जितने लंबे समय से मुझे जानते हैं, क्या मैंने कभी इस दौरान ऐसा कुछ कहा है?" धीरज ने कहा।

कप्तान ने इस बारे में कुछ देर के लिए सोचा और अपने जाने के कार्यक्रम

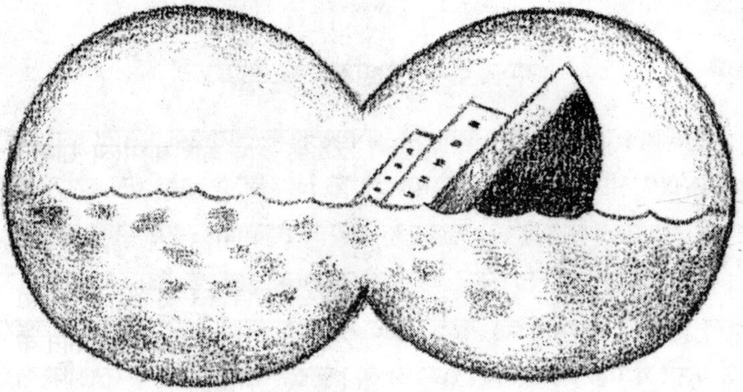

को एक दिन के लिए टालने को तैयार हो गया।

उनके पास में एक दूसरा जहाज खड़ा था, जिस पर सामान लदा हुआ था और वह जाने के लिए तैयार था। वह कप्तान दूसरे जहाज की ओर उसके कप्तान को रुकने की सलाह देने के लिए दौड़ा और उसे अपनी यात्रा एक दिन रोकने के लिए मनाने लगा। लेकिन उस जहाज का कप्तान उस पर हँसने लगा, "तुम इतने दिनों से जहाज पर यात्राएँ कर रहे हो। तुम्हें पता है कि तूफान आने का कोई संकेत तक नहीं है। मैं तो जरूर जाऊँगा।"

कप्तान उदास होकर वापस आ गया। उसने कुछ घंटों तक इंतजार किया और फिर अचानक पता नहीं कहाँ से उसने दूर से समुद्र में बड़ी-बड़ी लहरों को आते हुए देखा। वे लहरें इतनी विशाल थीं कि उन्होंने जहाँ से सूरज उगता है, उस दिशा को पूरा ढक लिया था। काले-काले बादल आसमान में मँडराने लगे और मूसलधार बारिश होने लगी। उसने अपनी दूरबीन से देखा कि उसके साथ में जो जहाज था, जिसके कप्तान ने रुकने से मना कर दिया था, वह सागर में डूब रहा है। लेकिन वह उसे डूबने से बचाने के लिए कुछ भी नहीं कर सकता था।

बाद में, कप्तान ने उस लड़के को दिल से बहुत धन्यवाद दिया और उसे यह भी अहसास हुआ कि धीरज के पास यह विशेष शक्ति है। धीरज जल्दी ही उसकी आँखों का तारा बन गया।

इसी तरह कई वर्ष बीत गए। धीरज अब एक युवा में बदल चुका था और वह जहाजों के व्यापार एवं नौ परिवहन में महारत हासिल कर चुका था।

एक दिन वह कप्तान, धीरज और उनके क्रू के लोग एक ऐसे टापू पर गए, जो व्यवसाय और व्यापार को बढ़ावा देने के लिए जाना जाता था। धीरज और कप्तान उस राज्य के राजा से मिलने के लिए कुछ उपहार अपने साथ ले गए।

राजा को धीरज का साथ बहुत पसंद आया, क्योंकि उसे अपने क्षेत्र में महारत हासिल थी और वह बहुत स्मार्ट भी था। जल्दी ही वे आपस में गहरी चर्चा करने में मशगूल हो गए। राजा से बात करते समय धीरज ने सुना कि पास ही में दो कुत्ते भौंक रहे थे।

राजा ने कहा, "मुझे ये कुत्ते बहुत पसंद हैं, लेकिन मैं इनके भौंकने की आवाज से तंग आ चुका हूँ। ये यहाँ से जाते भी नहीं हैं। मैंने अपने कमरे की खिड़कियों को भी बंद कर दिया, लेकिन फिर भी मैं उनके दूर से भौंकने की आवाज सुन पा रहा हूँ। आमतौर पर कुत्ते बहुत अच्छा व्यवहार करते हैं।"

कप्तान ने धीरज की ओर देखा।

धीरज मुसकरा दिया। वह राजा की ओर मुड़ा और बोला, "महाराज, मैं आपके कुत्तों की भाषा समझ सकता हूँ। क्या आप खिड़कियाँ खोल सकते हैं, जिनसे मैं साफतौर पर उनकी आवाज सुन सकूँ?"

"मैं कभी किसी ऐसे इनसान से नहीं मिला, जो यह समझ सके कि कुत्ते क्या कह रहे हैं। लेकिन अगर तुम सच कह रहे हो तो मैं तुम्हें अपने दरबार में मंत्री बना दूँगा।" राजा ने कहा।

"महाराज, मैं यह काम करूँगा, मगर इस लालच में नहीं कि इसके बाद मुझे दरबार में मंत्री पद दे दिया जाएगा। जब मैंने पहली बार अपनी इस शक्ति का उपयोग किया था तो मुझे सजा दी गई थी और दूसरी बार मुझे पुरस्कार दिया गया था। मैं अब अपनी इस शक्ति का इस्तेमाल बस, एक बार और कर सकता हूँ और यह आखिरी बार होगा।"

धीरज ने कहा, "वहाँ पर तीन कुत्ते हैं—एक पिता, एक माता और एक बच्चा। वे आपस में इस बात पर बहस कर रहे हैं कि उन दोनों में से बच्चा किसका है—पिता का या माता का? पिता का कहना है कि बच्चा उसका है, जबकि माता का कहना है कि बच्चा उसका है। लेकिन बच्चे का कहना है कि इसका निर्णय राजा, यानी आप करें। उन्होंने कहा कि वे आपके निर्णय का

सम्मान करते हैं, इसलिए वे आपके साथ संवाद करने की कोशिश कर रहे हैं।"

राजा खिड़की के पास गए और नीचे मौजूद तीनों कुत्तों की ओर देखा। "हाँ, उनका बच्चा पूरी नस्ल का है।" राजा ने कहा, "हाँ, यह सही है कि एक बच्चा अपने माता-पिता से बहुत कुछ लेता है, लेकिन उसका अपने वंश और समाज के प्रति उत्तरदायित्व होता है।"

राजा के इन शब्दों के साथ ही कुत्तों ने भौंकना बंद कर दिया। तीनों ने उनके सम्मान में अपना सिर झुकाया और चुपचाप वहाँ से चले गए।

राजा बहुत खुश हो गए और उन्होंने धीरज को पुरस्कृत किया। उन्होंने कहा, "मैं चाहता हूँ कि तुम मेरे राज्य के व्यापार मंत्री बनो। तुम बहुत बुद्धिमान, समझदार और संतुलित हो।"

कप्तान ने धीरज को जहाज पर की उसकी सभी जिम्मेदारियों से मुक्त कर दिया। उसे इस बात पर बहुत गर्व था कि उस लड़के को अपने कौशल की वजह से पहचान मिल पाई।

कई महीने बीत गए। राजा धीरज की सेवाओं से बहुत प्रसन्न था।

एक दिन राजा ने उसे अपने पास बुलाया और कहा, "धीरज, हमारे देश के सभी प्रदेशों का दौरा करो और देखो कि व्यापार कैसा चल रहा है। अपने दौरे के आधार पर तुम जो रिपोर्ट तैयार करोगे, हम उसी के आधार पर अपने पूरे देश में करों के मूल्य का निर्धारण करेंगे।"

धीरज ने अपनी यात्रा शुरू की। लोगों के बीच में बात फैल गई, "धीरज, जो व्यापार मंत्री हैं, पूरे देश की यात्रा करने वाले हैं। वे हर जगह जाकर सही स्थिति और व्यापार का आकलन करेंगे। उसके बाद वे राजा को करों का निर्धारण करने के लिए अपने विचार प्रस्तुत करेंगे।"

फिर धीरज उस प्रांत में पहुँचा, जहाँ पर अमित और प्रीति रहते थे। जब उसने उनके महल, नदी और नौका को देखा तो उसके दिमाग में बीते समय की यादें ताजा हो गईं। उसका दिमाग पुरानी सभी बातों को याद कर रहा था। धीरज को पता चला कि अमित की और भी तरक्की हो चुकी है और वह सबसे उच्च पद का अधिकारी बन चुका है। धीरज ने तय किया कि वह अपने काम पर ध्यान देगा और अपने पहले यहाँ पर बिताए समय के बारे में किसी को नहीं बताएगा।

अगले दिन अमित ने धीरज के सम्मान में एक बहुत बड़े भोज का आयोजन किया, जिसमें उसने बहुत सारे मेहमानों को बुलाया।

खाना खाने के बाद धीरज अपने हाथ धोने के लिए बढ़ा। अचानक वहाँ पर अमित एक जल पात्र लिये खड़ा हो गया, क्योंकि उन दिनों किसी भी घर में नल नहीं होते थे। उसने उसके हाथ धुलवाए और उसकी पत्नी प्रीति दौड़ते हुए तौलिया लेकर आई। राजा के दरबार से आए अधिकारी को प्रसन्न करने के लिए उनके लिए ऐसा करना जरूरी था। उनसे जितना हो सकता था, वे उसकी आवभगत करना चाहते थे, जिससे कि उन्हें भविष्य में इसका लाभ प्राप्त हो सके।

धीरज ने अपने हाथ धोए और तौलिए से पोंछ लिये। उसने बालकनी से बाहर देखा। वहाँ से उसे नौकरों का कमरा दिखाई दे रहा था। उसने यह भी देखा कि नीचे रामू काम कर रहा है।

तभी वह हँस पड़ा, जिससे सभी आश्चर्यचकित हो गए। फिर उसने पूछा, "क्या आप उस व्यक्ति को यहाँ बुलाएँगे?"

"सर, वह बस एक नौकर है। वह आपको हमारे व्यवसाय के बारे में कोई भी जानकारी नहीं दे सकता।" प्रीति ने कहा।

"पर मुझे उससे मिलना होगा।" धीरज ने उत्तर दिया।

वहाँ मौजूद सभी मेहमान हक्का-बक्का थे। उन्होंने सोचा था कि धीरज उनके प्रांत के व्यवसाय करनेवाले लोगों से मिलकर उनके साथ समय व्यतीत करना चाहेगा, जिससे उसे जानकारी मिल पाए; लेकिन वह तो बस, एक नौकर से मिलना चाहता है।

रामू को बुलाया गया। वह बूढ़ा और कमजोर हो चुका था। जब उसने कमरे में प्रवेश किया, धीरज ने उसे अपने गले से लगा लिया, "चाचाजी, आप कैसे हो? मैंने कभी नहीं सोचा था कि मैं आपको दोबारा कभी देख पाऊँगा। आज मैं जो कुछ भी बन पाया हूँ, उसमें आपका भी योगदान है।"

वहाँ पर किसी को कुछ भी समझ नहीं आ रहा था कि वह किस बारे में बात कर रहा है। रामू ने धीरज को गौर से देखा और कुछ क्षणों के बाद उसे अहसास हो गया कि वह कौन है। उसकी आँखें आँसुओं से भर गईं।

एक हाथ रामू के कंधे पर रखे हुए धीरज मेहमानों की ओर मुड़ा और बोला, "पच्चीस साल पहले मैं एक अनाथ गरीब लड़का था। रामू चाचा मुझे इस घर में लेकर आए और मैंने कुछ समय तक इस घर में काम भी किया। इसी तरह के एक जश्न के दौरान मैंने दो कुत्तों को आपस में बात करते हुए सुना। उन्होंने कहा था कि एक दिन ऐसा आएगा, जब अमितजी पानी लेकर आएँगे और प्रीतिजी तौलिया मेरे हाथ धुलवाने तथा पोंछने के लिए लाएँगे। आज वह सब सच हो गया। गुस्से में आकर इन्होंने रामू चाचा से कहा था कि वह मुझे कहीं छोड़कर आ जाएँ। बेचारे रामू चाचा, इस स्थिति में नहीं थे कि उनके आदेश को न मानने की हिम्मत कर पाते। इसलिए उन्होंने मुझे एक नाव में बैठाया, जब मैं सो रहा था और एक प्यार भरे संदेश के साथ मुझे नदी में छोड़ दिया। मेरे पालक पिता, जो एक जहाज के कप्तान थे, ने मुझे गोद लिया और बहुत अच्छी तरह से मेरी देखभाल की। यह उनकी और चाचाजी की दया-भावना ही थी, जिसने वह बनाया, जो आज मैं हूँ।"

वहाँ मौजूद किसी ने भी एक शब्द नहीं कहा।

धीरज ने रामू का हाथ पकड़ा और धीरे-धीरे उस कमरे से बाहर आ गया।

जिस समय तक अज्जी ने कहानी पूरी की, उन्होंने देखा कि सारे बच्चे उनके पीछे बैठकर पूरे मन से कहानी सुन रहे हैं। वे पूरी कहानी के समय वहाँ पर मौजूद थे।

रघु ने ठहाका लगाकर हँसते हुए कहा, "अज्जा! कमलू अज्जी! आपको लगता है कि आप हमारे बिना कहानी सुन सकते हैं? जिस पल हमने 'कहानी' शब्द सुना, हम बरामदे से दौड़ते हुए अज्जी की कहानी सुनने के लिए यहाँ आ गए।"

□

अप्रैल की बारिश, मई के फूल

उस दिन बहुत गरमी थी और मौसम में नमी बनी हुई थी। दामू ने आसमान की ओर देखा और बोला, "आज बारिश होगी।"

"आपको यह कैसे पता चला?" अदिति ने पूछा।

"अप्रैल में हमेशा बारिश होती है।" उसने कहा।

बच्चों के लिए बाहरी दुनिया के साथ संपर्क बनाए रखने की वह एक बहुत महत्त्वपूर्ण कड़ी था। एक वही था, जो बाजार जाता था, ग्रोसरी और अन्य जरूरी सामान खरीदकर लाता था, वापस आने पर उन सभी चीजों को धूप में सैनिटाइज करने के लिए रख देता था, फिर नहाने के लिए जाता था और वापस परिवार के अन्य सदस्यों के साथ तभी उठता-बैठता था, जब वह साफ-सुथरा और तरोताजा हो जाता था।

"बाहरी दुनिया में क्या चल रहा है?" कृष्णा ने पूछा।

"सबकुछ बंद है। रास्ते पर बहुत थोड़े लोग दिखाई देते हैं। ग्रोसरी, दवाइयों एवं सब्जियों की थोड़ी-सी दुकानों के साथ पेट्रोल पंप खुले हुए हैं। लोग अपने घरों से तभी बाहर निकल रहे हैं, जब उन्हें किसी चीज की बहुत जरूरत हो।"

"क्या तुम्हें बाजार में आम दिखाई दिए?" रघु ने जानना चाहा।

"अभी नहीं! देखो, आम के पेड़ वहाँ पर हैं?" दामू ने आँगन में मौजूद पेड़ों की ओर इशारा करते हुए कहा, "आम अब भी कच्चे हैं।"

"फिर पके हुए आम बाजार में कब मिलने शुरू होंगे?" रघु ने जोर देकर पूछा, "मुझे आम बहुत पसंद हैं।"

"आमतौर पर मई के महीने में आपको सबसे अच्छे आम मिलते हैं। लेकिन जब बारिश होने लगती है तो सबकुछ एक जैसा नहीं रहता। जैसे जब अप्रैल के महीने में बारिश होती है तो आम पेड़ से गिर जाते हैं और आम की पैदावार कम होती है। इसलिए आम की खेती करनेवालों को अप्रैल में बारिश का होना बिल्कुल अच्छा नहीं लगता। लेकिन जो लोग कटहल की खेती करते हैं, उन्हें अप्रैल में बारिश पसंद आती है, क्योंकि इस तरह उनके फल की क्वालिटी और भी बेहतर हो जाती है।"

अज्जी भी वहाँ पर आ गईं।

"अप्रैल की बारिश फूलों की बहार भी ला सकती है।" उन्होंने कहा।

"हाँ, बेंगलुरु में भी लाल रंग के फूल होते हैं, जो मई के महीने में खिलते हैं।" अनुष्का ने चहकते हुए कहा।

"ऐसे बहुत से फूल हैं, जो अप्रैल में होनेवाली बारिश के बाद खिलते हैं, खासतौर से वे, जो जड़ी-बूटियों से बननेवाली दवाइयों में प्रयुक्त होते हैं; क्योंकि अप्रैल के महीने में बारिश होने से प्राकृतिक तौर पर ये जड़ी-बूटियाँ बहुत अच्छी तरह से उगती हैं।"

"अज्जी, आपको ये सब कैसे पता?" मीनू ने पूछा।

"मेरा एक दोस्त आयुर्वेदिक डॉक्टर है। उसने मुझे बताया था। अप्रैल में बारिश होने के बाद वह औषधीय पौधों, पत्तों और फलों की तलाश में जंगल में जाता था।"

"उन्होंने और क्या कहा था?"

"खैर, उसने मुझे एक कहानी भी सुनाई थी।"

"मैं भी उन औषधियों के बारे में जानना चाहती हूँ। एक मिनट रुको, मैंने प्रेशर कुकर को गैस पर रखा हुआ है। मुझे थोड़ा-सा समय दो, मैं भी तुम लोगों के साथ आकर बैठती हूँ।" कमलू अज्जी ने रसोईघर में से चिल्लाते हुए कहा।

जल्दी ही सब उस कहानी को सुनने के लिए एक साथ बैठ गए, जो उनके आयुर्वेदिक डॉक्टर दोस्त ने सुनाई थी।

महेश, जो कि एक आयुर्वेदिक डॉक्टर था, का अपने गाँव में बहुत नाम था और उसे जड़ी-बूटियों एवं दवाइयों की बहुत अच्छी जानकारी थी।

कुछ ही वर्षों में वह अपने गाँव और आसपास के क्षेत्र में बहुत जाना-माना नाम बन गया था। दुर्भाग्य से, प्रसिद्धि मिलने के साथ-साथ वह अहंकारी भी बन गया। अकसर उसे यह कहते हुए सुना जाता, 'मैं इस दुनिया की किसी भी बीमारी को ठीक कर सकता हूँ। अगर किसी बीमारी का इलाज मैं नहीं कर सकता तो फिर वह बीमारी लाइलाज है।'

एक दिन प्रशांत नाम का एक व्यक्ति उसके पास आया, जिसे अजीब से बुखार की शिकायत थी। महेश ने उसे कई तरह की दवाइयाँ दीं, परंतु उस पर कोई दवाई काम नहीं कर रही थी और प्रशांत बीमार ही था।

दो महीनों के बाद महेश ने हार मान ली और बोला, "सुनो दोस्त, इस बीमारी का इलाज नहीं हो सकता। ईश्वर से प्रार्थना करो कि वे तुम्हारी बीमारी ठीक कर दें।"

प्रशांत उदास और दुःखी मन से घर वापस चला गया। महेश ने उसकी पत्नी को बुलाया और कहा, "अपने पति का खयाल रखो। मैं बहुत कोशिश कर चुका हूँ और अब हार मान चुका हूँ। मुझे नहीं लगता कि वह अब कुछ हफ्तों से ज्यादा जीवित रह पाएगा।"

महीनों बीत गए। एक दिन महेश बाजार में ग्रोसरी की खरीदारी करने के लिए गया था। वहाँ उसका सामना प्रशांत से हुआ। वह बिल्कुल ठीक और स्वस्थ दिख रहा था और बाजार में अपनी दुकान जमाने में व्यस्त था। महेश उसे देखकर हैरान रह गया। यह मरीज अब तक कैसे जीवित है ? वह प्रशांत के पास गया और बोला, "मुझे तुम्हें देखकर बहुत खुशी हुई। तुम कैसे हो ?"

"जैसाकि आप देख सकते हैं, मैं पूरी तरह से स्वस्थ हो गया हूँ और मैं इसके लिए बहुत शुक्रगुजार हूँ।"

"मेरे बाद तुम्हारा इलाज किस डॉक्टर ने किया ?" महेश ने पूछा।

"कभी-कभी एक डॉक्टर भगवान् के रूप में आते हैं और अगर वे उस रूप में तुम्हें केवल पानी भी देते हैं तो भी वह मरीज के लिए सबसे बेहतर दवाई की तरह असरदार हो जाता है।" प्रशांत ने कहा।

महेश उसकी बातों से परेशान हो रहा था। "तो फिर मुझे उस भगवान् का नाम बताओ, जिसने तुम्हारा इलाज किया?"

"एक स्त्री, जिनका नाम हेमा है, वे नदी के उस पार रहती हैं। वे मरीजों का इलाज अपनी दवाइयों से करती हैं। मैं उनके पास अपनी अंतिम उम्मीद लेकर गया। उन्होंने मुझे पाँच गोलियाँ दीं। जब तक मैंने उनकी दी दवा की आखिरी खुराक को खत्म किया, मैं पूरी तरह से ठीक हो चुका था।"

महेश अपनी ग्रोसरी की खरीदारी के बारे में पूरी तरह से भूल गया और हेमा के बारे में सोचता हुआ अपने घर वापस लौट गया।

उस रात वह एक क्षण के लिए भी नहीं सो पाया। वह उससे बेहतर नहीं हो सकती थी। क्या वो है?

अगली सुबह उसने नदी पार की और कुछ लोगों से हेमा के घर का पता पूछा। ऐसा लग रहा था, जैसे बहुत से लोगों ने उसके बारे में सुन रखा था और इसलिए उन्होंने उसे उसके घर का सही-सही पता बता दिया। जब वह वहाँ पहुँचा तो उसने देखा कि उसका छोटा-सा दो कमरों का घर है। उसके घर के बाहर छोटी-सी अस्थायी तौर पर बनाई गई झोंपड़ी है, जिसे क्लिनिक में बदल दिया गया है। वहीं पर हेमा मरीजों का इलाज करती है।

वहाँ पर काफी मरीज लाइन में बैठे हुए थे। लेकिन महेश को लाइन में इंतजार करना बिल्कुल भी मंजूर नहीं था। वह सीधे हेमा के पास जा पहुँचा और अपना परिचय देते हुए बोला, "मेरा नाम महेश है। मैं नदी पार वाला प्रसिद्ध डॉक्टर हूँ! कल मैं आपके मरीज प्रशांत से मिला था। कुछ महीने पहले मैंने उसका इलाज करने की कोशिश की थी, लेकिन उस पर मेरी सारी दवाएँ बेअसर साबित हुईं। वह जरूर उसके बाद तुम्हारे पास आया होगा। अब वह काफी स्वस्थ दिख रहा है। तुमने उसे क्या दिया है?"

"डॉक्टर, आइए, बैठिए!" हेमा ने कहा और उसे अंदर आने के लिए आमंत्रित किया।

"नहीं, मेरे पास ज्यादा समय नहीं है। कृपया मुझे जल्दी और संक्षेप में, एक वाक्य में बताओ! मैं समझ जाऊँगा।"

"मुझे ऐसा लग रहा है, जैसे यह बस, संयोग की बात है! कई बार ऐसा होता है कि बीमारी अपने आप ही ठीक हो सकती है और ऐसे ही उसका श्रेय डॉक्टर को मिल जाता है।" महेश ने कहा।

हेमा हँस दी। "हो सकता है।" उसने कहा।

"मुझे बताओ, तुमने उसे क्या दिया?" महेश ने जोर देते हुए कहा।

"मैं तुम्हारे लिए उसे बहुत ही संक्षेप में बताऊँगी। अप्रैल में हुई बारिश मई के फूलों को लाती है।" उसने उत्तर दिया और महेश को अनदेखा करते हुए अपने अगले मरीज को बुलाया।

महेश वहाँ से चला गया। मई के फूल, उसने सोचा, इसे समझना बहुत आसान होगा।

वह बाजार गया और उन फूलों को खरीद लिया, जो मई के महीने में खिलते हैं। लेकिन उन्हें देखकर ऐसा लग रहा था कि उनमें किसी तरह का कोई औषधीय गुण नहीं है, जिससे बुखार या उस तरह के किन्हीं लक्षणों को ठीक किया जा सके।

हेमा के वे शब्द उसके दिमाग पर पूरी तरह से हावी हो चुके थे। आखिरकार, उस पहेली को सुलझाने के लिए उसने किसी की मदद लेने के बारे में सोचा और एक साहित्य के ज्ञानी के पास गया।

"अप्रैल की बारिश मई के फूल लाती है।" उसने उस ज्ञानी से कहा।

"कितना अच्छा वाक्य है!" उस ज्ञानी ने कहा, "मेरे दोस्त, मुझे इससे कुछ और समझ नहीं आ रहा है।"

इसके बाद महेश एक फूलवाले के पास गया। उसने कहा, "वास्तव में, मई के महीने में खिलनेवाले फूल बहुत सुंदर होते हैं। मैं बस, आपको इतना बता सकता हूँ कि मैं उन फूलों को बहुत बड़ी मात्रा में बेचता हूँ।"

महेश को उससे भी कोई मदद नहीं मिली।

इसके बाद वह अपने एक और दोस्त के पास गया, जो कलाकार (पेंटर) था। उस कलाकार (पेंटर) ने कहा, "अप्रैल की बारिश और मई के फूल दोनों को पेंट करना बहुत शांतिदायक एवं प्रेरणादायक होता है।"

यहाँ से भी उसको निराशा ही हाथ लगी।

परेशान महेश ने वापस घर लौटने का मन बना लिया। जिस रास्ते से वह अपने घर वापस जा रहा था, उस रास्ते पर उसने दो किसानों को आपस में बात करते हुए सुना, जो अपने खेत के बारे में बात कर रहे थे। उनमें से एक ने कहा, "सबसे बेहतर फसल बारिश के बाद मिलती है। बारिश सबसे बेहतर गुणवत्तावाला भोजन लेकर आती है। अगर हम लगातार सिंचाई करते रहें या फिर खेतों के पास ही लगातार पानी मिलने का स्रोत उपलब्ध हो, सबकुछ मिलकर भी मॉनसून की बारिश का मुकाबला नहीं कर सकते। प्राकृतिक तौर पर जो बारिश होती है, उससे मिलनेवाली फसल सबसे उत्तम होती है। यह ईश्वर का हमारे लिए सबसे कीमती उपहार होता है और मैं उसके लिए सदैव हृदय से ईश्वर का आभारी रहता हूँ।"

अचानक महेश को समझ आ गया, जो हेमा ने उससे कहा था। वे औषधीय पौधे, जिनमें अप्रैल में हुई बारिश के बाद फूल आते हैं, उनमें बहुत ही ज्यादा औषधीय गुण होते हैं और दवाइयों को बनाते समय केवल उन्हीं पौधों का इस्तेमाल करने का सुझाव दिया जाता है।

वह नदी के पार हेमा के घर जा पहुँचा और उसे बताया, जो उसे पता चला था। उसने हेमा से पूछा, "क्या मैं तुम्हारे शब्दों को ठीक तरह से समझ पाया हूँ?"

वह मुसकरा दी, "हाँ, केवल उन्हीं फूलों का इस्तेमाल करो, जो अप्रैल की बारिश के बाद खिलते हैं। मई महीने के बाद फूलों के औषधीय गुण कम होने लगते हैं और वे वहाँ से स्थानांतरित होकर पौधे की गहरी जड़ों में चले जाते हैं। इसलिए उसके बाद फूलों का इस्तेमाल मत करो। इसके बजाय उस समय तुम पौधे या वृक्ष के अलग-अलग भागों को इस्तेमाल कर सकते हो।

"इस तरह, तुम यह सुनिश्चित कर सकते हो कि तुम्हारे पास साल भर जड़ी-बूटियाँ और दवाइयाँ मौजूद हैं।"

"तुमने मुझे यह सब तब क्यों नहीं बताया, जब मैं पहली बार तुम्हारे पास आया था?"

"तुमने कहा था कि तुम्हारे पास बस, एक वाक्य सुनने का समय है।" हेमा ने हँसते हुए कहा।

महेश को अपनी गलती का अहसास हो गया।

"मैं एक अच्छा डॉक्टर हो सकता हूँ, लेकिन मेरे जैसे और भी अच्छे या मुझसे भी अच्छे डॉक्टर इस संसार में हैं। ज्ञान को कभी सीमाओं में नहीं बाँधा जा सकता। वह कहीं से भी आ सकता है और इसलिए, मुझे हमेशा अपनी सोच को खुला रखना चाहिए।"

उसने हेमा को शुक्रिया कहा और कहा, "क्या तुम मुझे अपने विद्यार्थी के तौर पर स्वीकार करोगी और मुझे भी वह सब सिखाओगी, जो तुम जानती हो ? मैं भी अपनी सीमित जानकारियों को तुम्हारे साथ साझा करूँगा।"

वह मुसकराई और उसने अपना सिर 'हाँ' में हिला दिया, "चलो, साथ में काम करते हैं। मुझे सचमुच बहुत अच्छा लगेगा।"

अज्जी ने कहानी खत्म की और बोलीं, "औषधं जाह्नवीं तोयं वैद्यो नारायणो हरिः। संस्कृत का यह श्लोक कहता है, 'जब हम दवाई खाएँ तो उसे पवित्र मान कर ग्रहण करें—ठीक वैसे ही, जैसे हम गंगा के जल को पवित्र मानते हैं।' ईश्वर हम तक उस डॉक्टर के रूप में आते हैं, जो हमें दवाई देते हैं और हमें भी उसे उसी आस्था के साथ ग्रहण करना चाहिए।"

दामू और बच्चों ने उनकी बात से सहमत होते हुए एक साथ दृढ़ता से 'हाँ' में सिर को हिलाया।

उस शाम बहुत तेज बारिश हुई। बारिश खत्म होने के बाद बच्चे बाहर यह देखने के लिए भागे कि आँगन में जो आम का पेड़ है, उस पर लगे आमों का क्या हुआ।

दामू सही था। छोटे-छोटे आम, जिनके साथ फूल भी थे, जमीन पर ऐसे पड़े हुए थे, जैसे कि पीले रंग का सुंदर-सा कालीन बिछा हो और पेड़ की तरफ देखकर उन्हें ऐसा लग रहा था, जैसे वह उन्हें देखकर मुसकरा रहा हो। वह अब हरा और ताजा दिख रहा था।

□

रहस्यमयी बरतन की कहानी

एक सुबह अज्जी पुलाव बना रही थीं, जो लगभग सभी को पसंद था।

कुछ समय के बाद अज्जी रसोईघर से बाहर आईं और बोलीं, "मैं कमलू के साथ गायों को देखने के लिए जा रही हूँ। हम वहाँ जाकर उनको खाना भी खिलाएँगे। बच्चो, मैंने खाना बना लिया है। लेकिन अभी प्रेशर कुकर को मत खोलना। उसे सेट हो जाने दो और ठंडा हो जाने दो। जैसे ही हम वापस आएँगे, हम लोग मिलकर लंच करेंगे।"

सभी बच्चों ने 'हाँ' में अपना सिर हिला दिया, क्योंकि वे सभी अपने होमवर्क करने में व्यस्त थे।

अज्जी चली गईं और कुछ समय बीत गया।

"सब्जियों के साथ जब चावल को पकाया जाता है तो उसे पुलाव क्यों कहते हैं?" रघु ने अचानक कुछ सोचते हुए पूछा।

"पुलाव का जन्म उज्बेकिस्तान में हुआ था।" अज्जा ने जवाब दिया।

"मूल रूप से, बची हुई सब्जियों के साथ चावल और कुछ मसालों के साथ मिट्टी के बरतन में धीमी आँच पर पकाया जाता था। इसे आमतौर पर सिपाहियों के लिए पकाया जाता था, क्योंकि इसमें काफी पोषक तत्त्व होते हैं और इसमें बहुत थोड़ी मात्रा में तेल की जरूरत होती है। वे मिट्टी के बरतन को ढकने के लिए एक तरह की प्लेट का भी इस्तेमाल करते हैं, जिसे आटे से बनाया

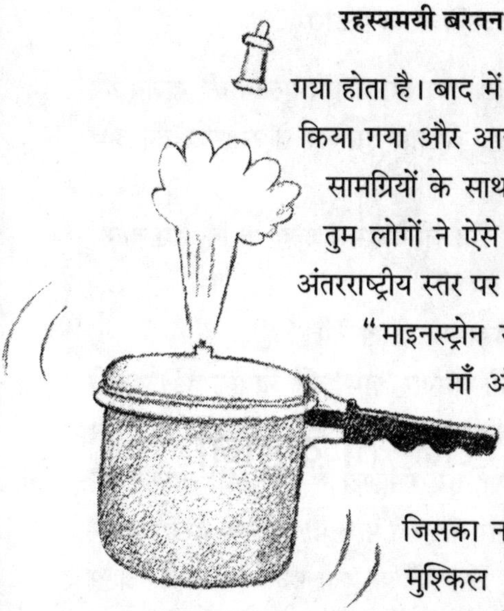

गया होता है। बाद में इसे बनाने की विधि में कुछ बदलाव किया गया और आज पुलाव पूरे भारत में अलग-अलग सामग्रियों के साथ पकाया जाता है। मुझे बताओ, क्या तुम लोगों ने ऐसे किसी खाने के बारे में सुना है, जो अंतरराष्ट्रीय स्तर पर प्रसिद्ध हो चुका है ?"

"माइनस्ट्रोन सूप!" रघु ने कहा, "एक दिन मैं माँ और पिताजी के साथ एक इटैलियन रेस्तराँ में गया था। वहाँ पर उन्होंने माइनस्ट्रोन सूप ऑर्डर किया था, जिसका नाम बोलना पहले तो मेरे लिए बहुत मुश्किल था; पर जब घर आया और मैंने गूगल पर चेक किया तो मुझे पता चला कि बचे हुए चावलों को औषधीय गुणोंवाली सब्जियों के साथ पकाया जाता है और यह सूप बनाया जाता है। किसान इसे सुबह के समय पी सकते हैं और अपने काम पर जा सकते हैं, क्योंकि यह हलका और पोषक तत्त्वों से भरपूर होता है। तब से लेकर अब तक यह पूरी दुनिया में मिलता है, जिसमें हर देश में अपने हिसाब से बदलाव किया गया और इसे अपना बना लिया गया।"

"बहुत अच्छा, रघु।" अज्जा ने मुसकराते हुए कहा।

ठीक उसी समय अज्जा ने देखा कि वहाँ से अदिति और मीनू गायब हैं। अज्जा धीरे से और चुपचाप वहाँ से खड़े हुए, जिससे कि बाकी के तीन बच्चों को परेशानी न हो। वे दोनों लड़कियों को खोजने के लिए जा रहे थे।

इस बीच अदिति एवं मीनू को भूख लग रही थी। वे पुलाव की खुशबू की ओर खुद को जाने से रोक नहीं पा रही थीं और इसलिए वे रसोईघर की ओर बढ़ रही थीं।

अदिति ने फुसफुसाते हुए कहा, "अज्जी ने हमसे कहा था कि हम कुकर के ढक्कन को खोलने की कोशिश न करें!"

"डरो मत, अदिति! हम बस, थोड़ा-सा ही खोलेंगे।"

जब मीनू ने ढक्कन को खोला तो जोरदार 'बूम' की आवाज हुई। उन्होंने जल्दी से रसोईघर से भाग जाने की कोशिश की और दोनों ही फिसलकर गिर गईं। अज्जा ने आवाज सुनी तो वे भागते हुए रसोईघर में मीनू और अदिति को देखने के लिए आए। उन्होंने अदिति और मीनू को फर्श पर गिरे हुए देखा। कुकर की सीटी बज रही थी। वे समझ गए कि वहाँ पर क्या हुआ है। उन्होंने प्रेशर कुकर के नॉजल को ढूँढ़ा और उसे फिर से कुकर पर लगा दिया।

फिर, उन्होंने दोनों हाथों से मीनू और अदिति को खींचा।

"अज्जा, हम बस, इसे थोड़ा सा ही खोलना चाहते थे।" अदिति ने रुआँसी आवाज में कहा, "हम ठीक हैं। हमको कुछ भी नहीं हुआ है।"

अज्जा मुसकरा दिए, "उत्सुकता ने बिल्ली को मार डाला। आओ, मैं तुम्हें कुछ बताता हूँ।"

बहुत समय पहले की बात है। एक बहुत बुद्धिमान राजा था। एक दिन वह अकेले ही शिकार खेलने के लिए गया। जब वह शिकार खेलकर वापस आ रहा था तो अचानक बारिश होने लगी। राजा ने पास ही एक झोंपड़ी, जो कि एक बूढ़े गरीब लकड़हारे और उसकी पत्नी की थी, के आँगन में एक सूखी जगह देखकर वहाँ पर शरण ले ली।

राजा बाहर बारिश के रुकने का इंतजार कर रहा था कि उसने उस दंपती को आपस में बात करते हुए सुना। पत्नी ने कहा, "यह झोंपड़ी बहुत पुरानी हो चुकी है, इतनी पुरानी कि यह जगह-जगह से टूट रही है और हमारे पास खाने

के लिए भी कुछ नहीं है। हम काँप भी रहे हैं। अपने लिए काम तलाश करने की कोशिश करने का भी कोई लाभ नहीं है। कौन हमें काम देगा? हमारे राजा के बारे में सोचो। उसे हर रोज पहनने के लिए स्वच्छ एवं गरम कपड़े और अच्छा खाना मिलता है। काश, हमें भी वह सब मिल पाता!"

"चिंता मत करो। कम-से-कम हम एक साथ तो हैं।" उस लकड़हारे ने कहा और अपनी पत्नी को सांत्वना देने की कोशिश करने लगा, "हमसे जितना अच्छा हो सकेगा, हम वह करेंगे।"

राजा खुद को और नहीं रोक सका और उसने दरवाजे पर दस्तक दी। जब उस दंपती ने दरवाजा खोला तो राजा ने कहा, "मैंने आप लोगों की बातचीत सुनी है। मैं आपको भरोसा दिलाता हूँ कि आप लोगों को अच्छा खाना और गरम कपड़े मिलेंगे। पर क्या आप लोग मेरे साथ महल तक चलेंगे?"

वह दंपती खुश होने के साथ-साथ हैरान भी था।

"हाँ, बेशक।" पत्नी ने कहा।

"पर वहाँ रहने की एक शर्त होगी।" राजा ने कहा, "तुमको मेरी आज्ञा हर हाल में माननी होगी। जिस दिन तुम ऐसा नहीं करोगे, उस दिन तुम वापस यहीं आ जाओगे।"

"महाराज, अगर हमें अच्छा खाना मिलेगा, गरम कपड़े मिलेंगे और रहने की जगह मिलेगी तो हम आपसे कभी प्रश्न नहीं करेंगे।" पत्नी ने बहुत जोरदार ढंग से सिर हिलाकर सहमति दी।

लकड़हारे ने भी 'हाँ' में अपना सिर हिलाकर सहमति दी।

"अगर ऐसी बात है तो अपने घर को बंद कर दो और मेरे साथ चलो। अब बारिश रुक चुकी है और अब हम चलेंगे।" राजा ने आदेश देते हुए कहा।

पत्नी ने अपने घर को ताला लगाया और चाबी को एक सुरक्षित स्थान पर रख दिया। इसके बाद वह दंपती राजा के पीछे-पीछे चल दिया। बहुत देर तक चलने के बाद, जैसा कि उन्हें लगा, वे लोग महल में पहुँच गए।

राजा ने अपने एक भरोसेमंद नौकर को आदेश दिया कि वह उनकी देखभाल करे, "यह स्त्री और पुरुष मेरे खास मेहमान हैं। इनकी अच्छी तरह से

देखभाल करना।" यह कहते हुए राजा वहाँ से चला गया और दंपती को नौकर के साथ अकेला छोड़ दिया।

नौकर उन दोनों को एक अच्छे से कमरे में ले गया, जहाँ मेज पर खाने के लिए गरमागरम और बहुत स्वादिष्ट खाना रखा हुआ था। वहाँ गरम पानी का भी प्रबंध था। वहाँ पर स्नानघर में पहनने के लिए रेशम के कपड़े भी थे। उस दंपती ने गरम पानी से स्नान किया और रेशमी कपड़े पहने। वे लोग खाना खाने के लिए बैठने ही वाले थे कि राजा उस कमरे में आया।

"आप लोगों को यह कमरा कैसा लगा? यहाँ पर गरमी ठीक है न?" उसने पूछा।

"महाराज, हम सपने में भी नहीं सोच सकते थे कि हम इतनी अच्छी तरह से भी जीवन गुजार सकते हैं।" उस बूढ़े लकड़हारे ने कहा, "यह तो हमारी कल्पना से भी परे है।"

"बेशक, तुम लोग मेरी प्रजा हो। तुम जो चाहो और जो भी तुम्हारी इच्छा हो, वह खा सकते हो; लेकिन यहाँ पर तुम्हारे कमरे में एक छोटा-सा बरतन है, जिस पर ढक्कन लगा हुआ है। तुम्हें उसे कभी खोलकर नहीं देखना है। जिस दिन तुम उसे खोल दोगे, उसी दिन तुम्हें वापस अपनी झोंपड़ी में जाना होगा।" राजा ने दृढ़ता से कहा।

"हमें उसे खोलने की जरूरत क्यों पड़ेगी, जब आपने हमें इतना आराम दिया है?" पत्नी ने आभार व्यक्त करनेवाली मुसकान के साथ कहा।

राजा ने उनसे थोड़ी देर और बात की और फिर वहाँ से चला गया।

पहले तो वे दोनों महल में रहने और वहाँ उन्हें जो कुछ दिया गया—राजसी बगीचा, बहुत बड़ा रसोईघर, मीठे-मीठे फल और अति उत्तम फूलों का अनुभव लेने के अवसर को लेकर बहुत ही आनंदित थे।

कुछ हफ्तों के बाद पत्नी ने उस बरतन पर नजर डाली और जोर से कहा, "मुझे इस बात की हैरानी होती है कि इसमें ऐसा क्या है?"

"मेरी प्यारी पत्नी, उससे क्या फर्क पड़ता है कि इसमें क्या है! हमें सबकुछ अच्छा-अच्छा मिल तो रहा है।"

कुछ दिनों के बाद, जब पत्नी के पास करने के लिए कुछ भी नहीं था तो उसने दोबारा कहा, "मैं यह जानने के लिए सचमुच उत्सुक हूँ कि इस बरतन के अंदर क्या है!"

उसके पति ने उस बरतन के ढक्कन को खोलने से मना कर दिया। लेकिन उसने हार नहीं मानी। वह अपने पति से बार-बार कहती रही, जिसने क्षुब्ध होकर कठोर शब्दों में कहा, "मैंने राजा को वचन दिया है।"

जैसे-जैसे दिन बीतते गए, पत्नी नाखुश रहने लगी। अब वह कम खाती

थी, कम बात करती थी। वह सारा समय उस बरतन के बारे में ही सोचती रहती थी।

फिर वह बरतन का ढक्कन खोलने के लिए अपने पति के साथ झगड़ने लगी।

इस बीच राजा भी उनके पास आता रहता। लेकिन उसने ध्यान दिया कि अब वे पहले की तरह खुश नहीं रहते।

एक दिन, जब लकड़हारे की पत्नी नौकर से बात कर रही थी तो उसने सुना कि राजा जंगल में शिकार खेलने के लिए गया है और उसके वापस आने की उम्मीद एक सप्ताह बाद की है। वह अपने पति के पास गई और बोली, "प्रिय, आओ, हम उस बरतन के ढक्कन को थोड़ा-सा खोलकर देखते हैं। हम बस, उसके अंदर झाँककर देखेंगे और जल्दी से उसे फिर बंद कर देंगे। किसी को कभी भी पता नहीं चलेगा।"

"लेकिन हमें पता चल जाएगा, प्रिय। यह सब करने की जरूरत क्या है? हम राजा की आज्ञा की अवहेलना क्यों करें? वे कितने दयालु हैं! हमारे पास उनके साथ विश्वासघात करने का कोई कारण नहीं है।"

उसकी पत्नी अपनी बात पर अड़ी हुई थी। "नहीं, मुझे पता लगाना है।"

आखिरकार, लकड़हारे ने अपनी हार मान ली और उसने बरतन का ढक्कन उठा दिया। बरतन में से अचानक धुआँ बाहर आने लगा। लकड़हारे ने जोरदार खड़खड़ाहट के साथ ढक्कन को गिरा दिया।

कुछ ही क्षणों में नौकर अंदर आ गया और उसे पता चल गया कि वहाँ पर क्या हुआ है। कुछ पलों के बाद राजा भी वहाँ पर आ गया। उस दंपती की बेचैनी बढ़ गई। ऐसा लग रहा था कि राजा के शिकार पर जाने की खबर झूठी थी। राजा ने कहा, "तुमने मेरी आज्ञा की अवहेलना की है। एक बेकार बैठे इनसान के पास करने के लिए कुछ नहीं होता, जिससे उसके दिमाग में उन चीजों के लिए उत्सुकता बढ़ती है, जिनसे उसका कुछ लेना-देना नहीं होता।" उसने लकड़हारे की पत्नी की ओर देखा, "तुम्हारे पास अपनी झोंपड़ी की चाबी है। मैं तुम्हें कुछ खाना और फल दूँगा, जो तुम्हारे कुछ दिन के गुजारे के लिए पर्याप्त होंगे। अपने घर वापस जाओ और कुछ काम तलाश

करने की कोशिश करो। वह तुम दोनों को स्वस्थ और खुश रखेगा।"

इस तरह, उनकी उत्सुकता ने उनकी आरामदायक और आलीशान जिंदगी का अंत कर दिया।

मीनू ने पूछा, "तो क्या हमें बिल्कुल भी उत्सुक नहीं होना चाहिए और हमेशा दूसरों की बात सुननी चाहिए?"

"मैंने ऐसा नहीं कहा। सही दिशा में बढ़ने पर तुम्हारी उत्सुकता तुम्हें नई खोजों तथा उद्यम की ओर ले जाएगी और यदि यह गलत दिशा में होगी तो इसमें तुम्हें और दूसरे लोगों को नुकसान पहुँचाने की भी क्षमता होगी। इसका अर्थ यह भी है कि आपको दूसरों के निजी जीवन में दखल नहीं देना चाहिए।"

मीनू व अदिति ने एक-दूसरे की ओर देखा और दोनों खुद पर शर्मिंदा हो गईं।

□

गोल्ड, ब्राइड और डांसिंग टाइगर

एक दिन अज्जा ने सोचा कि परिवार के लिए अपने बगीचे में ही पिकनिक का इंतजाम किया जाना चाहिए।

बच्चों ने भी उस दिन बड़ों की मदद करने का निश्चय किया। अज्जा ने तय किया कि दामू की मदद से वे खाना बनाने की जिम्मेदारी लेंगे। उन्होंने जोर देते हुए कहा कि आज अज्जी एवं कमलू अज्जी को बस, आराम करना है और पूरा दिन जैसे उन्हें पसंद हो, वैसे बिताना है।

दामू एक बहुत अच्छा रसोइया था, जबकि अज्जा बस, काम चला लेते थे। बच्चों को खाना पकाने की बिल्कुल भी जानकारी नहीं थी, इसलिए उन्होंने तय किया कि वे कुछ साधारण-सा और मजेदार काम करेंगे।

अज्जा ने सुझाव दिया, "मेरे पास एक इलेक्ट्रिक तंदूर है, जिसे मैं जब पंजाब गया था तो वहाँ से लेकर आया था। हम लोग रोटी, दाल, रायता और चावल बना सकते हैं।"

"यह तो बहुत ही मजेदार लग रहा है, अज्जा।" अदिति ने कहा।

"जब तक हम इसे जमाते हैं, तुम जाकर उस जगह को साफ कर दो, जहाँ पर हम लोग पिकनिक करने वाले हैं!"

"हाँ क्यों नहीं, अज्जा!"

बच्चों ने एक साथ मिलकर आम के पेड़ के नीचे की जगह को साफ

किया। रघु ने वहाँ चटाई बिछाई, कृष्णा प्लेट्स व पानी लेकर आया, मीनू चम्मच एवं चमचे लेकर आई और अदिति तौलिए तथा हाथ धोने का साबुन लेकर आई। अनुष्का ने फल और मिठाइयों को वहाँ पर सजाकर रखा।

रसोईघर में अज्जा ने रोटियों के लिए आटा गूँधने का काम पूरा कर लिया था; जबकि दामू एक साथ दाल और सूखी सब्जी को पकाने में व्यस्त था।

बच्चों की नजर तंदूर पर गई और उसमें उन्होंने लोहे की एक छड़ के साथ एक हुक को देखा, जो उनके लिए बहुत ही हैरान करनेवाला था। उन्हें तंदूर में रोटियों को पकते हुए देखना बहुत अच्छा लग रहा था।

"बच्चो, तंदूर में से सेंकी गई रोटियों को निकालना आसान काम नहीं है। इस काम के लिए एक प्रशिक्षित व्यक्ति की जरूरत होती है।" अज्जा ने गर्व से कहा।

गरम-गरम रोटियों को तंदूर में बनाने में थोड़ा समय लगा, पर जल्दी ही सभी लोग खाना खाने के लिए एक साथ बैठ गए।

"कितनी अच्छी रोटियाँ हैं!" कृष्णा ने कहा, "मुझे रोटियाँ बहुत पसंद हैं।"

"मुझे तो मीठा पसंद है।" मीनू ने कहा।

"मुझे दाल अच्छी लगी।" रघु ने कहा।

वहाँ पर हर किसी ने जी भरकर वह-वह खाया, जो उसे बहुत पसंद आया था।

"कुछ लोग खाने से खुश हो जाते हैं, कुछ कपड़े और कुछ जानवरों से खुश हो जाते हैं।" दामू ने कहा।

"क्या जानवर नाचते हैं?" कृष्णा ने पूछा।

"कभी-कभी मैंने कुत्तों को नाचते हुए देखा है।" उसने जवाब दिया।

अज्जा ने कहा, "मैंने एक घोड़े को नाचते हुए देखा है।"

"मैंने एक भालू को नाचते हुए देखा है।" रघु ने कहा।

"वैसे, मैं एक शेर के बारे में जानता हूँ, जो नाचता था।" दामू ने कहा।

"सचमुच!" अनुष्का ने कहा, "कहाँ? क्या वह इस गाँव में है?"

"मुझे तो डर लग रहा है।" मीनू ने कहा, जिसे देखकर लग रहा था कि वह डर गई है।

"दामू, क्या बकवास है!" अज्जा ने कहा, "ऐसी कोई चीज नहीं है।"

"ऐसी चीज है।" दामू ने कहा, "मैंने ऐसे एक शेर के बारे में एक कहानी सुनी थी, जब मैं बहुत छोटा था।"

एक गाँव में एक वृद्ध व धर्मात्मा व्यक्ति रहता था, जो अकसर जरूरतमंद लोगों की मदद करता था। उसके तीन बेटे थे।

एक दिन वह बीमार पड़ गया। उसे पता था कि अब वे ज्यादा दिनों तक जीवित नहीं रहनेवाला। उसने अपने बेटों राम, श्याम एवं शशि को अपने पास बुलाया और उनसे कहा, "मेरे पास तुम्हारे लिए अपने बाद छोड़कर जाने के लिए ज्यादा कुछ नहीं है। बस, तीन चीजें हैं—एक गोल चक्की, जानवरों के गले में बाँधी जानेवाली बड़ी-सी घंटी और एक ढोल।"

उसने चक्की अपने सबसे बड़े बेटे राम को दे दी, जबकि घंटी दूसरे बेटे श्याम को दी और सबसे छोटे बेटे शशि को ढोल दे दिया।

कुछ ही दिनों में उस बूढ़े व्यक्ति की मौत हो गई।

उन तीनों भाइयों ने पिता द्वारा दिए गए अपने-अपने उपहार को लिया और गाँव से दूर जाने के लिए निकल पड़े। जल्दी ही वे एक चौराहे पर पहुँच गए। उन तीनों ने वहाँ से अलग-अलग रास्ते पर जाने का निश्चय किया।

"हम सभी एक साल के बाद इसी जगह पर वापस मिलेंगे और देखेंगे कि हम अपने उपहारों के साथ क्या-क्या करते हैं और ये हमारे लिए कितने उपयोगी साबित होते हैं।" राम ने कहा।

श्याम व शशि अपने बड़े भाई की बात से सहमत हो गए और सभी अपने-अपने रास्ते पर बढ़ चले। राम मीलों तक तब चलता रहा, जब तक शाम नहीं हो गई। वह बहुत थक चुका था। कहीं दूर उसने देखा कि रोशनी आ रही थी। लेकिन उसके अंदर अब इतनी ताकत नहीं बची थी कि वह वहाँ तक पैदल चलकर जा पाता।

वह वहीं पास में एक बरगद के पेड़ के पास रुक गया और तय किया कि उसके लिए यह ठीक रहेगा कि वह नीचे सोने के बजाय बरगद के पेड़ की ऊँची

शाखा पर जाकर सोए। उसने अपने दोनों हाथों से चक्की को पकड़ लिया और पेड़ की शाखाओं के बीच जाकर सो गया।

कुछ घंटों के बाद जब वह जागा तो चौंक गया। उसने पेड़ की शाखाओं के नीचे से आ रही कुछ आवाजों को सुना। उसे पता चला कि वहाँ पर दो चोर अपने उस चोरी के सामान को लेकर आपस में बातें कर रहे थे, जो उन्होंने अभी-अभी लूटा था और वे उसे आपस में बाँटने की योजना बना रहे थे। राम यह सोचकर डर गया और घबरा गया कि अगर चोरों को उसके बारे में पता चल गया तो क्या होगा? घबराहट में उसका हाथ चक्की के लकड़ी के हत्थे पर पड़ा, जिससे चक्का एक बार पूरा घूम गया।

और चूँकि उस समय चक्की के अंदर पिसने के लिए कुछ भी नहीं था, इसलिए उसमें से बहुत तेज गड़गड़ाहट की आवाज निकली।

गड़…गड़…गड़…गड़…ड़…

चोरों ने ऊपर देखा। वे बुरी तरह डर गए। लेकिन अँधेरी रात में उनको कुछ भी दिखाई नहीं दिया। उन्होंने पेड़ के दोनों तरफ देखा, लेकिन वहाँ पर भी कुछ नहीं था।

"तुमने कुछ सुना?" उनमें से एक चोर ने कहा।

"क्या वह कोई भूत था? शायद इस पेड़ के अंदर कोई भूत रहता है। मैंने बहुत से लोगों से सुना है कि बरगद के पेड़ पर भूत हो सकते हैं।"

"अरे, वह सब सच नहीं है।"

राम को यह पता चल चुका था कि वे लोग चक्की में से जो आवाज निकली है, उसे सुनकर डर चुके हैं। इसलिए उसने थोड़ी-थोड़ी देर पर उस चक्की के हत्थे को दो बार और घुमाया—

गड़···गड़···गड़···गड़···ड़···गड़···गड़···गड़···गड़···ड़···

दोनों चोर वहाँ से खड़े हो गए।

राम ने उस आवाज को बार-बार निकालना जारी रखा। हर बार वह आवाज पहली बार से और भी तेज व कठोर होकर निकल रही थी। वे चोर बुरी तरह से डर गए और अपना लूटा हुआ सामान उसी पेड़ के नीचे छोड़कर वहाँ से भाग गए।

राम ने कुछ घंटे पेड़ के ऊपर तब तक इंतजार किया, जब तक भोर नहीं हो गई और फिर वह पेड़ से नीचे उतर आया। उसने देखा कि चोर वहाँ पर दो बहुत भारी बड़े-बड़े थैले छोड़कर गए हैं, जिसमें सोना और गहने भरे हुए हैं। राम ने उन थैलों को उठाया और आगे बढ़ चला।

उसने मन-ही-मन अपने स्वर्गवासी पिता को पत्थर की चक्की देने के लिए धन्यवाद किया, जिसकी मदद से वह अब बहुत अमीर व्यक्ति बन चुका था।

अब दूसरा भाई श्याम अपनी राह पर आगे बढ़ा और चलते-चलते एक गाँव की सीमा पर पहुँच गया। वह जल्दी-से-जल्दी गाँव के अंदर जाना चाहता

था। लेकिन उसी समय बहुत जोरों से बारिश होने लगी। 'मैं इस गाँव में कल सुबह जाऊँगा,' ऐसा सोचकर वह वहीं पर रुक गया।

वह वहीं पास में एक बरगद के पेड़ के पास रुक गया। उसने सोचा कि उसके लिए यह सुरक्षित रहेगा कि वह नीचे सोने के बजाय ऊपर जाकर बरगद के पेड़ की शाखाओं के बीच में सो जाए। उसने घंटी को पेड़ के तने में एक छेद में छिपा दिया और शाखाओं के बीच में जाकर सो गया।

आधी रात को उसे दो लोगों के चुपके-चुपके आपस में बातें करने की आवाज सुनाई दी। उनमें से एक ने कहा, "मैंने आज एक बहुत अच्छा काम किया है। गाँव के मुखिया की बेटी के जन्मदिन का जश्न था और मुझे उस पार्टी के लिए ढेर सारे व्यंजन बनाने का काम दिया गया था। तुमने जैसा कहा था, मैंने वैसा ही किया और उसके खाने में वह दवाई मिला दी, जो तुमने मिलाने के लिए कही थी। उस दवाई के असर से वह अब पूरी रात सोती रहेगी।"

"बहुत अच्छा!" दूसरे व्यक्ति ने कहा, "वह कल शाम तक सोकर नहीं उठेगी और तब तक लोगों को लगेगा कि वह मर गई है। हम उस समय जाएँगे और उसे यह दवाई देने की पेशकश करेंगे, जिससे कि वह जाग जाएगी। जब वह उठ जाएगी तो गाँव का मुखिया खुश हो जाएगा और हो सकता है कि उस समय वह हमसे पूछे कि हमें क्या चाहिए? मैं उससे कहूँगा कि मैं उसकी बेटी से विवाह करना चाहता हूँ। एक बार जब हमारी विवाह हो जाएगी, मैं तुम्हें बहुत सारा धन दूँगा।"

श्याम समझ गया कि पेड़ के नीचे जो दो लोग हैं, उनमें से एक रसोइया है और एक धोखेबाज है, जो एक मासूम लड़की के खिलाफ साजिश कर रहे हैं। उसे उस लड़की पर दया आ रही थी, जिसे उसने कभी देखा भी नहीं था।

धोखेबाज ने कहा, "आज मेरा दिन बहुत ही व्यस्त था। इसलिए हम अब सुबह तक यहीं पर आराम करते हैं। लेकिन इससे पहले कि हम सो जाएँ, हमें इस दवाई को छुपाना होगा।"

"देखो," रसोइए ने कहा, "वहाँ पर पेड़ के तने में एक छेद है। दवाई को वहाँ पर रख दो। कोई यह सोच भी नहीं पाएगा कि वहाँ पर भी खोजना चाहिए; और हम बिना किसी चिंता के सो सकते हैं।"

धोखेबाज ने अपना हाथ बढ़ाया और दवाई को वहीं पर छिपा दिया, जहाँ पर पेड़ के तने में घंटी को छिपाया गया था। फिर, वे दोनों आराम से पेड़ के नीचे सो गए। ठंडी-ठंडी हवा चल रही थी। वे दोनों थोड़ी ही देर में जोर-जोर से खर्राटे लेने लगे।

श्याम को अच्छी तरह से मालूम था कि उसे क्या करना है। सुबह सूरज उगने से पहले ही वह पेड़ से नीचे उतरा और उसने पेड़ के तने में जो छेद था, उसमें से दवाई और अपनी घंटी निकाली। वह चुपचाप, बिना कोई आवाज किए गाँव की ओर जल्दी से बढ़ चला। गाँव पहुँचकर वह चुप ही रहा, क्योंकि पहले यह सुनिश्चित कर लेना चाहता था कि दोनों जो कह रहे थे, वह सब सच था या नहीं।

जल्दी ही उसने देखा कि गाँव के बाजार में बहुत हलचल थी।

"जिस लड़की का जन्मदिन था, वह जाग ही नहीं रही।" एक व्यक्ति बोला।

"उसे देखकर ऐसा लगता है, जैसे वह मर गई है। लेकिन वह मरी नहीं है।" एक दूसरे व्यक्ति ने कहा।

गाँव के वैद्य को बुलाया गया था, लेकिन वह भी उसे नहीं जगा सका। चूँकि वह गाँव के मुखिया की अकेली संतान है, इसलिए उनके घर के सभी लोग रो रहे हैं। मुखिया ने अपने घर के पास जो भीड़ जमा थी, उनसे भीख माँगते हुए कहा, "क्या यहाँ पर कोई ऐसा है, जो मेरी बेटी को जगा दे? मैं उसे जो चाहिए, वो दूँगा। हम उसके बिना जीवित नहीं रह सकते।"

श्याम यह सब थोड़े समय तक देखता रहा, फिर गाँव के मुखिया के पास गया और बोला, "मैं उसे ठीक करने की कोशिश करूँगा।"

उसने उसके पास जो दवाई थी, उसे लिया और उस लड़की के मुँह में डाल दिया। कुछ ही समय में दवाई लड़की के पेट में चली गई। कुछ ही मिनटों में लड़की जाग गई।

यह देखकर हर तरफ खुशी की लहर दौड़ गई। लोगों ने श्याम को गले लगाकर, हाथ मिलाकर और बहुत बड़ी संख्या में उसके पास आकर धन्यवाद किया। गाँव के मुखिया ने श्याम को उसकी बेटी का जीवन बचाने के लिए बहुत

सारा धन देने की पेशकश की, लेकिन उसने लेने से मना कर दिया।

वह मुखिया को एक कोने में ले गया और उसे उसने पिछली रात जो कुछ भी सुना था और उसके परिणामस्वरूप वहाँ पर जो कुछ हुआ, वह सब बता दिया। मुखिया को श्याम की ईमानदारी देखकर बहुत अच्छा लगा और वह बोला, "तुम एक युवा और सबकी मदद करनेवाले इनसान हो। शायद मेरी बेटी के लिए तुमसे अच्छा वर मुझे दूसरा नहीं मिल सकता। मैं चाहता हूँ कि तुम दोनों विवाह कर लो। अगर तुम इस विवाह के लिए तैयार हो तो हम सगाई की रस्म आज ही कर सकते हैं।"

और इस तरह से श्याम गाँव के मुखिया की बेटी, जिसे श्याम पसंद आया था, के साथ विवाह करने के लिए तैयार हो गया।

वह रसोइया और धोखेबाज व्यक्ति दोपहर तक सोकर उठे और उन्होंने उस दवाई को हर जगह खोजा, जिसे उन्होंने रात को पेड़ के तने में रखा था। उन्हें इस बात का पूरा विश्वास था कि वहाँ से कोई उसे चुरा नहीं सकता। इसलिए उन्होंने मान लिया कि पक्षी उसे वहाँ से लेकर उड़ गया होगा और गाँव में किसी को भी उनकी योजना के बारे में कुछ भी नहीं मालूम पड़ा होगा।

उन्हें इस बात का विश्वास था कि गाँव वापस लौटने पर वे लोग सुरक्षित रहेंगे, उनके साथ कुछ नहीं होगा। यह सोचकर वे गाँव लौट गए। लेकिन कुछ दूर से उन्होंने देखा कि गाँव में उत्सव का माहौल है। रसोइए ने वहाँ से गुजर रहे एक व्यक्ति को रोका और पूछा, "वहाँ पर क्या हो रहा है?"

"तुम उस घर में काम करनेवाले रसोइए हो न?" उस व्यक्ति ने कहा। "तुम्हें नहीं पता? आज शाम गाँव के मुखिया की बेटी की सगाई है। एक युवक ने एक खास तरह की दवाई देकर उनकी बेटी की जान बचाई है।"

"यह कैसे हो सकता है?" उन दोनों ने हैरान होते हुए कहा।

जब वे गाँव के मुखिया के घर के पास पहुँचे तो पुलिस ने उन्हें पकड़कर गिरफ्तार कर लिया।

"मैंने क्या किया है?" रसोइए ने पूछा।

"मैं तो इस गाँव का भी नहीं हूँ।" धोखेबाज ने कहा।

उनकी बातें सुनकर मुखिया आगे आया और उनकी सारी योजना का खुलासा कर दिया। इसके बाद पुलिस उनको पकड़कर जेल ले गई। उनके चेहरे को देखकर साफ लग रहा था कि उन्हें अभी भी कुछ समझ में नहीं आ रहा था कि वह दवाई मुखिया के घर तक कैसे पहुँची?

इस बीच शशि उस रास्ते पर आगे बढ़ा, जो जंगल की तरफ जाता था। अँधेरा हो चुका था, इसलिए वह बरगद के एक पेड़ के नीचे रुक गया और उसने तय किया कि रात को नीचे सोने के बजाय वह बरगद के पेड़ की शाखाओं पर ऊपर चढ़कर सोएगा। उसके लिए यह सुरक्षित होगा। लेकिन वहाँ पहुँचकर उसे नींद नहीं आई, इसलिए उसने ढोल बजाना शुरू कर दिया।

उसे यह देखकर हैरानी हुई कि उसके ढोल की आवाज सुनकर एक शेर बरगद के पेड़ के नीचे आकर खड़ा हो गया। ऐसा लग रहा था, जैसे उसके पंजे में कोई काँटा चुभ गया है, जिससे उसे बहुत दर्द हो रहा है। कुछ समय के बाद शेर पेड़ पर चढ़ने की कोशिश करने लगा, जिससे वह शशि पर हमला कर सके। लेकिन वह ऐसा नहीं कर पा रहा था। पेड़ पर चढ़ने और तने को पकड़ने तथा बार-बार नीचे गिर जाने की उसकी कोशिश में काँटा उसके पैर से निकल गया और उसे तुरंत ही दर्द से राहत मिल गई।

कुछ देर बाद उसने लगातार बज रहे ढोल की आवाज सुनी और आराम मिल जाने से वह नाचने लगा। यह देखकर शशि हैरान हो गया। वह जितनी जोर से ढोल को बजा रहा था, शेर उतना ही मगन होकर नाच रहा था। शशि को इस बात का डर लग रहा था कि अगर उसने ढोल बजाना बंद कर दिया और शेर ने अपना इरादा बदलकर उस पर हमला कर दिया तो क्या होगा? इसलिए वह पूरी रात ढोल बजाता रहा। शेर भी तब तक नाचता रहा, जब तक बुरी तरह से थक नहीं गया और सुबह होते-होते गहरी नींद में सो नहीं गया।

शशि धीरे-धीरे पेड़ से नीचे उतर आया। वह वहाँ से जाने ही वाला था कि

शेर हिला और उसने अपनी आँखें खोल दीं। शशि ने सोचा, 'ओह, नहीं, अब यह मुझे मार देगा।'

हालाँकि, शेर ने उसे कोई नुकसान नहीं पहुँचाया।

जब वह आगे बढ़ा तो शेर भी उसके पीछे-पीछे चलने लगा।

शशि चलते-चलते ढोल बजा रहा था और उसने देखा कि जब भी वह ढोल बजा रहा था तो शेर नाचने लगता था।

जब भी वह ढोल बजाना बंद कर देता था तो शेर उसके पीछे-पीछे चलता रहता था, पर उस पर हमला बिल्कुल नहीं करता था। यह देखकर शशि को अहसास हुआ कि यह शेर उसे पसंद करने लगा है और उसे उसके साथ रहना अच्छा लगता है।

जल्दी ही शशि जंगल से दूर आ गया। उसने एक गाँव में प्रवेश किया। लेकिन जब लोगों ने उसके आसपास शेर को देखा तो वे डरकर उससे दूर भाग गए। शशि ने उनसे विनती की, "कृपया डरो मत! मेरे पास आओ, हमारा खेल देखो! मैं ढोल बजाऊँगा और यह शेर आपके लिए नाचकर दिखाएगा।"

पहले तो लोगों को उसकी बातों पर संदेह हुआ, लेकिन फिर उन्होंने उसे ढोल बजाते और शेर को नाचते हुए देखा। यह देखकर लोग बहुत खुश हुए और उन्होंने उनका मनोरंजन करने के लिए उसे कुछ पैसे दिए।

शाम होने पर शशि और शेर दोनों वापस जंगल लौट गए। शशि ने खाना खाया और फिर बरगद के पेड़ की शाखा पर जाकर सो गया।

धीरे–धीरे उसकी यह दिनचर्या बन गई। वह जब सुबह पेड़ से नीचे उतरता तो शेर उसके पीछे–पीछे चल पड़ता और वे दोनों साथ में आसपास के अलग–अलग गाँवों में जाते। शशि ढोल बजाता और शेर उसकी थाप पर नाचता। शाम के समय वे दोनों वापस जंगल में आ जाते।

इस बीच जंगल में रहनेवाले और भी जानवर शशि के दोस्त बन गए।

जल्दी ही वहाँ के राजा तक शेर के नाचने की खबर पहुँची। उसने शशि को उसके दरबार में आकर अपना खेल प्रस्तुत करने का संदेश भेजा। बड़ी ही नम्रता के साथ शशि ने राजा के संदेश वाहक से राजा को वापस संदेश भिजवाया कि "शेर को शाम के समय वापस जंगल में आना होता है। इसलिए हम उनकी राजधानी में उनके दरबार में आने की यात्रा नहीं कर सकते, क्योंकि वह हमारे जंगल से बहुत दूर है। मैं राजा का बहुत आभारी रहूँगा, यदि वे हमारा खास प्रदर्शन देखने के लिए यहाँ पर आएँ।"

शेर का जंगल के साथ जो रिश्ता था, राजा उसे समझ गया था। इसलिए वह वहीं पर आया और उसने शशि के ढोल की आवाज पर शेर के अद्‌भुत नाच का प्रदर्शन देखा।

राजा शशि से बोला, "मेरी राजधानी के पास में ही एक जंगल भी है। मैं तुमको सोने के दस हजार सिक्के दूँगा, अगर तुम और यह शेर वहाँ आकर रहो। इस तरह तुम मेरे राजदरबार में नियमित तौर पर अपना प्रदर्शन कर पाओगे।"

शशि ने राजा को उत्तर दिया, "महाराज, यह शेर मेरे परिवार का ही एक सदस्य है। मेरे लिए इसका आराम बहुत जरूरी है। यह बिकाऊ नहीं है। इसको बस, इस ढोल, जो कि मेरे स्वर्गवासी पिता ने मुझे उपहार में दिया था, की आवाज पसंद है। जब भी आपका इसको देखने का मन हो, कृपा करके आप यहाँ पधारें। मैं आपको वचन देता हूँ कि हम हमेशा आपका मनोरंजन करेंगे।"

राजा को यह जानकर बहुत खुशी हुई कि शशि शेर को अपने परिवार का ही हिस्सा मानता है और वह पैसे का भूखा भी नहीं है।

"युवक, मैं तुमको जानवरों से इतना प्यार और उनकी देखभाल करने के लिए श्रद्धापूर्वक प्रणाम करता हूँ। तुम्हारे जैसे लोग इस दुनिया में बहुत कम होते हैं। यह रख लो, मैं अब भी तुमको कुछ धन अवश्य देना चाहता हूँ। मेरे लिए जब भी संभव होगा, मैं यहाँ पर फिर आऊँगा।"

राजा ने शशि को सोने के कुछ सिक्के दिए और वापस अपने महल में लौट गए।

इसी तरह एक वर्ष बीत गया। तीनों भाई एक बार फिर अपने गाँव के चौराहे पर एक साथ मिले। उन तीनों ने अपनी-अपनी कहानी एक-दूसरे को सुनाई और स्वर्गवासी पिता को तीनों को ही इतने अनमोल उपहार देने के लिए धन्यवाद किया।

"दामू, कितनी अच्छी कहानी है!" अज्जा ने खुश होते हुए कहा।

"हाँ, दामू, मुझे यह कहानी सचमुच बहुत पसंद आई।" मीनू ने कहा।

"शुक्रिया मीनू! मैंने अपनी अज्जी से उनके साथ काम करते समय बहुत सारी कहानियाँ सुनी थीं। कभी-कभी जब रात को मेरे पास करने के लिए कोई काम नहीं होता है तो मैं बरामदे में लेट जाता हूँ, आसमान में तारों को देखता हूँ और कहानियाँ बनाता हूँ। मेरे भी दो भाई हैं, इसलिए मैं इस कहानी के बारे में सोच पाया।"

□

धरती पर पानी का जहाज

एक दिन रघु को बेंगलुरु से अपने दोस्त जॉर्ज का कॉल आया। हर साल जॉर्ज रघु को अपने घर दो त्योहारों—क्रिसमस और ईस्टर पर अपने घर जरूर बुलाता था। आमतौर पर, जॉर्ज के माता-पिता अपने सभी रिश्तेदारों और मित्रों के लिए ईस्टर पर एक बहुत बड़ी पार्टी का आयोजन करते थे, लेकिन इस साल ऐसा नहीं था। रघु एक साल पहले ईस्टर की पार्टी पर जॉर्ज के घर गया था। उस पार्टी में तरह-तरह के व्यंजन, केक, उपहार और संगीत था।

जॉर्ज ने उसे बताया, "रघु, इस साल तो बहुत ही बोरिंग रहा! यहाँ पर बस मैं, मेरे माता-पिता और मेरी दादी थीं, जो लॉकडाउन के दौरान हमारे साथ रहने के लिए आ गई थीं। जब आसपास लोग नहीं होते तो उत्सव और त्योहारों की रौनक ही खत्म हो जाती है। तुम्हारे साथ कम-से-कम तुम्हारे भाई-बहन तो हैं। मैं तो यहाँ पर बिल्कुल अकेला हूँ!" जॉर्ज की मम्मी एक ट्रैवल एजेंसी में काम करती हैं और उनका ऑफिस बंद हो गया है।

"मेरी मम्मी बहुत परेशान और निराश रहती हैं।" जॉर्ज ने कहा, "जब वे काम करती थीं तो बहुत ही सक्रिय और बहुत खुश रहती थीं। अब वे घर पर बेचैन रहती हैं और मैं तुम सबको बहुत मिस कर रहा हूँ।"

"जॉर्ज, तुम यहाँ पर कुछ दिनों के लिए आ सकते हो?" रघु ने पूछा, "तुम्हारे आने पर बहुत मजा आएगा और फिर, मेरे पास यहाँ पर अपना एक

दोस्त भी होगा। मेरे दादा-दादी घर में एक और बच्चे को देखकर बहुत खुश होंगे।"

"मेरी दादी कहती हैं कि अभी हमें कहीं भी नहीं जाना चाहिए।" जॉर्ज ने कहा, "और इसके अलावा, मेरे पापा ने मेरे स्क्रीन टाइम पर भी पाबंदी लगा दी है। मैं तुम्हारे वापस आने का इंतजार कर रहा हूँ, जिससे मैं तुम्हें फिर से देख सकूँ।"

"मैं भी! जब मैं वापस आऊँगा तो तुम्हें बहुत सारी कहानियाँ सुनाऊँगा, जो मैंने यहाँ पर सुनी हैं। हम दोनों को फोन पर एक-दूसरे से बात करते रहना चाहिए।" रघु ने कहा और जॉर्ज को 'गुडबाय' कहकर फोन रख दिया।

कुछ घंटों के बाद कृष्णा को अपनी दोस्त सलमा का कॉल आया। सलमा ने कहा, "मैं यहाँ पर बहुत बोर हो गई हूँ। सभी बुजुर्ग लोग, जो साठ साल से ऊपर हैं, मेरे घर पर हैं; क्योंकि मेरे माता-पिता दोनों डॉक्टर हैं। हमारा जितना भी बढ़ा हुआ परिवार है, उसमें से अधिकतर लोगों ने हमारे घर पर रहना तय किया है। इस घर में मैं अकेली बच्ची हूँ, इसलिए उन सभी का खयाल सारा समय मुझ पर ही होता है—मैं खाना क्यों नहीं खा रही हूँ? मैंने अपना होमवर्क किया या नहीं? मुझे क्या पहनना चाहिए? मुझे उनकी बात क्यों सुननी चाहिए? उनकी बातें कभी खत्म नहीं होतीं। सचमुच अब बहुत हो गया है। मैं यहाँ पर सभी दादियों के बीच फँसकर रह गई हूँ।

"फिर भी, मैं खुश हूँ कि मेरे माता-पिता इस मुश्किल समय में लोगों की मदद कर रहे हैं। लेकिन मुझे नहीं पता कि इस साल हम इस सबके बीच ईद कैसे मनाएँगे? कृष्णा, तुम वापस कब आ रही हो? मैं अपने इस जीवन में अब कुछ बदलाव चाहती हूँ। काश, मैं वहाँ तुमसे मिलने के लिए आ सकती!"

कृष्णा हँस दी, "यहाँ पर तो ज्यादा बच्चे मौजूद हैं। चिंता मत करो, सलमा, वहीं पर रहो। मेरे वापस आने पर मैं तुम्हें बहुत सी कहानियाँ सुनाऊँगी, जो तुमको पसंद आएँगी। एक बार जब लॉकडाउन खत्म हो जाएगा, मुझे पूरा विश्वास है कि तुम्हारे बहुत सारे मेहमान वापस चले जाएँगे।"

कृष्णा के फोन पर बात करने के बाद अज्जी ने कहा, "मुझे यह जानकर खुशी है कि तुम बच्चों के बहुत से दोस्त हैं, जिनके साथ तुम अपनी बातें साझा

कर सकते हो। जब अच्छे दोस्तों का साथ हो तो एक व्यक्ति जीवन में बहुत कुछ हासिल कर सकता है; लेकिन अच्छे दोस्त मिलना बहुत मुश्किल होता है। एक बार जब तुमको अच्छे दोस्त मिल जाएँ तो तुम्हें अपने जीवन में उनके महत्त्व को समझना चाहिए। मुझे और कमलू अज्जी को देखो, हम दोनों दोस्त हैं, क्योंकि हम एक-दूसरे को पसंद करते हैं। बस, इसलिए नहीं कि हम एक-दूसरे के रिश्तेदार हैं और हमें एक-दूसरे के साथ अच्छा होना ही चाहिए, हम एक-दूसरे को समझते हैं और हमें आपस में बातें करना अच्छा लगता है और एक-दूसरे के साथ काम करते हुए खुश रहना अच्छा लगता है—विष्णु और उसके दोस्तों की तरह।"

"अज्जी, विष्णु कौन है? वह कहाँ पर रहता है?" कृष्णा ने पूछा।

"मैं तुमको उसके बारे में बताती हूँ।"

बहुत समय पहले एक राजा था, जो बहुत ही महान् और बड़े देश का राजा था। चूँकि वह एक शक्तिशाली राजा था, इसलिए उसे हमेशा वह मिल जाता था, जो उसे चाहिए होता था। कुछ समय के बाद वह अपने जीवन से बोर हो गया। उसने सोचा, 'मेरे पास कुछ ऐसा होना चाहिए, जो सबसे अलग हो और किसी और के पास न हो।'

एक दिन समुद्र की ओर देखते हुए उसने देखा कि समुद्र में पानी के जहाज तैरकर इधर से उधर आ-जा रहे हैं। उसने सोचा, 'क्यों न मेरे पास एक ऐसा जहाज हो, जो जमीन पर भी चल सके। इस बारे में कभी किसी ने सोचा भी नहीं होगा।'

अपने इस विचार से उत्साहित होकर उसने अपने पूरे देश में यह घोषणा करवा दी, "जो भी मेरे लिए एक ऐसे जहाज को बनाएगा, जो जमीन पर चल सके, तो मैं उसे अपने राजदरबार में मंत्री के पद पर नियुक्त करूँगा।"

इस घोषणा को सुनकर लोग हँसने लगे। "ऐसा कैसे हो सकता है?" उन्होंने कहा, "एक जहाज बस, पानी में ही तैर सकता है।"

उस राज्य में एक बढ़ई था, जो लकड़ियों के पास ही रहता था। उसके तीन

बुद्धिमान बेटे थे। उसने उनसे कहा, "तुम लोग क्यों नहीं किसी ऐसी चीज को बनाने की कोशिश करते, जो दिखने में जहाज जैसी हो, पर जमीन पर चल सके?"

अगली सुबह उसके पहले बेटे किरण ने एक डिब्बे में कुछ खाना लिया और जंगल की ओर चल दिया। उसे वहाँ पर एक बहुत अच्छा सागौन का पेड़ दिखा। उसने उसे काट दिया और उसकी लकड़ी से एक जहाज को बनाने के काम में लग गया।

जब उसके खाना खाने का समय हुआ तो उसने खाने का डिब्बा खोल लिया। तभी उसके पास एक भौंरा आया और बोला, "मैं इस सागौन के पेड़ पर रहता था। तुमने इस पेड़ को काट दिया और अब मेरे पास रहने के लिए कोई घर नहीं है। मुझे बहुत जोर से भूख भी लग रही है। क्या तुम मुझे अपने खाने में से कुछ खाने को दोगे?"

किरण ने मना कर दिया, "मुझे माफ करना, मेरे पास इस समय इतना खाना नहीं है कि तुमको भी दे सकूँ। मुझे बहुत सारा काम करना है और उसके लिए मुझे शक्ति की जरूरत है।"

"तुम क्या बना रहे हो?" भौंरे ने पूछा।

"मैं राजा के लिए लकड़ी का एक चमचा बना रहा हूँ!" किरण ने कहा, क्योंकि वह उसे सच नहीं बताना चाहता था।

"ओह, राजा के लिए लकड़ी का चमचा।" भौंरे ने दोहराया और वहाँ से उड़ गया।

अपना खाना खाने के बाद किरण लकड़ी को काटने लगा। लेकिन वह जो भी लकड़ियाँ काट रहा था, वे सब बस, एक लकड़ी के चमचे के आकार की ही बन रही थीं। वह शाम तक कोशिश करता रहा, लेकिन बस, चमचों के अलावा और कुछ नहीं बना पाया।

निराश होकर वह वापस घर लौट आया।

बढ़ई ने अपने बेटे से व्याकुल होकर पूछा, "क्या तुम कुछ बना पाए हो?"

"नहीं, पिताजी, मुझे कोई भी काम का पेड़ नहीं मिला। वहाँ जो भी पेड़ थे, वे बहुत छोटे थे और वे केवल लकड़ी के चमचे को बनाने के काम ही आ सकते थे।"

दूसरे दिन सुबह–सुबह उसके दूसरे बेटे संदीप ने एक डिब्बे में कुछ खाना भरा और जंगल की ओर निकल पड़ा। वह एक बहुत अच्छे सागौन के पेड़ के पास पहुँचा। उसने उस पेड़ को काटा और जहाज बनाने के काम में जुट गया।

जब उसके खाना खाने का समय हुआ, उसने अपने खाने का डिब्बा खोला। तभी एक भौंरा उसके पास आया और बोला, "मैं इस सागौन के पेड़ पर रहता था। तुमने इस पेड़ को काट दिया और अब मेरे पास रहने के लिए कोई घर नहीं है। मुझे बहुत जोर से भूख भी लग रही है। क्या तुम मुझे अपने खाने में से कुछ खाने को दोगे?"

संदीप ने मना कर दिया, "मुझे माफ करना, मेरे पास इस समय इतना खाना नहीं है कि तुमको भी दे सकूँ। मुझे बहुत सारा काम करना है और उसके लिए मुझे शक्ति की जरूरत है।"

"तुम क्या बना रहे हो?" भौंरे ने पूछा।

"मैं राजा के लिए लकड़ी की एक प्लेट बना रहा हूँ।" संदीप ने कहा, क्योंकि वह उसे सच नहीं बताना चाहता था।

"ओह, राजा के लिए लकड़ी की प्लेट।" भौंरे ने दोहराया और वहाँ से उड़ गया।

खाना खाने के बाद संदीप लकड़ी काटने के काम में जुट गया। वह जो भी लकड़ियाँ काट रहा था, वे सब बस, लकड़ी की एक प्लेट के आकार की बन रही थीं। उसने शाम तक कोशिश की, लेकिन प्लेटों के अलावा वह और कुछ भी नहीं बना सका।

निराश होकर वह वापस घर लौट आया।

बढ़ई ने अपने बेटे से व्याकुल होकर पूछा, "क्या तुम कुछ बना पाए हो?"

"नहीं, पिताजी, मुझे कोई भी काम का पेड़ नहीं मिला। वहाँ जो भी पेड़ थे, वे बहुत छोटे थे और वे केवल लकड़ी की प्लेटें बनाने के काम ही आ सकते थे।"

अगली सुबह उसके तीसरे बेटे विष्णु ने एक डिब्बे में कुछ खाना लिया और जंगल की ओर चल दिया। उसे वहाँ पर एक बहुत अच्छा सागौन का पेड़ दिखा।

वह उस पेड़ के सामने खड़ा होकर उससे प्रार्थना करने लगा। उसने पेड़ से

कहा, "मुझे राजा के लिए कुछ खास तैयार करने के लिए तुम्हें काटना होगा। मुझे इसके लिए माफ करना, क्योंकि इससे तुम्हारा जीवन और तुम्हारे आसपास जो भी जीव-जंतु रहते हैं, उन सभी का जीवन भी बुरी तरह से प्रभावित होगा। कृपया मुझे माफ कर देना। मैं वचन देता हूँ कि तुम्हारे इस नुकसान की भरपाई करने के लिए मैं बीस और पेड़ लगाऊँगा।"

ऐसा कहने के बाद उसने पेड़ को काट दिया और उसकी लकड़ी से एक जहाज को बनाने के काम में जुट गया।

जब उसके खाना खाने का समय हुआ तो उसने अपना खाने का डिब्बा खोल लिया। तभी उसके पास एक भौंरा आया और बोला, "मैं इस सागौन के पेड़ पर रहता था! तुमने इस पेड़ को काट दिया और अब मेरे पास रहने के लिए कोई घर नहीं है। मुझे बहुत जोर से भूख भी लग रही है। क्या तुम मुझे अपने खाने में से कुछ खाने को दोगे?"

"हाँ, क्यों नहीं!" विष्णु ने कहा, "बल्कि मुझे तो पहले तुमको ही खाना खिलाना चाहिए, क्योंकि मेरी वजह से तुम्हारा घर छिन गया है। आओ, हम दोनों मिलकर खाना खाते हैं।"

वैसे, देखने में तो भौंरा बहुत छोटा सा था, लेकिन उसने बहुत-सा खाना खा लिया। जब उसका पेट भर गया तो वह बोला, "आओ, मैं भी तुम्हारी मदद करता हूँ। लेकिन तुम बना क्या रहे हो?"

"मैं राजा के लिए जहाज बनाना चाहता हूँ, जो जमीन पर भी चल सके।"

"ओह, राजा के लिए एक जहाज, जो जमीन पर चल सके!" भौंरे ने उसकी बात दोहराई और उसके साथ ही रहा।

खाना खाने के बाद विष्णु ने लकड़ी काटने का काम जारी रखा। भौंरे ने भी उसकी मदद की और सभी कुछ ठीक से बनने लगा। दोपहर के खाने के समय फिर भौंरे और विष्णु ने साथ-साथ खाना खाया। उसके बाद उन्होंने फिर काम करना शुरू कर दिया। जल्दी ही शाम हो गई और जहाज भी बनकर तैयार हो गया। उस जहाज को सजाने और उसके अंदर का काम पूरा हो गया। उसने भौंरे को उसकी मदद के लिए धन्यवाद दिया और उसको धरती पर चलाना शुरू कर दिया।

रास्ते में उसने देखा कि एक व्यक्ति नदी से सीधे पानी पी रहा है।

"क्या बात है? तुम इतना पानी क्यों पी रहे हो?"

"मैं बहुत प्यासा हूँ। मैं चाहे जितना भी पानी पी लूँ, मेरे लिए वह काफी नहीं होता। यह बहुत दु:खदायी है।"

"तुम मेरे साथ इस जहाज पर आ जाओ। मैं इस जहाज को राजा को सौंपने के लिए जा रहा हूँ और मैं उनसे विनती करूँगा कि वे तुम्हारी प्यास बुझाने के लिए कुछ करें।" विष्णु ने कहा। वह व्यक्ति विष्णु की बात मान गया।

वे दोनों आगे बढ़े और उन्होंने एक आदमी को बैठे हुए देखा, जो सेब के एक बहुत बड़े ढेर को खाने में व्यस्त था।

"तुम क्या कर रहे हो?" विष्णु ने पूछा।

"मैं बहुत भूखा हूँ। चाहे कितना भी खाना मेरे सामने क्यों न हो, पर मेरी भूख शांत नहीं होती। यह बहुत ही कष्टकारक है।"

"आओ, हमारे साथ इस जहाज पर मिलकर चलो। मैं इस जहाज को राजा को सौंपने जा रहा हूँ। मैं तुम्हारे लिए राजा से विनती करूँगा कि वे तुमको इतना भोजन दें, जिससे तुम्हारी भूख शांत हो जाए।" विष्णु ने उससे कहा और वह आदमी उसके साथ चलने के लिए तैयार हो गया।

वे लोग और आगे बढ़े तो उन्होंने देखा कि एक बहुत शक्तिशाली इनसान अपनी पीठ पर बहुत बड़ा लकड़ी का गट्ठर लिये जा रहा है।

"तुम क्या कर रहे हो?" विष्णु ने पूछा।

"मेरी सौतेली माँ घर जाने पर तब तक मेरे साथ अच्छा व्यवहार नहीं करती, जब तक मैं इतनी सारी लकड़ियाँ लेकर घर नहीं जाता। यह बहुत थका देनेवाला काम है। मैं बस, अपने लिए इतना पैसा कमाना चाहता हूँ कि अपना जीवन अच्छी तरह से बिता सकूँ।"

"तुम हमारे साथ इस जहाज पर आ जाओ। मैं इस जहाज को राजा को देने के लिए जा रहा हूँ और वहाँ मैं राजा से तुम्हारी मदद करने के लिए कहूँगा।" विष्णु ने उससे कहा। वह आदमी उसके साथ चलने के लिए तैयार हो गया।

वे सभी आगे बढ़ चले और आगे जाने पर विष्णु ने देखा कि एक व्यक्ति

बहुत सारे कुत्तों और बिल्लियों को खाना खिला रहा था।

"तुम क्या कर रहे हो?" विष्णु ने पूछा।

"मुझे कोई भी काम करना नहीं आता। थोड़ा-बहुत काम करके मैं जो भी कमाता हूँ, उससे मैं इन बेचारे पशुओं के लिए खाना खरीदता हूँ और इनको खिलाता हूँ।"

"आओ, हमारे साथ इस जहाज पर आ जाओ। मैं राजा को यह जहाज देने के लिए जा रहा हूँ। मैं उनसे विनती करूँगा कि वे तुम्हारी मदद इन बेचारे पशुओं का पालन करने में करें।" विष्णु ने कहा और वह आदमी भी उसके साथ जाने के लिए राजी हो गया।

जब वे पाँच लोग राजधानी में पहुँचे तो राजा उस जहाज को देखने के लिए आया। वह बहुत खुश और उत्साहित था। वह न सिर्फ जमीन पर चलनेवाला जहाज था, बल्कि उस जहाज को जिस तरह से सजाया गया था, वैसी सजावट उसके महल की भी नहीं थी। उसने उस जहाज में बैठकर सैर की और यह जाना कि वह कैसे काम करता है। अंतत: राजा ने विष्णु बढ़ई के बेटे से बात की। विष्णु और उसके मित्रों ने साधारण से कपड़े पहने हुए थे। राजा ने सोचा, मैं इस साधारण से दिखनेवाले इनसान को कैसे राजदरबार में राजसी पद दे सकता हूँ? मुझे पहले इसकी परीक्षा लेनी चाहिए।

इसलिए उसने कहा, "विष्णु, मैं तुम्हें राजदरबार में पद देना चाहता हूँ; लेकिन मेरी कुछ शर्तें हैं।"

विष्णु ने 'हाँ' में सिर हिला दिया।

राजा ने एक बड़े से पानी के कुंड की ओर इशारा करते हुए कहा, "इसे कल सुबह तक खाली हो जाना चाहिए।"

फिर उसने एक रोटियों के बड़े से ढेर की ओर इशारा किया, "यह कल सुबह तक खा लिया जाना चाहिए।"

उसके बाद राजा ने एक पेड़ों के समूह को दिखाते हुए कहा, "इन सभी पेड़ों की लकड़ी कल सुबह तक कट जानी चाहिए।"

फिर राजा ने एक बहुत बड़े मैदान की ओर इशारा किया और कहा, "इसे

कल सुबह तक कुत्तों और बिल्लियों से भर जाना चाहिए।"

हालाँकि, ये सब शर्तें राजा द्वारा की गई घोषणा का हिस्सा नहीं थीं, फिर भी विष्णु मुसकरा दिया और बोला, "महाराज, मैं इन सभी कार्यों को समय पर पूरा करने की कोशिश करूँगा।"

राजा विष्णु और उसके दोस्तों से विदा लेकर चला गया। विष्णु और उसके दोस्त उनको सौंपे गए कामों को पूरा करने में जुट गए।

विष्णु के सभी दोस्त उसके पास आए और बोले, "हम तुम्हारे ये सभी काम कर देंगे। तुम बस, देखो और इंतजार करो।"

प्यासे इनसान ने कुंड का सारा पानी पी लिया और अपनी प्यास को बुझा लिया।

भूखे इनसान ने सारी रोटियाँ खा लीं और अपनी भूख शांत कर ली।

शक्तिशाली इनसान ने कुछ ही समय में सारे पेड़ों से लकड़ियाँ काट डालीं। उसे इस बात का भी अहसास हो गया कि वह अपने लिए खुद पैसे कमा सकता है और उसे अपनी सौतेली माँ के पास वापस जाने की जरूरत नहीं है।

दयालु व्यक्ति ने सीटी बजाई और उसके सभी साथी कुत्ते व बिल्ली बड़े से मैदान में जमा हो गए। पूरा मैदान उनसे भर गया।

अगले दिन जब राजा आया तो उसने देखा कि सभी काम पूरे हो चुके हैं और बहुत अच्छी तरह से हुए हैं। विष्णु और उसके सभी दोस्त वहीं पास में खड़े हुए हैं।

राजा को अहसास हुआ कि एक व्यक्ति का बाहरी व्यक्तित्व या पहनावा मायने नहीं रखता। अगर मायने रखता है तो उसकी कला या क्षमता, जो उसे गुणवान् बनाती है। राजा ने कहा, "मैं तुम सभी को अपने दरबार में अलग-अलग पदों पर नियुक्त कर सम्मानित करूँगा। तुम पाँचों को राजदरबार में राजसी पदों पर नियुक्त किया जाएगा और तुम मेरे भरोसेमंद सलाहकारों में शामिल रहोगे। तुम्हारे काम के लिए राजदरबार और मेरी रियासत में बहुत अच्छा वेतन दिया जाएगा।"

इस तरह, विष्णु ने अपने पिता का सीना गर्व से चौड़ा कर दिया और अपने अच्छे व्यवहार से ऐसे दोस्त भी बनाए, जो जीवन भर उसके साथ रहे।

□

दो अंधे भिखारी

अब करीब चालीस दिन बीत चुके थे, पर अभी भी लॉकडाउन जारी था। लोगों को घर वापस ले जाने के लिए कोई भी जहाज, ट्रेन या बस नहीं चल रही थी। बहुत से स्कूलों ने बच्चों के माता-पिता को सूचित कर दिया था कि यदि हालात में सुधार नहीं होता तो शायद जून से ऑनलाइन क्लासेज शुरू हो जाएँगी। पर बच्चे ऑनलाइन क्लासेज के बारे में नहीं सोच रहे थे। वे तो अपने दोस्तों को देखना चाहते थे और उनके साथ खेलना चाहते थे।

अज्जा ने कहा, "ऑनलाइन क्लासेज के कारण तुम सभी को बहुत समय तक स्क्रीन के सामने बैठना होगा। इससे हो सकता है, शायद तुम्हें उसकी लत लग जाए या कम-से-कम आँखों में कोई समस्या हो जाए। लेकिन अभी मैं इस समस्या से निपटने के लिए किसी समाधान के बारे में नहीं सोच सकता।"

भारत में कोविड-19 की स्थिति को लेकर जो भी खबरें आ रही थीं, अज्जा उन पर अपनी नजर रखे हुए थे।

एक शाम जब अज्जा समाचार देख रहे थे, तब बच्चों ने बारी-बारी से छुपम-छुपाई खेलने का मन बनाया। ढूँढ़नेवाले या वाली को ढूँढ़ने से पहले अपनी आँखें ढूँढ़ते समय रूमाल से ढकनी थीं। बच्चों ने एक रूमाल ढूँढ़ा और सबने मिलकर तय किया कि सबसे पहले मीनू हम सभी को ढूँढ़ेगी।

मीनू ने मना किया, "मैं पहले नहीं जाना चाहती।"

"अरे, बात मानो, यह सबको ही करना पड़ेगा। शुरू हो जाओ, मीनू।" सबने चिल्लाना शुरू कर दिया।

न चाहते हुए भी वह मान गई। हर कोई उससे पहले से ही दूर भागने लगा और वह किसी को भी पकड़ नहीं पा रही थी। कुछ समय के बाद अनुष्का को उसकी हालत देखकर बहुत बुरा लगा और उसने उसे छू लिया, जिससे उसकी बारी आ जाए और मीनू फ्री हो जाए।

अब अनुष्का को अपनी आँखों पर पट्टी बाँधनी थी। अब उसके लिए भी किसी को पकड़ पाना मुश्किल लगने लगा। जल्द ही वह सबको ऐसा दिखाने के लिए कि वह बहुत थक चुकी है, चुपचाप एक तरफ कोने में खड़ी हो गई। लेकिन कुछ देर के बाद ही अदिति ने अपना पैर उसके पैरों पर रख दिया और पकड़ी गई। जब अदिति की बारी आई तो उसने बहुत जल्दी रघु को ढूँढ़ लिया।

मीनू ने गहरी साँस लेते हुए कहा, "मैं बहुत छोटी हूँ और साथ ही, मुझे तेज दौड़ने में मुश्किल होती है। मुझे पहले जाने में डर लग रहा था, क्योंकि मुझे सचमुच यह लगा कि मैं किसी को पकड़ नहीं पाऊँगी और पूरे खेल में अंधी ही बनी रहूँगी।"

अदिति ने कहा, "मैं तुम्हें एक राज की बात बताती हूँ। यह रूमाल ठीक से नहीं बँधा हुआ था। मुझे आँखों के नीचे से थोड़ा-थोड़ा दिख रहा था, जिसके चलते मैं तुम सबकी परछाइयों को आसानी से देख पाई और मेरे लिए रघु को पकड़ना आसान हो गया।"

"क्या तुमने कभी यह सोचा है कि जो व्यक्ति बचपन से ही अंधा पैदा हुआ है या किसी कारणवश अंधा हो गया है, उसके लिए कितना मुश्किल होता

होगा? हमें जो भी कुछ मिला है, जैसे—देखने के लिए आँखें, सुनने के लिए कान, स्वाद महसूस करने के लिए जीभ, चलने के लिए पैर और सोचने के लिए दिमाग, उसके लिए हमें हमेशा ईश्वर का शुक्रगुजार होना चाहिए। सही समय पर सही जगह होना हमारे जीवन को बदल सकता है।" अज्जा ने कहा।

"हाँ," अज्जी ने कहा, "बिल्कुल दो अंधे भिखारियों की तरह।"

एक समय की बात है, एक अंधा भिखारी था, जिसका नाम रवि था, जो रोजाना एक दरवाजे से दूसरे दरवाजे जाकर भीख माँगा करता था।

एक दिन वह एक दूसरे भिखारी विवेक से मिला, जो उसकी तरह ही अंधा था। उन्होंने एक साथ भीख माँगने का निश्चय किया।

जब दोनों एक साथ मिलकर भीख माँगने लगे तो विवेक हमेशा उनको मिले भोजन का सबसे अच्छावाला हिस्सा खुद ले लेता। वह हर दिन ऐसा ही करता—अच्छा भाग खुद खा लेता और थोड़ा-सा बचा हुआ हिस्सा रवि के लिए छोड़ देता। समय बीतता गया और अब रवि भी विवेक के इस व्यवहार से थक चुका था।

एक दिन, कई मील साथ चलने के बाद विवेक ने रवि को एक जंगल के पास छोड़ दिया और बोला, "भाई, मुझे पास के ही गाँव में एक काम है। तुम यहाँ आराम करो, मैं जल्दी ही वापस आता हूँ।"

रवि बहुत ही थका हुआ था और उससे बिल्कुल भी खड़ा नहीं हुआ जा रहा था। इसलिए वह एक चट्टान पर बैठ गया और वहीं पर विवेक का इंतजार करने लगा। कई घंटे बीत गए, पर विवेक का कोई नामोनिशान भी नहीं था। दिन से रात होने लगी और रवि को यह लगने लगा कि विवेक अब कभी वापस नहीं आएगा। भूखा और जाने के लिए कोई जगह न होने के कारण रवि ने तय किया कि आगे बढ़ा जाए, शायद कोई उसकी मदद करनेवाला मिल जाए। दुर्भाग्यवश, उसके पाँव उसे सीधे एक गहरे जंगल के बीचोबीच लेकर चले गए।

जंगल में पहुँचने के बाद रवि को अपनी महसूस करने की शक्ति से

अहसास हुआ कि वह कहाँ आ चुका है। आधी रात हो चुकी थी। अचानक उसे अजीब से, बहुत सारे कदमों की आवाजें सुनाई दीं। उसने बड़ी मुश्किल से पास ही एक झाड़ी की तलाश की और उसके पीछे जाकर छुप गया।

कदमों की आवाज उसके और पास आती गई। वहाँ पर एक लोमड़ी, एक भेड़िया, एक गैंडा और एक शेर मीटिंग करने के लिए एक साथ इकट्ठा हुए थे।

लोमड़ी ने घोषणा की, "मुझे एक रहस्य मालूम है।"

इस पर भेड़िए ने कहा, "मुझे भी पता है।"

गैंडे ने इस पर कहा, "मुझे भी पता है।"

"मैं इस जंगल का राजा हूँ, लेकिन मुझे कोई भी रहस्य नहीं पता।" शेर ने इस पर जवाब दिया, "मुझे भी बताओ, क्या रहस्य है ? मैं तुम्हें आदेश देता हूँ।"

लोमड़ी ने कहा, "यहाँ से सौ कदमों की दूरी पर एक नदी है। महीनों पहले मैं एक आँख से अंधी हो गई थी। जब मैं उस नदी पर गई और उसमें नहाई तो मेरी आँखों की रोशनी वापस आ गई। यह एक बहुत ही उपयोगी रहस्य है।"

"मुझे दूसरा रहस्य मालूम है।" भेड़िए ने कहा, "राजा के महल में पानी का कोई प्रबंध नहीं हो पाता। राजा के लोगों को यह नहीं पता है कि राजमहल के बगीचे के नीचे एक बहुत बड़ा पत्थर गड़ा हुआ है। अगर उस पत्थर को निकाल दिया जाए तथा वहाँ और भी गहरी खुदाई की जाए तो उन्हें वहाँ पर एक झरना मिलेगा, जिसका पानी बहुत मीठा है। राजा के महल और उसकी रियासत के सभी लोगों की प्यास बुझाने के लिए वह पानी पर्याप्त होगा।"

"मेरा रहस्य सुनो।" गैंडे ने कहा, "राजा की पत्नी बीमार है। सभी चिकित्सक अपनी पूरी कोशिश कर चुके हैं, लेकिन उनकी कोई मदद नहीं कर पाया। रानी को ठीक करने के लिए जो दवा चाहिए, वह राजा के महल के पास जो नदी बहती है, उसके नीचे है। अगर वह नदी के पास जो शाहबलूत का वृक्ष है, उसके पास जो पौधे उत्पन्न होते हैं, उनके पाँच पत्ते खाती हैं तो वे ठीक हो जाएँगी।"

"मैं ये सब बातें याद रखूँगा।" शेर ने कहा, "ये सब बातें मेरे पास सुरक्षित हैं।"

लोमड़ी ने सुझाव दिया, "इन्हें कुछ समय के लिए सुरक्षित रखो। हो सकता

है कि हमें इनकी जरूरत जंगल में अपने जीवन को बेहतर बनाने के लिए हो!"

"चलो, हम दो महीने के बाद दोबारा यहीं मिलते हैं।" शेर ने कहा और मीटिंग को खत्म कर दिया।

रवि, जो इस बातचीत को सुन रहा था, बहुत शिद्दत से चाहता था कि उसकी आँखें वापस आ जाएँ। उनके जाने के बाद वह झाड़ियों से निकलकर बाहर आया और एक ही दिशा में सौ कदम आगे चला। जब वह वहाँ पहुँचा तो कुछ भी नहीं था। वह अपनी पहलीवाली जगह पर सौ कदम वापस चलकर आ गया। उसने ठीक ऐसा ही दो बार और किया, जबकि तीसरी बार जब वह सौ कदम चलकर पहुँचा तो उसे पानी की आवाज सुनाई दी और नदी के वहीं पर होने का अहसास हुआ। उसने सावधानीपूर्वक नदी में प्रवेश किया और उसमें नहाने लगा। उसे थोड़ा-थोड़ा दिखने लगा। वह थोड़ी देर नदी के पानी में नहाता रहा और उसने पाया कि उसे सबकुछ साफ-साफ दिखने लगा है। उसने उन सभी जानवरों और ईश्वर का शुक्रिया अदा किया।

अब वह देख सकता था। वह शहर की राजधानी की ओर बढ़ चला और वहाँ पहुँचकर राजदरबारियों एवं राजा से आग्रह किया। उसने कहा, "महाराज, कृपया मुझे कुछ समय प्रदान करें। मैं आपके शहर के लिए पानी ले आऊँगा और आपकी पत्नी को भी ठीक कर दूँगा।"

राजा को भी उससे आशा थी, इसलिए उसके ऐसा आग्रह करने पर उन्होंने उसे आज्ञा दे दी।

उसी दिन रवि शाही बगीचे में गया। उसने वहाँ पर एक कोने में पड़े उस विशाल पत्थर को हटाकर वहाँ खुदाई करने लगा। वह तब तक खोदता रहा, जब

तक उसे मिट्‌टी गीली नहीं लगने लगी। जल्द ही वहाँ, उस बगीचे में एक सुंदर झरना नजर आने लगा।

इसके बाद उसे नहर के पास शाहबलूत का एक पेड़ दिखाई दिया, जो राजा के महल के बहुत नजदीक था। उसी शाहबलूत के पेड़ के नीचे उसे एक औषधीय पौधा मिला। रवि ने उसकी पाँच पत्तियों को रानी को दे दिया। रानी ने उन पत्तियों को खा लिया और उन्हें अगले ही पल से बेहतर महसूस होने लगा।

राजा उसकी इस सेवा से बहुत खुश हुआ। उसने खुश होकर बहुत सा धन रवि को दिया। रवि ने उस धन से एक अच्छा सा घर खरीद लिया और उसी राजधानी में खुशी-खुशी रहने लगा।

करीब दो महीने बीत गए। एक दिन रवि अपने घर में दरवाजे के पास बैठा हुआ था। उसे एक गली में घूमता हुआ एक अंधा भिखारी दिखाई दिया। उसे उस भिखारी पर दया आ गई और उसने उसे अपने दरवाजे पर खाना देने के लिए बुलाया। जब रवि ने उसकी आवाज सुनी तो उसने उसे तुरंत पहचान लिया। वह विवेक था, उसका अंधा दोस्त।

रवि ने अपनी आवाज बदल ली और कहा, "कुछ समय पहले मैंने तुम्हें एक दूसरे अंधे आदमी के साथ देखा था। वह कहाँ गया?"

कुछ देर के लिए विवेक को लगा, जैसे वह उस आवाज को पहचानता है। लेकिन चूँकि उसे पक्का नहीं पता था, इसलिए उसने उसे अनदेखा कर दिया और जवाब दिया, "महाराज, वह मर चुका है।"

"कैसे मर गया?" उसके जवाब से आश्चर्यचकित होकर रवि ने पूछा।

"एक तूफानी रात को बाढ़ आ गई थी और वह उसे बहाकर अपने साथ ले गई। कुछ समय के बाद गाँव के कुछ लोगों को उसका मृत शरीर मिला।" विवेक ने दुःख भरे अंदाज में कहा।

रवि को अपने दोस्त पर दया आ रही थी। रवि सौभाग्यशाली था कि उसे अपनी आँखों की रोशनी वापस मिल गई थी; लेकिन विवेक की किस्मत उसके साथ नहीं थी। रवि ने सच उसके सामने उजागर कर दिया, "मैं रवि हूँ, तुम्हारा पुराना दोस्त। तुम मेरे जीवन को बदलने में मददगार सिद्ध हुए हो, इसलिए मैं वह सब नहीं याद रखूँगा, जो तुमने मेरे बारे में कहा है। तुमने मुझे जंगल में अकेला

छोड़ दिया और वहाँ से ही मेरी काया पलट हो गई।"

रवि ने ईमानदारी से पूरी कहानी उसे बता दी, "उस दिन मैं सही समय पर, सही स्थान पर था।" उसने कहा। उसने विवेक को सलाह दी कि किसी के साथ दोबारा धोखा मत करना।

विवेक ने पूछा, "क्या तुम मुझे उस नदी के किनारे तक ले जा सकते हो? मैं अपनी आँखों के बिना उस दृश्य की कल्पना भी नहीं कर सकता।"

"जानवर बहुत क्रूर भी हो सकते हैं। उस दिन मैं, किसी भी तरह से, वहाँ से बचकर निकल पाया। अगर मैं वहाँ फिर से जाता हूँ तो निश्चित तौर पर वे मुझे सूँघ लेंगे और उन्हें पता चल जाएगा कि मैं ही वह व्यक्ति हूँ, जिसने उनके सारे रहस्यों को सुन लिया था। लेकिन मैं तुम्हारे साथ एक बिंदु तक चलूँगा और उसके बाद तुम्हें उस पेड़ तक जाने का रास्ता बता दूँगा। उसके बाद तुम खुद वहाँ चले जाना। मुझे वहाँ जाने में डर लग रहा है।"

अपनी बात पर अडिग रवि एक निश्चित दूरी तक विवेक के साथ गया और फिर उसे सही दिशा में आगे का रास्ता दिखा दिया। विवेक ने जल्दी से आगे बढ़ना शुरू कर दिया; लेकिन उसे जानवरों से डर लग रहा था। जब तक वह उस पेड़ के नजदीक पहुँचा, वहाँ रात हो चुकी थी। हालाँकि, उसे इस बात से कोई फर्क नहीं पड़ रहा था कि रात है या दिन। उसे फर्क पड़ रहा था तो जानवरों के वहाँ होने का। इसलिए उसने सुबह होने तक झाड़ियों के पीछे छुपकर इंतजार करने का निश्चय किया।

आधी रात को एक लोमड़ी, भेड़िया, गैंडा और शेर मीटिंग करने के लिए जमा हुए। वे कुछ परेशान दिख रहे थे।

लोमड़ी ने कहा, "हमें मिले हुए दो महीने बीत चुके हैं। इस बीच मैंने सुना कि किसी ने उस उपचार करनेवाली नदी के रहस्य का पता लगा लिया है। केवल मैं ही उस रहस्य को जानती थी। किसने उस रहस्य को इनसानों के सामने उजागर किया है?"

भेड़िया और गैंडा भी उसकी बात से सहमत थे कि उनके रहस्यों का भी किसी को पता चल चुका है।

तीनों जानवरों ने एक साथ शेर की ओर देखा, "हम सभी के पास एक-

एक रहस्य था और यह हमारा सामूहिक निर्णय था। अपने रहस्यों को गुप्त रखने में हमारा सामूहिक लाभ भी था। केवल तुम ही हमारे बीच एक ऐसे थे, जिसका कोई रहस्य नहीं था। निश्चय ही, हमारे रहस्यों को उजागर करने के लिए तुम ही जिम्मेदार हो।"

शेर ने क्रोधित हो कहा, "मैं इस जंगल का राजा हूँ, न कि कोई धोखेबाज। एक राजा अपनी प्रजा से कभी विश्वासघात नहीं करेगा। विश्वास करो।"

"तो फिर हमारे अलावा इस रहस्य की जानकारी किसे है?" लोमड़ी को संदेह हुआ।

"शायद किसी ने हमें बात करते हुए सुन लिया है।" भेड़िए ने हवा में सूँघते हुए कहा। उन जानवरों ने अपनी सभी इंद्रियों का इस्तेमाल किया और पास ही में विवेक को झाड़ियों के पीछे छुपा हुआ पाया। जब विवेक को उन जानवरों की घूरती हुई नजरों का अहसास हुआ तो वह हक्का-बक्का रह गया। उसे यह समझने में बहुत देर हो चुकी थी कि वह गलत समय पर गलत स्थान पर था।

"यही है, जो हमारे रहस्यों को उजागर करने के लिए जिम्मेदार है।" शेर गुस्से से दहाड़ने लगा। इसके बाद सभी जानवरों ने मिलकर विवेक पर हमला कर दिया और उसे मार डाला।

□

मुफ्त का सेब

शाम के समय अज्जी बच्चों के साथ बैठी हुई थीं और उन्हें दीवार पर कम रोशनी में हाथ से आकृतियाँ बनाना सिखा रही थीं। हालाँकि, वे इस काम में माहिर नहीं थीं, फिर भी बच्चों के लिए यह देखना बहुत ही मजेदार था। अज्जी ने उन्हें तरह-तरह के जानवर और आकृतियाँ बनाना सिखाया। उन्होंने कहा, "मैंने ये सब अपने बचपन में सीखा था। उन दिनों हमारे घरों में बिजली नहीं हुआ करती थी और पुस्तकें भी बहुत कम ही थीं। इसलिए मुझे अपना मनोरंजन करने के लिए अलग-अलग तरीके तलाशने होते थे। आजकल बच्चों के लिए बहुत से अलग-अलग माध्यम और एनिमेशन से दिखाई जानेवाली कहानियाँ हैं। अब इसे एक कला माना जाता है और इस क्षेत्र में बहुत से अवसर भी हैं। जब मैं छोटी थी, लोग अकसर जादू के बारे में कल्पना किया करते थे। जब कोई जादूगर हमारे गाँव में आता, हम सब उसके आसपास इकट्ठे हो जाते और उसके करतबों को आश्चर्यचकित होकर देखते। हमें काफी समय के पश्चात् अहसास हुआ कि यह मात्र एक कला एवं विज्ञान है और यह भी कि कोई भी इसका अभ्यास करके इसमें आगे बढ़ सकता है।"

"अज्जी, आपने शायद ही कोई जादू की कहानी हमें सुनाई हो। प्लीज, हमें जादू की कोई कहानी सुनाइए।" कृष्णा ने कहा, "मुझे जादू बहुत ही पसंद है।"

"और इससे हमें कुछ भी पढ़ाने की कोशिश मत करना। प्लीज, अज्जी!" अनुष्का ने आग्रह किया।

बहुत समय पहले की बात है, एक किसान किसी गाँव में रहता था, जिसका नाम मधु था। वह एक बहुत अच्छा किसान था, लेकिन कंजूस भी था। उसने बड़ी मेहनत करके सेब की खेती की और बहुत से सेब उगाए। उसने सभी सेबों को ठेले पर रखा और उन्हें लेकर बाजार में बेचने के लिए चल दिया।

वहाँ बाजार में एक गरीब आदमी बैठा हुआ था। वह भूख से बेजार दिख रहा था। उसने किसान से पूछा, "अरे किसान भाई, क्या तुम मुझे एक सेब दे सकते हो? मैं बहुत भूखा हूँ।"

"नहीं।" मधु ने कहा।

"लेकिन मैं बहुत भूखा हूँ और मैंने कई दिनों से कुछ भी नहीं खाया है। तुम्हारे ठेले पर तो बहुत सारे सेब हैं। क्या तुम मुझे एक दे सकोगे?" बूढ़े आदमी ने बहुत शांत स्वर में पूछा।

"बिल्कुल नहीं! मैंने इन्हें बाजार में बेचने के लिए काफी परिश्रम किया है। जाओ, किसी और से पूछो।"

"दे दीजिए, किसान भाई।"

"दूर हटो, बूढ़े आदमी।" मधु ने गुस्से से कहा।

"मुझे एक सेब दे दो, तुम्हें मेरी दुआएँ लगेंगी।"

"मुझे तुम्हारी दुआएँ नहीं चाहिए, बूढ़े आदमी। मुझे पैसे चाहिए।" मधु ने कठोर स्वर में कहा।

बूढ़ा आदमी मुसकराने लगा। उसने कहा, "बेटा, सबको दुआओं की जरूरत होती है।"

"दुआओं से मुझे कोई लाभ नहीं होगा।" मधु ने कहा और उससे बहस करने लगा।

एक दयालु व करुणामयी महिला, जो कि उसके पास से गुजर रही थी, ने

एक सेब खरीदा और उसे बूढ़े आदमी को दे दिया।

इससे पहले कि वह बूढ़ा आदमी सेब खाना शुरू करता, उसने बाजार में एक घोषणा की, "मैं आप सबको यहाँ आकर जितने चाहे, उतने सेब खाने के लिए आमंत्रण देता हूँ।"

लोग मंद-मंद मुसकराने लगे। यह बूढ़ा आदमी क्या बात कर रहा है?

मधु भी उस पर हँस दिया, "यदि तुम्हारे पास कुछ खाने या देने के लिए होता तो तुम मुझसे एक सेब के लिए भीख न माँगते।"

"रुको, पहले मैं यह सेब खा लूँ।"

बूढ़े आदमी ने सेब खत्म किया, उसके बीज को लिया और उसे पास ही एक गड्ढे में गाड़ दिया तथा उसे मिट्टी से भर दिया। उसने बाजार में खड़े लोगों से पानी माँगा। किसी ने उसे पानी से भरा मटका दे दिया। उसने पानी सेब के बीजों पर डाल दिया।

कुछ ही क्षणों में वहाँ एक पौधा उग आया।

कुछ ही मिनटों में वह पौधा एक पेड़ बन गया।

आधे घंटे के भीतर पेड़ पर लाल और लुभावने सेब लटकने लगे। तब तक फिर से उस व्यक्ति के आसपास लोगों का एक बड़ा समूह एकत्र हो गया था।

उस बूढ़े आदमी ने चिल्लाना शुरू किया, "आइए, पेड़ के सेब खा लीजिए!"

लोग मुफ्त के सेब पाकर आश्चर्यचकित थे। बहुत से लोगों ने एक-एक सेब लिया और उसे खाते हुए अपने रास्ते चले गए। मधु ने भी पेड़ से एक सेब लिया और उसे अपनी जेब में रख लिया। उसने जो कुछ भी अभी देखा था, उसे देखकर वह अचंभित था।

फिर बूढ़े आदमी ने कुल्हाड़ी से पेड़ को काट दिया और उसकी लकड़ियों के टुकड़ों को कंधे पर उठाकर बाजार ले जाने लगा।

मधु बहुत निराश था। उसने सोचा, मैंने सेब के ठेले को लाने के लिए इतना परिश्रम क्यों किया? इस बूढ़े आदमी ने आधे ही घंटे में सेब के कई ठेलों को लोगों के बीच बाँट दिया। मुझे अवश्य ही उससे यह तरकीब सीखनी चाहिए, जिससे मैं फलों को उगाकर जल्दी ही अमीर बन सकूँ।

मधु ने बूढ़े आदमी को बाजार से जाता हुआ देखा। उसने अपना ठेला घुमाया, बगल में खड़े आम के ठेलेवाले से उसके ठेले की निगरानी रखने के लिए कहा और बूढ़ा आदमी जिस दिशा में गया था, उसी दिशा की ओर चल दिया। लेकिन वहाँ आगे जाने पर उस बूढ़े आदमी, पेड़, पत्तियों या कुल्हाड़ी किसी का कोई निशान मौजूद नहीं था।

मधु को आश्चर्य हुआ, मुझे जो दिखा था, क्या वह सचमुच सही था या शायद वह सिर्फ मेरी कल्पना थी?

वह वापस अपने ठेले के पास गया। उसके सारे सेब भी गायब हो गए थे। वह अपना सिर खुजलाता रहा। अनमने मन से उसने अपना हाथ अपनी जेब में डाला। उसे एक सेब मिला। यह वही सेब था, जिसे उसने बूढ़े आदमी के पेड़ से लिया था। उसने सेब खाया। उस सेब का स्वाद बिल्कुल वैसा लगा, जैसा उसके बगीचे के सेबों का था।

अरे, नहीं! बाजार में जो सेब बाँटे गए, वे उसके ही थे। उस बूढ़े आदमी ने एक भ्रमजाल फैलाया था। वह उसका एक जादू था। एक महान् जादूगर ने उसे धोखा दिया था।

'काश, मैंने उसे शुरू में ही एक सेब दे दिया होता, जब उसने मुझसे सेब माँगा था। फिर मैं अपना पूरा ठेला बचा लेता। मैं छोटी-सी रकम को बचाने के लिए बेवकूफ बन चुका हूँ।' उसने मन-ही-मन सोचा।

□

चार गुड़ियाँ

जल्द ही लॉकडाउन के खत्म होने की खबरें आने लगीं। जहाज, ट्रेनें और बसें दोबारा से चलने लगीं। अज्जी को राहत महसूस हुई। लेकिन उनके लिए यह एक दुःखद एहसास था। वे खुश भी थीं और दुःखी भी। खुश इसलिए, क्योंकि बहुत समय के बाद उनका जीवन फिर से सामान्य होने जा रहा था और दुःखी इसलिए, क्योंकि कमलू अज्जी और उनके बच्चे अगले ही दिन वापस जाने वाले थे।

बच्चे पिछले दो महीनों से उनके साथ रह रहे थे और उनके अनुशासित, परंतु नीरस जीवन में प्रसन्नता लाने का कारण बने थे।

"काश, बच्चे हमेशा के लिए यहीं पर रह पाते!" अज्जी ने कहा।

"केक खाना हमेशा अच्छा लगता है।" अज्जा ने मुसकराते हुए कहा, "लेकिन तुम हर समय तो केक नहीं खा सकतीं। क्या तुम खा सकती हो?"

"मैं समझ चुकी हूँ।" अज्जी ने गहरी साँस लेते हुए कहा। उन्होंने देश के बारे में तथा बच्चों के भविष्य के बारे में सोचा और उन्हें अहसास हुआ कि उनके लिए वापस घर और स्कूल जाना बेहतर है।

"जीवन को आगे बढ़ते रहना चाहिए।" उन्होंने कहा, "हमें सावधान रहना पड़ेगा और अपना काम जारी रखना होगा।"

वे बच्चों के साथ उनके घर अपने घर के बने हुए व्यंजन भेजना चाहती थीं। उन्होंने कमलू अज्जी की ओर देखा, "दामू यहाँ पर है, हम लोग यहाँ हैं। चलो, ओब्बटू बनाते हैं। (यह एक तरह की रोटी होती है, जिसमें गुड़, घी, चना और अन्य सामग्रियाँ मिली होती हैं।) हर कोई अपने परिवार के लिए अपने साथ कुछ पैकेट ले जा सकता है और हम कुछ ज्यादा पैकेट्स भी बनाकर भेज देंगे—एक सलमा के लिए और एक जॉर्ज के लिए।"

"आप पोहा भी अच्छा बनाती हैं।" कमलू अज्जी ने कहा।

"फिर, मैं भी उनके कुछ और पैकेट्स बनाऊँगी, जिससे मीनू भी मुंबई में अपने दोस्तों के लिए कुछ पैकेट्स ले जा पाए।"

अज्जा ने कहा, "मुझे कोडबले बहुत पसंद हैं, कर्नाटक का खास व्यंजन। मैं इन स्नैक्स को खाने में सबसे आगे रहता हूँ, लेकिन पकाने में बिल्कुल बेकार हूँ।"

सभी लोग हँसने लगे।

दामू ने सबकुछ तैयार करने में पूरी मदद की पेशकश की। उसने कहा, "अज्जी, मैं सबकुछ बना दूँगा।"

अज्जी ने कहा, "इसके बहुत सारे पैकेट्स तैयार करना। तुम अपने लिए तथा अदिति के दोस्तों के लिए और भी पैकेट्स बना सकते हो।"

दामू एवं दोनों दादी माँ जल्दी ही स्नैक्स बनाने के काम में व्यस्त हो गईं और उनका पूरा दिन इसी में बीत गया।

अगले दिन, अज्जी ने बच्चों को सुबह-सुबह तैयार कर दिया।

अज्जी ने कहा, "पिछले दो महीनों में हमने जो कुछ सिखाया और जो कहानियाँ सुनाईं, उन्हें याद रखना और कभी भूलना मत। दोस्तों के लिए अपनी जुबान पर कायम रहना, दयालु बनना और दूसरों की मदद करना। अपने आसपास सफाई भी रखना और जब अगली बार आओ तो अपने दोस्तों को भी साथ लाना।"

रोज के समय से पहले ही लंच करने के बाद कमलू अज्जी और पाँचों बच्चे ऑफिस मैनेजर के साथ बेंगलुरु जाने के लिए तैयार हो गए, जो वहाँ आने वाले थे और उन सभी को वापस बेंगलुरु ले जाने वाले थे। वहाँ से रघु और मीनू

मुंबई के लिए जहाज पर बैठने वाले थे।

"इस बार की छुट्टियाँ बहुत अलग थीं।" अज्जा ने कहा।

सारे बच्चे अज्जा व अज्जी के गले लगे और उनके पैर छुए। अज्जी ने कहा, "ठीक से पढ़ना। करुणा, बुद्धिमानी, ज्ञान और साहस—ये चार विशेषताएँ ही तुम्हें एक अच्छा इनसान बनाएँगी। ये एक संतुलित आहार की तरह हैं। तुम्हें खाने में रोटी, सब्जी, दाल और चावल सबकुछ खाना होता है। तुम केवल किसी एक चीज को ही हमेशा खाकर नहीं रह सकते।"

अज्जी कमलू की ओर मुड़ीं, "इस बार हमने एक साथ जितना समय बिताया उतना पहले कभी साथ में नहीं बिताया और हमारा यह समय बहुत ही अच्छा बीता। बिना तुम्हारी मदद के मैं शायद बच्चों को इस तरह से नहीं सँभाल पाती और न ही हम अपने दुःख व सुख तुम्हारे से साझा कर पाते।"

"मैं यहाँ चार दिनों के लिए आई थी; लेकिन मैंने तुम्हारे साथ अपने जीवन के साठ लाजवाब दिन गुजारे। मैंने बहुत-सी कहानियाँ सुनीं, कुछ बचपन की कहानियों को याद किया और उन्हें बच्चों के साथ साझा भी किया। मैं अपने इस दौरे को हमेशा याद रखूँगी।" कमलू अज्जी ने अज्जी का हाथ कसकर पकड़ते हुए कहा।

"हम सब दोबारा मिलेंगे।" अज्जा ने कहा, "लेकिन हालात सामान्य होने पर, न कि उस समय, जब कोरोना वायरस का खतरा हम पर हावी हो।"

"अज्जी," अनुष्का ने कहा, "प्लीज, जाने से पहले हमें एक और कहानी सुना दो।"

सभी बच्चों ने सहमति में सिर हिलाया और एक साथ चिल्लाने लगे।

अज्जी मुसकराने लगीं, "चलो, एक कहानी सुनाती हूँ तुम्हें। यह उस आशीर्वाद के बारे में ही है, जो मैंने अभी तुम्हें दिया।"

एक बार एक गुड़िया बनानेवाला था, जो अपनी कला में निपुण था। उसका अनिल नाम का एक बेटा था।

जब अनिल बड़ा हो गया तो उसने अपने पिता से कहा, "पिताजी, मैं इस संसार को देखना चाहता हूँ। मैं कहीं बाहर काम करना चाहता हूँ और अपना रास्ता स्वयं बनाना चाहता हूँ। आप मुझे अपना आशीर्वाद दो।"

दुर्भाग्यवश, गुड़िया बनानेवाला व्यक्ति बहुत अमीर नहीं था, लेकिन उसने अपने पुत्र को पूरे दिल से आशीर्वाद दिया। जब अनिल जाने के लिए तैयार हुआ, उसके पिता ने कहा, "मुझे इस संसार के बारे में ज्यादा कुछ नहीं पता है, क्योंकि मैंने बाहर की दुनिया को ज्यादा नहीं देखा है और न ही मेरे पास तुम्हें देने के लिए कोई संपत्ति है। मेरे पास केवल गुड़ियाँ हैं। इसलिए तुम इन चार गुड़ियों को अपने साथ ले जाओ। इससे शायद तुम्हारी यात्रा में कुछ लाभ हो। ये खास तरह की गुड़ियाँ हैं। इन्हें मैंने बहुत ध्यान से तैयार किया है और जितना मेरे लिए संभव था, बेहतर तरीके से पोशाकें पहनाई हैं।"

इससे पहले कि अनिल कुछ कह सके, गुड़िया बनानेवाले ने अपनी बात

जारी रखते हुए कहा, "इस पहली गुड़िया को मैंने राजा की पोशाक पहनाई है। इसमें बौद्धिक क्षमता है।

"दूसरी गुड़िया को सैनिक की पोशाक पहनाई है, जो बहुत ही साहसी है।

"तीसरी गुड़िया को एक आम आदमी की पोशाक पहनाई है, जो बहुत ज्ञानी है।

"चौथी गुड़िया को योगी की पोशाक पहनाई है, जिसमें बहुत ही करुणा है।"

अनिल नहीं चाहता था कि वह उन गुड़ियों को लेकर हर जगह घूमे। लेकिन वह अपने पिता की इच्छा का अनादर भी नहीं करना चाहता था, इसलिए उसने उन्हें अपने थैले में डाल लिया।

"मेरे बच्चे, ज्ञान और साहस को हमेशा बुद्धि और करुणा के अंदर ही काम करना चाहिए, तभी यह संसार खूबसूरत लगेगा।" गुड़िया बनानेवाले ने कहा और अपने पुत्र को अलविदा कहा।

अनिल चलता और तब तक चलता चला गया, जब तक वह एक स्थान पर नहीं पहुँच गया। दोपहर का समय हो चुका था। वह बहुत थक चुका था और आराम करना चाहता था। लेकिन वह सोच में था, 'क्या यहाँ आराम करना सही है? मेरी इसमें कोई मदद कर सकता है?'

अचानक वह गुड़िया, जिसने राजा की पोशाक पहनी हुई थी, जाग उठी। वह थैले से निकली और उसने कहा, "अनजानी जगहों पर अपनी बुद्धि का इस्तेमाल करना आवश्यक है। बुद्धि की कुंजी निरीक्षण करने में है। कोई निर्णय लेने से पहले अपने आसपास देखो, वरना लोग तुम्हारा अनुचित लाभ उठाएँगे।"

गुड़िया वापस अपने थैले में चली गई।

अनिल ने अपने आसपास देखा। उसने देखा कि पेड़ के पास एक साँप की केंचुल पड़ी थी। उसे अहसास हुआ कि साँप कहीं आसपास ही है और आराम करने के लिए किसी दूसरी जगह को तलाशना होगा। उसने कुछ समय के लिए अपनी यात्रा आगे जारी रखी।

उसी समय उसे एक दूसरा स्थान मिला। तभी बारिश होने लगी थी। वह आराम करने वाला ही था कि उसे राजा वाली गुड़िया की सलाह ध्यान में आ

गई। उसने आसपास देखा और उसे एक शेर के पंजों के निशान दिखाई दिए। 'यह जगह भी आराम करने के लायक नहीं है।' उसने सोचा और फिर आगे बढ़ गया।

कुछ कि.मी. आगे बढ़ने के बाद वह रुका और अपने आसपास फिर से देखा। उसे अपने आसपास कुछ भी नहीं मिला और इसलिए उसने वहाँ काफी देर तक विश्राम किया।

अगले ही दिन उसने पास के शहर में जाने का निश्चय किया। जब वह उस शहर की सीमा पर पहुँचा तो उसने एक बहुत बड़ा महल देखा, जिसके आसपास बहुत ही हलचल हो रही थी। उस महल को देखकर उसे आश्चर्य हुआ। वह सोचने लगा, 'मैं भी कैसे अमीर बन सकता हूँ और अपने लिए एक महल बना सकता हूँ?'

जब वह सोच रहा था, तभी साहसी सैनिक की गुड़िया उस थैले से प्रकट हुई और उसने कहा, "साहसी बनो! यदि तुम्हारे अंदर साहस नहीं है तो तुम कभी भी अपने स्वप्नों को पूरा नहीं कर पाओगे। बिना साहस के जीवन कभी भी खुशहाल नहीं होता है।"

"मुझे क्या करना चाहिए?" अनिल ने पूछा।

"सचमुच मेरे पास तुम्हारे सवाल के बारे में कोई जानकारी नहीं है।" साहस की गुड़िया ने कहा और वापस थैले के भीतर चली गई।

कुछ देर बाद ज्ञान की गुड़िया प्रकट हुई और कहा, "यह स्थान बहुत ही समृद्धिशाली दिखाई देता है, क्योंकि इस क्षेत्र की जमीन अच्छी है। यहाँ पर जमीन के उस टुकड़े को ले लो, जो किसी का न हो।" एक क्षेत्र, जो कि पत्थर के टुकड़ों से घिरा हुआ था, की ओर संकेत करते हुए उस गुड़िया ने कहा, "इसे लो। इसमें सोने की एक खान है। मजबूत व साहसी बनो और यहीं पर काम की शुरुआत करो।"

ज्ञान की गुड़िया फिर वापस थैले में चली गई।

अनिल उस जगह की ओर चल पड़ा, जिसकी ओर गुड़िया ने संकेत किया था। उसे पता चला कि वह जगह किसी के भी अधिकार-क्षेत्र में नहीं है और कुछ लोगों से पूछने के बाद उसे उसके मालिक का भी पता चल गया। अनिल

सीधे उस मालिक के घर जा पहुँचा और उस जमीन को सस्ते दामों पर खरीद लिया। कुछ ही दिनों में अनिल जमीन में से कंकड़-पत्थर हटाने के काम में लग गया। जैसाकि उसे गुड़िया ने बताया था, वहाँ जमीन के नीचे गहराई में सोने की एक खान थी। बहुत जल्दी अनिल उस क्षेत्र का सबसे अमीर इनसान बन गया।

ज्ञान की गुड़िया अनिल के सामने अकसर प्रकट होती और उसे सुझाव देती कि वह अपने व्यापार को कैसे बढ़ाए और कहाँ पर जमीन खरीदे। एक दिन, ज्ञान की गुड़िया ने अनिल को एक जमीन खरीदने का संकेत दिया, जिसे उसके मालिक ने बेचने से मना कर दिया, जबकि उसके लिए अनिल ने उसके सामने बाजार से अधिक कीमत देने की पेशकश की।

एक महीना बीत गया। एक दिन जमीन का मालिक, जो कि एक बूढ़ा व्यक्ति था, बहुत ही बीमार पड़ गया। उसके पास अपने इलाज के लिए पैसे भी नहीं थे। भारी मन के साथ उसने अपनी जमीन को बेचने का निश्चय किया। अनिल ने उसे खरीद लिया और उस जमीन पर अपना महल बनाना शुरू कर दिया। उसे लगा, उसने साहस और ज्ञान से अपने स्वप्नों को पूरा कर लिया है।

जब वह बूढ़ा आदमी अनिल को अपनी जमीन सौंप रहा था तो उसकी बहुत सुंदर बेटी पुष्पा रोते हुए अनिल के पास आई। उसने कहा, "यह किसी धोखे से कम नहीं है। तुम अमीर हो और हम गरीब हैं। हमारी तरह असहाय लोग अपनी पैतृक संपत्ति को किसी मजबूरी के कारण बेचने के लिए राजी हो जाते हैं। मुझे यह सोचकर बहुत ही दुःख और डर लग रहा है कि हमें अपनी जमीन बेचनी पड़ी है।"

अनिल शांति से उसकी बातें सुनता रहा। पुष्पा अपने पिता के साथ वहाँ से चली गई।

हालाँकि, उस कन्या ने अनिल से बहुत कड़वे बोल कहे थे, फिर भी अनिल उसे पसंद करने लगा था। 'मुझे इसके जैसी सीधी-सादी साफ दिल की लड़की से विवाह कर लेना चाहिए।' उसने सोचा और उसे विवाह का प्रस्ताव भेज दिया।

उस लड़की ने उसका प्रस्ताव ठुकरा दिया।

उसकी ज्ञान की गुड़िया ने उसे सुझाव दिया, "उस लड़की से कहो कि

यदि वह तुमसे विवाह कर लेगी तो तुम उसके पिता को जमीन वापस दे दोगे।"

इसके बाद भी पुष्पा ने उससे विवाह करने से इनकार कर दिया।

अनिल बहुत निराश हो गया। वह बहुत अमीर था, उसके पास एक बड़ा महल भी था और फिर भी उसकी पसंद की हुई लड़की उसे नापसंद कर रही थी।

अचानक उसे योगी गुड़िया का ध्यान आया। जब उसे उसका ध्यान आया, वह गुड़िया उसके सामने प्रकट हो गई और एक सवालिया चेहरे के साथ उसकी ओर देखने लगी।

अनिल ने कहा, "मेरे पास बहुत-सा धन है और फिर भी मैं नाखुश हूँ। मुझे इसका कारण बताओ।"

योगी ने जवाब दिया, "तुम हर इनसान का दिल पैसों से नहीं जीत सकते। लोग इन पैसों के कारण ही तुम्हारी बातों को बहुत ध्यान से सुनने का ढोंग करेंगे; लेकिन एक दिन जब यह पैसा चला जाएगा तो कोई भी तुमसे बात नहीं करेगा। इसलिए, तुम अमीर बनने के बजाय दयालु बनने की कोशिश करो। यदि तुम सचमुच लोगों की परवाह करोगे तो वे भी तुम्हारी परवाह करेंगे।"

यह कहकर योगी गुड़िया वापस अपने थैले में चली गई।

फिर अनिल ने ज्ञान की गुड़िया से सवाल किया, "मुझे लोगों को खुश करने के लिए क्या करना चाहिए? मैं उनकी जरूरतों का ध्यान कैसे रखूँ?"

"गरीब लोगों के लिए सड़कें, तालाब और अस्पताल बनवाओ। जानवरों को आश्रय दो और जीवित लोगों की देखभाल उससे भी अधिक करो, जितनी तुम पैसे की परवाह करते हो। लोगों की मदद करने का सबसे बेहतर तरीका यही है।" ज्ञान की गुड़िया ने यह सुझाव दिया।

अनिल ने उन दोनों गुड़ियों का सुझाव मान लिया और समाज तथा उसके लोगों की जरूरतों को पूरा करने के लिए काम शुरू कर दिया। उन गरीब लोगों को अच्छी सड़कों के कारण चलने में कम तकलीफ का सामना करना पड़ता था। तालाब के होने से उनकी पानी की समस्या हल हो गई थी। साथ ही अनिल ने लोगों के मुफ्त इलाज के लिए चिकित्सालयों की भी सुविधा उपलब्ध करवा दी थी। इन कामों के कारण लोग उससे बहुत खुश थे।

कुछ साल बीत गए।

एक दिन पुष्पा अपने पिता के साथ उसके महल में आई।

अनिल को उसे देखकर बहुत खुशी हुई। लेकिन उसे उसके वहाँ आने के कारण के बारे में जानकर अनिल सोच में था।

"मुझे माफ कर दो, मैंने तुम्हारी जमीन ले ली। तुम चाहो तो इसे महल के साथ वापस ले सकती हो। मुझे इससे कोई फर्क नहीं पड़ेगा। तुम जब तक चाहो, इसे अपने पास रख सकती हो।"

"नहीं, हम अपनी संपत्ति के लिए तुम्हारे पास वापस नहीं आए हैं।" उस बूढ़े आदमी ने कहा, "मुझे तुम्हारे बनवाए हुए अस्पताल में मुफ्त इलाज मिला और इसी के कारण पुष्पा और मैंने यहाँ तुम्हारे पास आने का निश्चय किया। तुमने हम जैसे लोगों के लिए जो भी अच्छे काम किए हैं, उनको देखते हुए हमने तुम्हारे प्रस्ताव पर फिर से विचार करने का निश्चय किया है। मैं अपनी बेटी का हाथ विवाह के लिए तुम्हें देने के लिए यहाँ पर आया हूँ, यदि तुम अभी भी उसके साथ विवाह करना चाहो तो।"

अनिल को बहुत ही खुशी हुई। वह सोने और पैसों से पुष्पा का दिल जीतने में नाकाम रहा था, लेकिन अपने अच्छे कर्मों से उसने अपनी इस इच्छा को हासिल कर लिया।

जल्द ही दोनों ने विवाह कर लिया और अनिल ने पुष्पा एवं अपने पिता को अपने साथ आकर रहने के लिए कहा। उसने अपने पिता को सही समय पर, सही गुड़िया देने के लिए शुक्रिया कहा।

अनिल ने अपना बाकी का जीवन धनी, बुद्धिमान, साहसी, ज्ञानी और दयालु रहकर बिताया।

"क्या कहानी है!" अनुष्का ने कहा और आहें भरते हुए गहरी साँस ली, क्योंकि उसे लगा कि यह उसकी यात्रा के दौरान सुनी हुई आखिरी कहानी होगी। □

सबसे असरकारक दवा

अपने पैक किए हुए थैलों के साथ बच्चों और कमलू अज्जी का यह समय घर से निकलने का था, जब अज्जा का फोन बजा। यह ऑफिस मैनेजर की कॉल थी, जिसका वे लोग इंतजार कर रहे थे। वह उन्हें ले आनेवाला था और बेंगलुरु ले जाने वाला था। फोन लाइन की दूसरी ओर से उसने खेद व्यक्त करते हुए कहा, "मुझे देर हो जाएगी, क्योंकि मैं गाँव आने के लिए लिखित में पुलिस की अनुमति का इंतजार कर रहा हूँ।"

अनुष्का ने पूछा, "उन्हें पुलिस की अनुमति की आवश्यकता क्यों है? जब हम यहाँ आए थे तो हमने उनसे अनुमति नहीं ली थी। हमें अपने दादा-दादीजी के घर आने के लिए पुलिस की अनुमति की आवश्यकता क्यों है? ऐसा पहले कभी नहीं हुआ।"

अज्जा ने अनुष्का को शांत किया, "बेटा, चीजें बदल गई हैं। यदि संक्रमण वाले लोग यात्रा करेंगे तो इसके फैलने का खतरा बढ़ जाएगा। इस कारण से यात्रा करने पर पाबंदी है। जब तुम यहाँ आए थे, तब कोविड का फैलाव इतना बुरा नहीं था, जितना अब है। थोड़ा इंतजार करो। तुम्हारी पीढ़ी में धैर्य की अकसर कमी दिखती है। तुम हर चीज को जल्द-से-जल्द करना चाहते हो। तुम इंतजार नहीं करना चाहते हो। याद रखो, कभी-कभी इंतजार करना भी अच्छी बात होती है। सहनशीलता का पहला सबक यही है।"

"ओह, अज्जी! क्या तुम इंतजार करते-करते हमें एक और कहानी सुना सकती हो?" मीनू ने आग्रह किया।

"मुझे लगता है, तुम लोग हमेशा कहानियाँ सुनने के भूखे रहते हो। मैं तुम्हें एक कहानी सुनाऊँगी, जो मैंने अपनी दादी माँ से सुनी थी। काफी साल पहले यहाँ एक ऐसा ही संक्रमण सन् 1918 में फैला था। उसे स्पैनिश फ्लू या इन्फ्लुएंजा कहा जाता था। जो लोग उस समय बच्चे थे, उन्होंने यह कहानी सुनी होगी।" अज्जी ने कहा।

"वे शायद आपकी दादीजी होंगी।" रघु चिल्लाया, "और हमारी परदादी माँ। मैं उनकी कहानी सुनना चाहता हूँ, अज्जी।"

"ऐसा काफी समय पहले हुआ होगा।" अदिति ने कहा।

अज्जी ने 'हाँ' में सिर हिलाया और कहानी की शुरुआत की।

वीनू, एक किशोर, गाँव में अपने माता-पिता के साथ रहता था। उसके पिता गाँव के डॉक्टर थे और उसकी माता एक गृहिणी थीं। गाँव की सीमा पर उनका एक छोटा-सा घर और एक सुंदर-सा घासवाला बगीचा थीं। उन दिनों जड़ी-बूटियों वाली दवाइयों का बहुत चलन था और अकसर मरीजों को वही दी जाती थीं।

वीनू की माँ उन जड़ी-बूटियों को उगातीं और अपने बच्चों की तरह उनकी देख-रेख करती थीं।

रोज सुबह वीनू के पिता गाँव जाते और बीमार लोगों की मदद करते। फिर वह दोपहर में वापस घर आते और सबसे पहले स्नान करते, फिर खाना खाते, आराम करते और शाम को पढ़ाई करते।

अभय, वीनू का सबसे अच्छा दोस्त, गाँव के प्रधान का बेटा था। उनका जीवन बहुत ही सुखी, शांतिपूर्ण और संतोषजनक था।

एक दिन एक अजनबी गाँव में आया। वह बहुत ही छोटा, पतला और बहुत अजीब था। गाँव के बीचोबीच उसने बहुत ही जोर से चिल्लाकर घोषणा

की, "मैं एक व्यापारी हूँ और यहाँ अपनी वस्तुएँ बेचने के लिए लाया हूँ। मैं यहाँ पर अपनी दुकान बंद कर रहा हूँ और यहाँ से अपने घर जाने से पहले अपना सारा सामान बेचना चाहता हूँ। मेरी कीमतें कुछ ही समय के लिए हैं। मैं यहाँ पर बस, दो दिनों के लिए हूँ। कृपया यहाँ आएँ और देखें कि मेरे पास बेचने के लिए क्या-क्या है।"

उसने एक अस्थायी दुकान खोली और लोग उसके आसपास जमा होने लगे। उसका सामान बहुत ही सुंदर था। उसके पास चाय के बरतन, रेशम, हाथ से बने हुए पंखे, मोमबत्तियाँ, शीशे, पेंटिंग्स तथा और भी बहुत कुछ था। सामान की कीमतें बहुत ही कम थीं। शहर में इनकी कीमतें काफी अधिक होती थीं और गाँववालों को इन्हें खरीदने के लिए काफी दूर जाना पड़ता था। इसके अतिरिक्त, उसके बरतन शहर में मिलनेवाले बरतनों से काफी अच्छे थे।

वहाँ उसकी दुकान के आसपास काफी भीड़ इकट्ठा हो गई थी और इसलिए अभय एवं वीनू उसकी दुकान को दूर खड़े होकर ही देखने लगे।

उन्होंने देखा कि वह अजनबी खाँस और छींक रहा था। वह अकसर अपना रूमाल निकालता और उसे इस्तेमाल करता। लोग भी अपने कामों में इतने व्यस्त हो चुके थे कि अधिकतर लोगों ने इस पर ध्यान नहीं दिया कि वह व्यक्ति अस्वस्थ दिखाई दे रहा है।

कुछ समय के बाद अभय के पिता, गाँव के मुखियाजी भी उस अजनबी की दुकान पर आ गए। उस व्यापारी ने उनकी बहुत आवभगत की और कहा, "श्रीमान, मुझे ठहरने के लिए एक जगह चाहिए। मैं खुशी-खुशी उसके लिए दाम चुकाने को तैयार हूँ।"

मुखियाजी ने जवाब दिया, "कृपया आप आइए और हमारे साथ हमारे घर में मेहमान के तौर पर रहिए।"

अजनबी इसके लिए राजी हो गया।

वीनू को बिल्कुल भी उसकी दुकान पर जाने का मौका नहीं मिला, क्योंकि उसे घर जल्दी लौटना था। घर जाने के बाद वीनू ने अपने पिता से कहा, "वह नया व्यापारी बार-बार छींक और खाँस रहा है। वह बीमार दिखाई देता है।"

पिता मुसकराए और कहा, "ऐसा मौसम के बदलाव के कारण होगा, जो हमें इन दिनों हो जाता है।"

"लेकिन वह अपने रूमाल का इस्तेमाल करता है और उसे यहाँ-वहाँ अलग-अलग जगहों पर रख देता है। लोग भी अकसर उन चीजों को छू लेते हैं, जिस पर वह अपना रूमाल रख देता है।"

"ओह, देखो तो, कोई डॉक्टर बन गया है।" पिता ने कहा और मुसकरा दिए।

"मुझे लगता है कि मुझे उनके पास नहीं जाना चाहिए, चाहे उनकी दुकान कितनी ही सुंदर क्यों न हो!" वीनू ने कहा।

उसके पिता ने भी सिर हिलाकर सहमति जताई।

अगले ही दिन वीनू बाजार की ओर गया और उसने व्यापारी को पास की चाय की दुकान पर देखा। उसने स्वेटर पहन रखा था और अपने ऊपर शॉल लपेटी हुई थी। वह वहाँ एक आदमी से बात कर रहा था। वीनू ने उसे कहते हुए सुना, "चूँकि मैं मुखियाजी के घर गया, इसलिए मुझे बुखार आ गया है। शायद उनका कमरा बहुत ठंडा था।"

वह लगातार छींकता और खाँसता ही जा रहा था।

वीनू उससे दूर हो गया और अपने रास्ते चला गया।

अगले ही दिन उस व्यापारी का कुछ पता नहीं लगा और उसकी अस्थायी दुकान भी बंद हो गई।

जब गाँव के कुछ लोग उसकी बंद दुकान पर भी आने लगे तो मुखियाजी ने उन्हें बताया, "व्यापारी बहुत ही अच्छा इनसान था और उसके पास बेहतरीन किस्म का सामान था। उसने कल अपना सारा सामान बेच दिया और गाँव छोड़कर चला गया। मैं आशा करता हूँ, वह फिर से वापस आएगा।"

गाँव के लोगों को उनकी इस खबर से बहुत निराशा हुई।

कुछ दिन बीत गए। अब बहुत से लोगों को ऐसे ही लक्षण दिखने शुरू हो गए—बुखार, खाँसी और जुकाम, विशेष रूप से गाँव के बुजुर्गों को। कुछ को बुखार होने लगा था, कुछ ठंड से काँप रहे थे और कुछ को यह शिकायत थी कि

उनके पूरे शरीर में दर्द हो रहा है। वे सब वीनू के पिता, गाँव के डॉक्टर के पास आने लगे।

वीनू के पिता को थोड़ी चिंता होने लगी थी। 'क्यों हर व्यक्ति बीमार पड़ रहा है ?' उन्हें इस बात का आश्चर्य हुआ, 'सामान्य फ्लू इतनी तेजी से नहीं फैलता है।'

वीनू के पिता ने इन लक्षणों में दी जानेवाली जड़ी-बूटियों से लोगों का उपचार जारी रखा और अपने मरीजों से मिलने के बाद नहाना भी जारी रखा।

एक सप्ताह बीत गया। वह समस्या और भी बुरी होती गई। गाँव के बहुत से बुजुर्गों ने इस बीमारी से अपनी जान गँवानी शुरू कर दी। अब तो नौजवान पुरुष और महिलाओं को भी यह अजीब बीमारी अपनी चपेट में लेने लगी थी, यहाँ तक कि उनको साँस लेने में तकलीफ भी होने लगी थी।

कुछ लोग तो ऐसे भी थे, जो यह बता ही नहीं पा रहे थे कि उनके साथ क्या हो रहा था। उनका कहना था, "मुझे किसी भी चीज के स्वाद का पता ही नहीं चल रहा है।"

कुछ ने कहा, "मैं बिल्कुल सूँघ ही नहीं पा रहा हूँ।"

कुछ लोग उलटी कर रहे थे।

सौभाग्यवश, बच्चों में ये सब लक्षण बहुत कम दिखाई दिए या बिल्कुल भी नहीं दिखाई दिए। गाँव के लोग वीनू के पिता के पास आए और उनसे आग्रह कर बोले, "डॉक्टर साहब, हमारी मदद करो। ये जड़ी-बूटियाँ इस बीमारी पर बिल्कुल भी काम नहीं कर रही हैं।"

डॉक्टर, वीनू के पिता, ने अन्य औषधियों को भी आजमाया, लेकिन कुछ भी काम नहीं आया।

इस बीच मुखियाजी भी बहुत बीमार पड़ गए और उनके घर के दूसरे लोगों की भी तबीयत बिगड़ने लगी। अब मुखियाजी को भी वीनू के घर उनके पिता के पास आना पड़ा।

"यह कोई संक्रामक रोग हो सकता है, इसलिए सभी एक-दूसरे से थोड़ा अलग हो जाएँ।" डॉक्टर ने कहा। उन्हें अहसास हुआ कि वीनू शायद सही था। उस अजनबी के रूमाल का संपर्क उसके पास जो सामान था, उनमें से बहुत के साथ हुआ और वही सामान फिर लोगों ने खरीदा।

बहुत दिन बीत गए थे और अभी भी किसी की सेहत में कोई बदलाव नहीं हो रहा था।

इस पर मुखियाजी ने कहा, "मैंने बेहतर इलाज करवाने के लिए शहर जाने का निश्चय किया है।"

बहुत से दूसरे परिवारों ने भी यही निश्चय किया। गाँव की सभी दुकानें बंद हो गईं और गाँव के स्थानीय स्कूल को भी बंद कर दिया गया। गाँव के सभी माता-पिता ने अपने-अपने बच्चों को घरों में ही रहने की हिदायत दे दी और अचानक शोर-शराबे से भरे रहनेवाले खेल के मैदान शांत पड़ गए। जो कुछ बाकी बचा, वह था लोगों की खाँसने की आवाजें।

गाँव में ऐसा कुछ पहले कभी नहीं हुआ था।

डॉक्टर, वीनू के पिता ने गाँववालों की मदद करने की पूरी कोशिश की, लेकिन कोई भी अब उनके पास नहीं आता था। गाँववालों को अहसास हो चुका था कि उनकी दवाइयों का इस बीमारी पर कोई असर नहीं होने वाला। वीनू के पिता को ऐसा लगा, जैसे सबने उनसे मुँह फेर लिया है। उदास होकर वे ईश्वर से सबकुछ ठीक करने की प्रार्थना करने लगे।

एक शाम एक बूढ़ी महिला गाँव में कपड़ों की छोटी-सी गठरी लेकर आई। वह बहुत थकी हुई थी। उसने गाँव में लोगों की तलाश शुरू की; लेकिन उसे लगा, जैसे पूरा गाँव ही वीराना बन गया हो। थक-हारकर वह गाँव के ही एक बरगद के पेड़ के नीचे बैठ गई।

कुछ समय के बाद लोगों को पेड़ के पास कुछ आवाज सुनाई दी और वे देखने के लिए गए कि वहाँ पर क्या है? जब उन्होंने वहाँ उस महिला को देखा, जो दूर से ही चिल्लाते हुए बोली, "मैं एक बूढ़ी औरत हूँ, जो अपने रास्ते से भटक गई हूँ। मुझे एक रात बिताने के लिए किसी जगह की जरूरत है। सुबह होते ही मैं यहाँ से चली जाऊँगी। क्या आप लोगों में से कोई मुझे आज रात भर के लिए आसरा दे सकता है?"

वहाँ मौजूद लोगों ने कोई उत्तर नहीं दिया और सिर झुका लिया। इसके बाद सब अपने-अपने घर चले गए। यह देख उस बूढ़ी महिला को बड़ी निराशा हुई। उसने उसी समय दूसरे गाँव जाने का निश्चय किया। वह चलते-चलते गाँव की

सीमा पर आ गई और वीनू के घर पहुँच गई। वहाँ पर उसे प्यास लगी तो वह पानी पीने के लिए रुक गई। वीनू की माँ ने उन्हें पानी दिया।

बूढ़ी महिला ने कहा, "धन्यवाद। इस गाँव में क्या चल रहा है? किसी ने भी मुझसे बात नहीं करना चाहा, यहाँ तक कि मुझे एक गिलास पानी भी नहीं दिया। मैं एक यात्री हूँ और मैंने केवल एक रात रुकने के लिए शरण माँगी थी।"

वीनू की माँ ने जवाब दिया, "आप बुरा न मानें। इस गाँव के लोग बहुत दयालु हैं और हालात सामान्य होते तो वे आपका खुले दिल से स्वागत करेंगे। वे आपको आपकी मंजिल तक पहुँचाने के लिए किसी को आपके साथ भी भेजते; लेकिन इन दिनों हालात पूरी तरह से बदले हुए हैं।" उन्होंने कहा और उस बूढ़ी महिला को गाँव की सारी स्थिति के बारे में बता दिया।

"क्या मैं आज रात के लिए रुक सकती हूँ?" बूढ़ी महिला ने पूछा।

"हाँ, लेकिन इस संक्रामक रोग के कारण घर के भीतर नहीं। मैं इस पेड़ के नीचे आपके सोने का इंतजाम कर दूँगी और आपके खाने के लिए भोजन भी दूँगी।"

"धन्यवाद।" बूढ़ी महिला ने कहा और हँसने लगी, "मुझे लगा कि मैं पूरी रात पैदल चलती रहूँगी! लेकिन मेरी परिस्थिति ने एक सुखद मोड़ ले लिया।"

वीनू की माँ ने उस बूढ़ी महिला को खाने के लिए स्वादिष्ट खाना दिया और बूढ़ी महिला रात भर पेड़ के नीचे ही रुकी रही।

अगले दिन जब वह जाने लगी, वीनू के पिता ने उससे पूछा, "बहन, तुमने शायद अपने बचपन में ऐसी बीमारी देखी होगी। तुम्हें क्या लगता है? क्या हम सब लोग मर जाएँगे?" उन्होंने घर में रखी पुस्तकों की ओर इशारा किया, "मैंने बहुत-सी पुस्तकें पढ़ीं, लेकिन मुझे इसका कोई उपाय नहीं मिला।"

बूढ़ी महिला मुसकराई और कहा, "हाँ, मैंने अपनी दादी माँ से ऐसी बीमारियों की कहानियाँ सुनी हैं। वे कहती थीं, इस तरह की बीमारी प्रत्येक सौ वर्षों में आती है। ऐसी कोई दवा नहीं है, जो इस तरह की बीमारी पर कारगर साबित हो। केवल ईश्वर की दवा ही इसके लिए मददगार साबित हो सकती है।"

वीनू, जो कुछ दूरी पर खड़ा था, वह इस दवाई के बारे में और ज्यादा जानने के लिए उत्साहित हुआ। उसने पूछा, "वह कहाँ रहता या रहती है?"

"उस तक पहुँचने की बहुत लंबी यात्रा है, बेटा। वहाँ जाने के लिए इनसान को नदी किनारे एक घने जंगल से होकर गुजरना होगा और वहाँ पहाड़ पर भी

चढ़ना होगा। पर्वतों के पीछे तुम्हें ईश्वर की औषधि प्राप्त होगी। यह एक बहुत मुश्किल सफर है और शायद असंभव भी। इसे सात दिनों के भीतर पूरा करना होता है। मैंने इसके बारे में इतना ही सुना है। हालाँकि, मैंने कभी किसी को उस रास्ते पर जाते हुए नहीं सुना या देखा।"

"कोई बात नहीं, मैं जाऊँगा।" वीनू ने कहा।

"क्या तुम पागल हो गए हो? यह एक अफवाह है। तुम एक छोटे से लड़के हो। ऐसी लंबी दूरी की यात्रा तुम अकेले कैसे तय कर सकते हो?" पिता ने कहा। इस तरह उन्होंने उसके जाने के निर्णय को खारिज करना चाहा।

बूढ़ी औरत ने सबसे विदा ली और वहाँ से चल दी।

उस पूरी रात वीनू सो नहीं सका। खाँसते हुए लोगों, मरते हुए बुजुर्ग लोगों और अनाथ हो चुके बच्चों के कष्ट के बारे में सोचने लगा। 'मैं ईश्वर के पास जाकर उनसे क्यों नहीं मिल सकता? इस यात्रा में मेरे साथ इससे बुरा क्या होगा कि मैं ईश्वर से नहीं मिल पाऊँगा? लेकिन मुझे यह जोखिम उठाना ही होगा।'

अगले ही दिन वीनू ने अपने माता-पिता से कहा, "मुझे एक हफ्ते के लिए पर्याप्त सूखे मेवे दे दो। मैंने यात्रा करने और औषधि के देवता से मिलने तथा एक समाधान के साथ वापस आने का मन बना लिया है। आप मेरी सफलता के लिए प्रार्थना करना।"

बहुत भारी मन से वे लोग उसे भेजने के लिए सहमत हुए और उसे यात्रा के लिए शुभकामनाएँ दीं। उसकी माँ की आँखों में आँसू थे।

"मैं दो हफ्तों में वापस आ जाऊँगा।" वीनू ने आश्वासन दिया और अपनी यात्रा शुरू की।

उसने नदी को पार किया और घने जंगल में पहुँच गया। उस जंगल को पार करना बहुत ही मुश्किल था। वीनू ईश्वर का नाम जपता रहा और आगे बढ़ता गया। 'यदि मेरे इरादे सच्चे हैं तो हे ईश्वर! मेरी मदद करो!'

उस शाम उसे एक जवान और सुंदर लड़की मिली, जो एक पेड़ के नीचे बैठी रो रही थी। वीनू को उस घने अँधेरे जंगल में एक दूसरे इनसान को देखकर हैरानी हुई। उसने उससे पूछा, "युवती, तुम कौन हो और क्यों रो रही हो?"

"मैं इस जंगल की देवदूत हूँ। मेरे पिता मेरी सहायता करने और यहाँ मेरी

मदद के लिए आने में असमर्थ हैं। मुझे इन लकड़ियों को स्वयं अपने घर ले जाना है। आज मेरी तबीयत ठीक नहीं है और इसलिए मैं इस भारी बोझ को नहीं उठा पा रही हूँ।"

"मैं तुम्हारी मदद करूँगा।" वीनू ने कहा। उसने लकड़ियों की गठरी उठा ली और वे दोनों चलते-चलते एक छोटे से महल में पहुँच गए।

वहाँ पहुँचने के बाद उस लड़की ने वीनू के लिए सूप बनाया और कहा, "तुम आज रात यहाँ रुककर आराम कर सकते हो। मेरे पिताजी कल आ जाएँगे।"

वे दोनों काफी देर तक बातें करते और हँसते रहे।

वीनू उस रात घोड़े बेचकर आराम से सोता रहा। सुबह होने पर उसने लड़की से कहा, "तुम्हारे अतिथि-सत्कार के लिए शुक्रिया। मुझे अपनी यात्रा आगे जारी रखनी होगी।"

"कुछ देर और यहाँ ठहर जाओ। मेरे पिताजी जल्दी ही आ जाएँगे। तुमने मेरी बहुत मदद की थी। मेरे पिताजी से मिलकर जाना; बल्कि तुम यहाँ हमेशा के लिए रुक सकते हो।"

"नहीं, मेरे माता-पिता गाँव में रहते हैं।"

"तुम उन्हें भी यहाँ लाकर रह सकते हो।" लड़की ने कहा।

"नहीं, मुझे माफ कर दो।" वीनू ने कहा, "मेरा अपने गाँव के लोगों के प्रति एक कर्तव्य है। मैं यहाँ हमेशा के लिए नहीं रह सकता। मुझे जाना ही होगा।"

लड़की के बार-बार आग्रह करने के बावजूद वीनू वहाँ रुकने के लिए तैयार नहीं हुआ और उसने अपनी यात्रा जारी रखी।

वह दिन भर चलता रहा। शाम होने पर जब ऐसा लगा कि बारिश होने वाली है, वह एक नहर के निकट आ गया और वहाँ पर एक बूढ़े आदमी से मिला, जो छड़ी के सहारे धीरे-धीरे चल रहा था। वीनू ने पूछा, "दादाजी, क्या आपको मदद चाहिए?"

वह बूढ़ा आदमी हँसने लगा, "किसी को अपनी मदद के लिए आगे आते हुए देखना कितना अच्छा बदलाव है! मेरा हाथ पकड़ो और मुझे राह दिखाओ, जिससे कि पानी की बौछार शुरू होने से पहले मैं जल्द-से-जल्द अपने घर पहुँच सकूँ।"

वीनू ने उस बूढ़े आदमी का हाथ पकड़ा और वे साथ-साथ चलने लगे। वे

तब तक चलते रहे, जब तक एक अच्छी तरह से व्यवस्थित छोटी-सी कुटिया के पास पहुँच नहीं गए। तब तक बारिश शुरू हो चुकी थी। वहाँ पर चूल्हे पर दाल व चावल रखे थे। बूढ़े आदमी ने वीनू के साथ बाँटकर वह दाल-चावल खाया।

"दादाजी, आप यहाँ अकेले क्यों रहते हैं?" वीनू ने पूछा।

"मैं इस घाटी का देवता हूँ। मेरे पूर्वज हमेशा से यहीं रहे हैं। तुम कहाँ जा रहे हो?" बूढ़े आदमी ने पूछा।

वीनू ने उन्हें अपने लक्ष्य के बारे में बताया।

उस बूढ़े आदमी ने कहा, "तुम एक दयालु लड़के हो। यदि तुम यहाँ रहोगे तो मैं तुम्हें विश्वास दिलाता हूँ कि पूरी धरती तुम्हारी जमीन हो जाएगी। तुम किसी से भी विवाह कर सकते हो। अपने गाँव के लोगों को यहाँ ला सकते हो और अपने माता-पिता को भी ला सकते हो। यहाँ का पानी अमृत है और हवा बहुत ही शुद्ध है और यहाँ कोई भी बीमारी नहीं है।"

वीनू ने इनकार कर दिया, "नहीं, गुरुजी, मैं वापस घर जाना चाहता हूँ और अपने तथा अन्य लोगों की मदद करना चाहता हूँ। कृपया आप मुझे अपना आशीर्वाद दें कि मैं अपने उद्देश्य में सफल हो जाऊँ।"

बूढ़े आदमी ने पूरा प्रयास किया, लेकिन वीनू वहाँ रुका नहीं।

अंत में, उस बूढ़े आदमी ने हार मान ली और वीनू अगली सुबह वहाँ से चल दिया। वह उस पर्वत पर पहुँच गया, जिसका जिक्र बूढ़ी महिला ने किया था। वह उस पर चढ़ने लगा। दिन खत्म होने तक वह उसके शीर्ष पर पहुँच गया था। वहाँ एक पेड़ के पास पहुँचकर उसने उसके नीचे आराम करना चाहा।

उसे यह देखकर हैरानी हुई कि उस पेड़ के दूसरी ओर एक जोड़ा आराम कर रहा था। जब उन्होंने उसके पैरों की आवाज सुनी तो वे खड़े हो गए। उन्होंने उससे पूछा, "इससे पहले यहाँ कोई नहीं आया। तुम कौन हो और यहाँ क्यों आए हो?"

"मैं वीनू हूँ। मैं यहाँ एक बीमारी के इलाज की खोज करने आया हूँ। लेकिन तुम कौन हो?"

वह व्यक्ति हँसने लगा, "मैंने बहुत से लोगों को बहुत-सी चीजों की तलाश करते हुए सुना है। लेकिन मुझे खुशी है कि तुम यहाँ आए हो। मैं इस पर्वत का राजा हूँ। यह कोई आम पर्वत नहीं है। इस पर्वत के भीतर बहुत सारे सोने के सिक्के

और हीरा मौजूद है। आओ और हमारे साथ भोजन कर लो।"

रास्ते पर दोनों तरफ माणिक व पत्थर लगे हुए थे। वह एक सुनहरे महल तक जाता था। तुरंत ही उसे खाना परोसा गया। जब वे लोग खाना खा रहे थे तो राजा ने कहा, "देखो, मुझे तुम्हारे जैसे एक व्यक्ति की आवश्यकता है। वह व्यक्ति, जो बहुत ही बहादुर, नौजवान और मददगार हो। तुम यहाँ रह सकते हो और भविष्य में इस पर्वत के उत्तराधिकारी बन सकते हो। तुम यहाँ छह महीनों के लिए रह सकते हो और अगले छह महीने तुम अपने गाँव में बिता सकते हो।"

वीनू ने राजा को अपने लक्ष्य और वहाँ आने का पूरा विवरण दिया। उसने इसका कारण भी स्पष्ट किया कि वह क्यों उनके प्रस्ताव को ठुकरा रहा है।

अगली सुबह वह जागा और उठ खड़ा हुआ। उसने वहाँ पर मौजूद एक भी माणिक्य, पन्ना या हीरे को हाथ तक नहीं लगाया; क्योंकि उसे पर्वत की दूसरी ओर जाना था और वह उस ओर चल पड़ा।

वह अब तक की अपनी यात्रा से बहुत ही निराश हो चुका था।

कुछ घंटों के बाद उसे एक झोंपड़ी दिखाई दी। उसने पानी माँगने के लिए उसके दरवाजे पर दस्तक दी। उसे यह देखकर आश्चर्य हुआ कि अंदर से दो व्यक्तियों ने दरवाजा खोला। उन्होंने उसे भीतर बुलाया और उसके लिए भोजन पेश किया।

वीनू बहुत ही बेचैन था और इसलिए भोजन करने से मना कर दिया। उसके वहाँ आने का उद्देश्य गाँव में फैली बीमारी के लिए दवा को तलाशना था और उसे लेकर वापस जाना था। अब तक चार दिन बीत चुके थे। उसे अपना काम पूरा करके वापस भी लौटना था।

उसने उन दोनों व्यक्तियों के साथ अपनी सारी कहानी साझा की और कहा, "मैं उस दवा की खोज में हूँ, जो हर व्यक्ति को ठीक कर सकती है।"

उसकी बात सुनकर दोनों व्यक्ति हँसने लगे। वह आवाज वीनू को बहुत जानी-पहचानी-सी लगी।

उनमें से एक व्यक्ति ने कहा, "बेटा, ऐसी कोई दवा यहाँ मौजूद नहीं है। यह इनसान द्वारा लगातार प्रकृति को नुकसान पहुँचाने और खुद के लिए परेशानियों को न्यौता देने का मामला है। जब लोग लालची हो जाते हैं, तब ऐसी घटनाएँ घटती हैं

और ऐसा सौ वर्षों में एक बार होता ही है। गाँववाले उस व्यापारी की चीजें खरीदने के लिए इतने लालची हो गए कि उन्होंने इस ओर ध्यान ही नहीं दिया कि उसकी तबीयत ठीक नहीं लग रही है। वह व्यापारी, जो उस गाँव में आया था, वह एक विध्वंसक था, जो इनसान की वेशभूषा में वहाँ आया था। जब वह खाँस व छींक रहा था और अपने गंदे हाथों से चीजों को छू रहा था तो लोगों ने न तो उस व्यक्ति और न ही साफ-सफाई की परवाह की। वे बस, अपनी संपत्ति को बढ़ाने में मग्न थे। इसलिए वह विध्वंसक विषाणुओं को आसानी से फैला सका।"

दूसरे व्यक्ति ने कहा, "लोगों को अपना घर और गाँव साफ रखना चाहिए, केवल तभी विध्वंसक को रोका जा सकता है। यदि कोई बीमार है तो उसे किसी अलग हवादार स्थान पर ठहराना चाहिए। उसे पोषक तत्त्वों से भरपूर भोजन देना चाहिए और उसमें सकारात्मक सोच को प्रोत्साहित करने के लिए मीठे बोल बोलने चाहिए। बीमारी के दौरान साफ-सफाई का पूरा ध्यान रखना चाहिए।"

"हाथों को दिन में कई बार धोना चाहिए, सोने के बिस्तर की चादर को रोज बदलना चाहिए और रोजाना दो बार नहाना चाहिए। इस बीमारी को अन्य लोगों तक फैलने से रोकने का केवल यही एकमात्र तरीका है। साफ-सफाई ही इसके लिए सबसे प्रबल औषधि है।"

उन्होंने एक साथ कहा, "अपने गाँव वापस जाओ और इन सब बातों का ध्यान रखते हुए इन्हें अपने जीवन का हिस्सा बनाओ। बीमार लोगों के प्रति दया-भाव रखो। यदि तुम इन सभी बातों का ध्यान रखते हो और अपने शब्दों से बीमार व्यक्ति को कष्ट पहुँचाते हो तो तुम्हारा सारा प्रयास विफल हो जाएगा।"

वीनू सावधानीपूर्वक उनकी सारी बातें सुनता रहा और सहमति में सिर हिलाता रहा।

"जब आप दोनों हँसते हो तो मुझे ऐसा लगता है, जैसे मैं आप दोनों से परिचित हूँ। आप दोनों कौन हैं?"

"हम दोनों अश्वनीकुमार हैं, औषधियों के देवता। हम वही हैं, जिन्होंने एक बूढ़ी औरत का रूप धारण किया था और तुम्हारे गाँव में आए। इसलिए जब मैं हँसा तो तुम्हें उसी का ध्यान आ गया।" उनमें से एक व्यक्ति ने कहा, "मैं जंगल की वह सुंदर कन्या हूँ।"

"मैं वही बूढ़ा व्यक्ति हूँ या घाटी का राजा और पर्वत का राजा भी हूँ। हम तुम्हारी दूसरों की सेवा करने की निष्ठा से अति प्रसन्न हैं।"

"कोई भी साधारण व्यक्ति यहाँ पर रहने के प्रस्ताव को स्वीकार कर लेता।" दूसरे व्यक्ति ने कहा।

वीनू इस बात से बहुत खुश था कि उसने अपने लोगों की मदद करने के लिए बहुत कुछ सीखा है। उसने मुसकराते हुए कहा, "गुरुजी, मेरे पास ज्यादा समय नहीं है। मुझे जल्दी ही वापस जाना होगा।"

"चिंता मत करो, हम तुम्हें अभी वापस पहुँचा देंगे। लेकिन पहले हमें बताओ, तुमने ऐसी यात्रा करने का निर्णय क्यों लिया?"

वीनू ने जवाब दिया, "मुझे सिखाया गया है कि एक पेड़ खुद धूप में खड़ा रहता है और दूसरों को छाँव देता है। वह दूसरों को फल देता है और पक्षियों तथा जानवरों को आश्रय भी देता है; जबकि वह खुद अकेला रहता है। मैं भी एक पेड़ की तरह बनना चाहता हूँ।"

बाहर कार के हॉर्न की जोरदार आवाज ने सभी का ध्यान भंग कर दिया।

उनके ऑफिस मैनेजर आ चुके थे।

"वाह, क्या कहानी थी!" रघु ने कहा, "यह बहुत ही सुंदर थी, अज्जी।"

बच्चे इस बात से सहमत थे और आखिरी बार अपने दादा-दादी के गले लगने के लिए झुंड में उनके पास एकत्र हो गए।

कमलू अज्जी ने अज्जी का हाथ जोर से पकड़ लिया और कहा, "मैं जल्द ही तुमसे फिर मिलूँगी।"

अज्जी कुछ बोल नहीं पाईं। उन्होंने बस, सिर हिला दिया। वे उन्हें और बच्चों को बहुत ही मिस करने वाली थीं।

"मेरे बच्चो, इधर आओ। अब तुम्हारे वापस जाने का समय आ गया है।" अज्जा ने कहा और उनकी कार में बैग्स रखने में मदद करने लगे।

कुछ ही मिनटों में कार चलने के लिए तैयार थी। बच्चों ने अपना हाथ

हिलाया और अपने अज्जा-अज्जी को 'गुडबाय' कहा।

"अब वे लोग एक नया और दूसरा ही संसार देखेंगे।" अज्जी ने कहा।

"हम लोग बुजुर्ग हैं और इसलिए हमें कुछ और समय के लिए अपने लिए सावधान रहना होगा।" अज्जा ने कहा।

अज्जी ने सहमति में सिर हिलाते हुए जवाब दिया और अज्जा ने उनकी पीठ पर थपकी देते हुए उन्हें यह भरोसा दिलाया कि भले ही बच्चे चले गए हैं, लेकिन वे उनके साथ हमेशा रहेंगे।

वे दोनों कुछ देर के लिए वहीं खड़े होकर कार को देखते रहे, जब तक कार रास्ते के मोड़ तक नहीं पहुँच गई और उनकी आँखों से ओझल नहीं हो गई। फिर वे दोनों मुड़े और धीरे-धीरे आगे बढ़ते हुए घर के भीतर चले गए।

□□□